講談社文庫

草の陰刻(上)

新装版

松本清張

JN167335

講談社

「草の陰刻　新装版」上巻目次

草の陰刻（上）

第一章

季節にしては少し冷えすぎる五月十六日の夜のことである。

　松山地方検察庁杉江支部の宿直員は検察事務官と事務員の二人だが、当夜は、事務官が平田健吉《ひらたけんきち》、四十歳、事務員が竹内平造《たけうちへいぞう》という三十一歳の男だった。庁舎は松山地方裁判所杉江支所に隣合《となりあ》っている。この市は四国の西海岸に以前から漁港として栄え、現在、人口十五万をかかえていた。もともと城下町である。

　庁舎は二階の無い小学校の建物を連想させた。玄関を入った正面が事務室、その隣が検事室となっている。この恰好《かっこう》も小学校の教員室や校長室と似通っていた。検事の公舎は庁舎の裏側にあった。

　その晩八時ごろ、二人は懐中電灯を照して庁内を一巡し、事務室に戻った。事務室では残業の若い事務員が七時まで指を真黒にして謄写版《とうしゃばん》を刷っていたが、そのあとは誰も居なくなっている。

宿直は事務官と事務員とが一週間に一度の割合で回り持ちになっていた。この支部は検事一人、事務官八人、事務員七人で構成されている。

一回目の見回りを終えた二人は湯呑場《ゆのみば》で茶を沸《わか》して飲んでいた。

「どうも気候不順じゃな。わたしは神経痛の気味があるけん、こないな気候が一ばん苦手なんじゃ」

と、平田健吉が竹内平造に言った。

遠くで船の汽笛が鳴っている。

「将棋でもさしましょうか？」

と、竹内が言った。

「そうだな、将棋もええが」

と、平田はあまり気乗りのしない顔だった。竹内は平田が将棋好きなのを知っているので、すぐに応じてくるかと思ったのだが、あまり弾まない顔つきだったので、今夜はその神経痛がこたえているのかなと思った。二人とも土地の人間である。

しかし、将棋を断った平田はそのあとでこう言いだした。

「どうも身体の調子が悪うていけんから、外に出て一杯ひっかけてこよう。君、よろしく頼むよ」

宿直員が無断で外出するのはむろん規律違反である。しかし、二人が交替でちょっと外で一ぱいひっかけてくるくらいは黙認されていた。外出者が留守番の宿直員に酒を買って戻ったりすることがある。

竹内は事務官の平田が酒好きなのを知っているので、神経痛のことも外出の理由かとも察して、

「じゃ、行ってらっしゃい。一時間ぐらいならいいですよ」

と答えた。事務員は事務官に対してやはり遠慮していた。

「この次の見回りは十二時だからな。その間に身体の中を温めておこう」

平田は壁にかかった電気時計を見上げた。針は八時二十分のところに近づいていた。

平田事務官が出て行ったあと、竹内事務員はぽつんと残って所在なげに週刊誌などを拾い読みしていた。

庁舎は町の中心から外れているので、夜は静まり返っている。外は小雨が降ったりやんだりしていた。汽笛がしきりに聞えた。こういう晩は、沖に霧がかかる。

竹内も酒が嫌いなほうではない。平田が戻れば、一合ぐらいの酒とおでんが土産にくるかもしれなかった。平田の巣は大体分っている。この杉江市の大通りから入った

横丁が飲屋の並んだ所になっている。バー、すし屋、おでん屋、大衆食堂などが集っている。その中に彼らの間で赤提灯《あかちょうちん》と呼んでいる「たから屋」が平田の行きつけだった。

おかみは肥《ふと》った女で商売上手であった。

二十分ばかりして電話のベルが鳴った。竹内が受話器を取ると、平田の声で、

「いま、たから屋に来とるが、どうだな、君もちょっとここに飲みにこんか？」

と誘った。宿直員が二人いっしょに出るのはもちろん許されることではない。竹内がそう言って断ると、

「いま、面白い話がはじまっとる。なに、十分や二十分、そこをあけても大したことはないよ。君が来たら、ぼくも一しょにすぐ帰るけんな」

と、平田はしきりに勧めた。

「けど、ぼくが出ればあとが空っぽになりますからね。不用心ですけん」

竹内は答えた。

「不用心だといっても盗られるもんは何も無いし、警察から電話がかかってくることもあるまい。このところ、ずっと泰平無事じゃけん」

平田はそう言った。

地検支部に泥棒が入ったといっても盗まれる金目のものは何も無い。盗んでも仕方のない品物ばかりだ。それよりも宿直員二人とも外出して困るのは、警察署から夜中に事件の連絡電話がかかってくることだった。よほど大きな事件でない限り検事に直接報告はしないが、それでも一応は当直の事務官に連絡はある。地検支部の当直事務官はそれを受付けておいて、翌朝検事に一切を報告することになっている。

ところが、平田も言う通り、この二、三ヵ月は警察署から一度もそのような電話はかかってこなかった。尤《もっと》も、港町として栄えているのでよそ者も相当に多い。船員も漁夫も上陸する。そのため喧嘩《けんか》や刃傷沙汰《にんじょうざた》も無いではなかったが、年間の統計が示す通りに件数は少なかった。旧《ふる》い町の良風のせいかもしれない。

殊《こと》に、最近はずっと平穏がつづいているので、今晩三十分くらいは庁舎をあけても大丈夫だというのが電話の平田の言いぶんだった。

竹内も泥棒の心配よりは警察署からの連絡電話のほうが気がかりだったのだ。殊にすぐ裏には検事の公舎もある。バレたときには責任問題にもなりかねないが、平田があまり勧めるので、まあ二、三十分くらいなら、と承知して受話器を切った。

竹内事務員は入念に煙草《たばこ》の火を灰皿にもみ消した。

竹内平造は、赤提灯の出ている飲屋の格子戸をあけた。

「おいでなさい」

と、目ざとく見つけた真正面のおかみが愛想笑いをして声をかけた。客はかなり混んでいる。平田事務官は隅のほうに腰をかけて酒を飲んでいた。彼は竹内の顔を見てニヤリと笑った。宿直を抜けてきたうしろめたさと快感とが、そのうす笑いに含まれていた。竹内は平田の隣の椅子にかけた。平田は皿におでんのゆで卵と串刺《くしざ》しのイモを置いている。

「コップで貰《もら》おか」

と、竹内はおかみに注文し、

「ここをなるべく早く引揚げましょうや」

と、平田に言った。

「まあ、そうあわてることはない」

と、平田はもう酒臭《さけくさ》い息をさせて笑っていた。彼の前にもコップの酒が半分になっていた。

「だけど、万一ということがありますからね。えてして、こんな晩に警察から電話のかかってくるような事故が起らぬとも限りませんよ」

竹内はまだ落着かなかった。

「なに、そんなことは起りゃせんよ。ずっと何もないできたのじゃけん。それに、僅《わず》か三十分ぐらいあけたところで大したことはない。まあ、そんなことを考えずにゆっくり一しょに飲もうわい」

と、平田は誘い込むように竹内の背中を叩いた。

竹内の前にもコップ酒とおでんの皿が並べられた。彼は平田と乾杯のような恰好をし、酒に口をつけた。当直を脱《ぬ》けてきたせいか酒の味もうまかった。

居合せた客は四、五人だったが、みんな船員風の男たちだった。この漁船の船員たちは大声で話合っている。

「お互い、うだつの上らない身分じゃけんな」

と、事務官がコップを抱えて言った。

「一生、このままで出世の見込みもない。まあ、のんびりとやろうや」

平田は身分の絶望を言っている。だが、竹内からすると、平田より下級だ。その点、事務官の平田のほうが恵まれているといってよい。竹内としては平田がなんだか逆な言い方で自分が事務官であるのを自慢しているように思えたので、少し気に障《さわ》った。

「出世なんかどうでもええですよ」

と、彼は酒を口に注いで言った。

「わたしからみれば、あんたはまだ位が一段上だからね。まだええほうですよ」

「なに、君はそんなことを言うが、事務官だって大した違いはない。上のほうの検事さんからみれば小使同様なんじゃ。やっぱり子供は学校を出してやらないかんと思うが、この薄給ではそれもできないしね。まあ、せいぜい酒を飲んで楽しむぐらいだな」

「そりゃぼくだって同じことですよ。いま上の男の子がやっと三年だが、将来大学などとてもやれませんね」

「大学でも、この辺の田舎《いなか》の大学を出したところで役に立たん。役人にするなら、やっぱり東京じゃからな」

と、平田がイモを頰張《ほおば》って言った。

以下は事務員竹内平造の供述である。

――竹内は平田事務官と「たから屋」でしばらく飲んだ。はじめ二十分くらいのつもりが、少し長くなった。平田の言い方に少し癪《しゃく》に障ったところもあり、もともと酒が嫌いなほうではないので、ついピッチが上った。

時計を見ると、三十分以上経《た》っている。竹内があわてて切上げようとしたが、平田がもう二、三十分は大丈夫だと引止めた。

「なに、警察から連絡がくるはずはない。わしらが一時間くらいここに居ても大丈夫じゃ」

と、平田もかなり酔った声で言った。

竹内も上級者の平田がそう言うので、ついその気になり、またコップ酒を飲んだ。それから少し記憶が分らなくなってきた。

おぼえているのは、彼と先客の漁船の船員風の男たちと口喧嘩がはじまったことだ。船員の一人がビール瓶《びん》を摑《つか》んで起《た》ち上った。竹内は少し怕《こわ》くなって一人で逃出《にげだ》した。そのとき平田が横から消極的に仲裁したようだが、よくおぼえていない。

竹内は「たから屋」から逃げたが、そのまま検察庁支部には向わずに別なバーに入った。それは、外にとび出したとき、若いバーの女が道路に立っていて、彼を誘ったからだ。彼は、役所の迷惑を考え、それ幸いに、女と一しょに、あるバーの中に逃げこんだ。バーの名前はよくおぼえていない。

すると、そこはほかに客もなく、四、五人の女給がいた。彼は、自分が船員と喧嘩したとき平田があまり加勢もしなかったことを考えて少し腹が立った。そのバーでかなり飲んだのは、役所のほうにはすでに平田が帰っていると思いこんで安心したのと、うっかり表へ出るとまた喧嘩相手の船員と出遇《であ》いそうな気がしたからである。

そのうち酔ってわけが分らなくなった。

車に女たちと一しょに乗ったのがもうろうとした意識の底に残っている。かなり淋しい道を走って、また別な町に出た。そのときはすでに午前一時近くなっていた。

どこだか正体の分らない旅館に上ったが、女たちもその座敷に坐《すわ》ってビールをとってくれとせがんだ。懐《ふとこ》ろ勘定《かんじょう》が心細かったが、どうせ土地のバーの女だから支払はあとでどうでもなると思い、勝手にビールを運ばせた。自分も二本ぐらい飲んだようにおぼえている。それからあとはぐっすりと睡《ねむ》っておぼえなかった。

眼をさましたのが朝の九時ごろで、その家の女中に起されたのである。ここはどこだと訊くと、小洲の町だと言ったので、びっくりした。

杉江の町から小洲までは約四十キロくらいある。その間に山を一つ越す夜昼峠というのがある。

いつの間にこんな町に来たのか。小洲も二万石の城下町で、この地方ではかなり賑《にぎわ》っている。自分の居る所は「柳家《やなぎや》」という旅館だと聞かされた。

昨夜の記憶をまとめようとしたが、「たから屋」で喧嘩になったことや、どこかのバーに逃込んだことくらいで、全部が正確に思い出せない。たしかにここまでは女たちと一しょだったが、と女中に訊くと、その人たちは、お客さんがあんまり酔ってお いでになるので朝の九時ごろまで寝かせてあげてくれと言って今朝七時ごろに引きあげられました、と答えた。

竹内平造は旅館の女中の話を聞いて昨夜の出来事を思い出そうとしたが、どうも記憶に蘇《よみがえ》ってこない。バーの女たちとここに来たことくらいがうろおぼえに分ってい る程度で、よほど酔っていたらしい。自分の醜態が恥しくなった。

そこで泊代を払ったが、女たちの勘定は自分たちで済しているということだった。妙な気がした。しかし、何よりも気になるのは、自分が宿直の身で一夜を外泊したと いうことだ。平田事務官はさぞ怒っているに違いない。彼から先に誘われたとはいえ、まことに面目ない次第である。

竹内は宿を早々に出て、バスに乗った。小洲の町から杉江に戻るには山路を越さねばならぬ。途中の夜昼峠は立木が鬱蒼《うつそう》として日中でもうす暗い。よくこんな所を昨夜の女たちが車に乗せて自分を運んだものだと思った。

考えてみると、女たちは、彼が金を持っていると思い、小洲の町に連出《つれだ》して飲み直すつもりだったかもしれぬ。ところが、彼があまりに酔っているのと、案外金が無いのを知って、仕方なしにあの旅館で一夜を明かしたのではあるまいか。これが女ひとりだと彼と二人きりだからまだ面白いが、女たち四人では初めから彼をカモにするつもりだったと分る。しかし、女たちが自分らの勘定をして行ったのは、どういう次第だろう。あるいは、財布をのぞいて金の無いのを知り、諦めて払ったのかもしれぬ。竹内は自分のぶんだけを支払った。

明るい朝の陽射しが彼の後悔をさらに深めた。地検支部に帰ったら、どう言訳《いいわけ》しようか。まさか酔払って小洲くんだりまで女たちと一しょに行ったなどとは言えない。そこは共同責任者の平田事務官が何とか取りつくろってくれていると思うが、その言訳にも、彼と先に会って口裏を合せておかなければならなかった。

憂鬱《ゆううつ》なことである。もし問題が表面化すれば、責任を問われて処分になるかもしれない。忽《たちま》ち女房、子のことが浮んでくる。検事の瀬川良一《せがわりょういち》は年が若いだけに規律にはうるさいほうだ。

竹内は重い心に怯《おび》えを抱きながら、地検支部近くの通りでバスを降りた。

いつになく道をぞろぞろと人が歩いているのに気がついた。変だと思って支部のほうに近づくと、人の歩きが余計にふえている。何かあったらしい。その人たちはちょうどその見物でも済せて帰るような表情を持っていた。

竹内は不安な予感をおぼえてその一人をつかまえて訊いた。

「昨夜、地検の建物が火事で焼けたんですよ」

竹内は仰天した。

その一語を聞いてから彼の心は平衡を失ったらしい。半ば茫然《ぼうぜん》として地検支部の近くまでくると、焦臭《こげくさ》い匂《にお》いが鼻に漂ってきた。人の群れがまだ蒼《あお》い煙をとり巻いている。昨日まで存在していた建物が消えて、枝を焼かれたポプラの樹が寂しそうに空間に聳《そび》えていた。黒焦げの焼跡には消防署員がうろうろしていた。

竹内が人垣のうしろからのぞいていると、

「やあ、えらいことになりましたな」

と声をかける者がいた。

竹内はどきりとなって振返《ふりかえ》った。

そこにはふだん出入りしている町の印刷屋のおやじが、さも殊勝そうな顔で立っていた。

「竹内さん、えらいことになりましたな」

彼は早速火事の見舞を言った。

「はあ、どうも……」

竹内は咄嗟《とっさ》にそんな声しか出なかったが、この火事の重大な責任者は自分だと思うと、日ごろ頭をぺこぺこ下げて事務室に入ってくる印刷屋のおやじまで怖《おそろ》しくなった。

「全く夢のようですな。まさか昨日伺った建物が一晩でこんなことになるとは思いませなんだ。さぞみなさんは大へんでしょうな」

「はあ」

印刷屋の話の様子ではまだ竹内が当の宿直だったことを知らないらしい。

「でも倉庫と宿直室が焼けただけで終ったのは何よりですわい」

なるほど、木造建築の三分の一は灰になっているが、残りの三分の二は健在であった。焼け残った建物は、黒い炭になっていた。

焼け落ちたのは倉庫と宿直室だったのかと、竹内も初めて気がついた。倉庫には事件関係の夥《おびただ》しい書類が収められている。もっとも、新しいのは別な棟に入れてあるので無事だった。古い事件の書類だけが焼けたのは幸いだったと思った。現在の仕事には支障がないはずである。

少し安心すると、落着いて火事の様子を訊《き》いてみたくなる。実際は地検支部の誰かに会わなければならないのだが、その前に早く事実を知っておきたい。

「昨夜、何時ごろ火が出たんじゃい」

と、竹内は他人《ひと》ごとのように訊いた。

「サイレンが鳴ったのが夜中の十二時過ぎじゃった。それで、わしもびっくりして駆けつけたんですが、消防車がきて火勢が衰えたのは三十分くらいのちでしたかいな」

印刷屋のおやじは話した。

「こいでも少し早く消防車がくると、平田さんも気の毒なことにならなくてよかったんじゃがな。そう言うてはなんじゃが、建物が古い木造じゃけん火の回りが早かったんじゃのもし」

平田が気の毒なことになった、と聞いて竹内は息をのんで耳を立てた。

「平田さんが……」

彼は大きく眼をむいて訊いた。

「平田さんがどうかしたんか？」

「あれっ、まだ知っとらんのか？」

と、印刷屋のおやじのほうがびっくりしたが、

「そうですか。もっとも、このどさくさでまだわしも検察庁の人にお会い出来んで見舞も言えんようなぐあいです。……平田さんは、この火事で亡なったぞなもし」

「死んだ？」

「そうじゃ、宿直室で焼け死んだんですわい」

竹内は仰天した。

平田が焼死した。――信じられないことだ。が、印刷屋のおやじがはっきりそう言うからには間違いはないようだ。

竹内は怕くなって、こそこそとそこから逃出した。

平田が焼け死んだ、平田が焼け死んだ。――印刷屋の声が竹内事務員の頭の中を雷鳴のように駆けめぐった。

平田はあれから「たから屋」を出て真直ぐに宿直に戻ったのだろう。そして、酔って熟睡していたため出火に気づかず、窒息のまま火に焼かれたに違いない。

竹内は現在の自分の立場に恐怖した。彼は顔をかくして、夢中で別の方角へ走るように歩いた。

印刷屋のおやじはまだ地検の誰にも会っていないというから実際のところは知らないようだが、いま竹内自身は上司に捜索されているに違いない。昨夜八時過ぎから当直を脱け出したままなのだ。

飲んでいるとき、あれほど心配した警察署からの電話連絡はなかった代りに、それよりも遥《はる》かに重大な事故をひき起したのだ。しかも、当直の平田は焼け死んでいる。

——どうしたものか。

はじめは謝って地検支部に帰ればよいと思っていた竹内も、こうなるとまるで自分が犯罪人のように思われてきた。忽ち瀬川検事の顔が浮んでくる。この三十一歳の検事は、去年の秋に松山地方検察庁からこの杉江支部に転任したばかりだった。小さな支部だから検事は一人しかいない。日ごろ規律のやかましい代りに青年のような無邪気なところもある。将棋が好きで、自分も何度か相手をした。王手をかけられて、よく待ったを頼む人だった。

だが、竹内は、その青年検事が今では一人の怖しい鬼検事に見えていた。のみならず、今まで勤めていたわが家のような地検支部までが、俄《にわ》かに冷厳な権力の座に映った。

竹内事務員は、検事の少いこの支部では調書作成の手伝いのようなことをやらされていた。取調べ自体は許されないが、彼はいつの間にか、被疑者、被告たちに対して自分自身が権力を持っているような意識になっていた。

それには相手側の態度も影響していた。彼らは一事務員にすぎない竹内を恰《あたか》も検察官か警察官のように怖れ、頭《こうべ》を垂れるのである。

そこに権力を任されている側の――竹内事務員の場合は事実はそうではなかったが、彼がその建物の中で、働いているというだけでそう錯覚する権力意識が働いていた。被疑者や被告は検事の前に阿諛《あゆ》、迎合、哀訴、憐憫《れんびん》を乞《こ》うが、事務員の竹内にもほとんど同じような態度を見せる。その卑屈さがときとして、取調べ側（実際は竹内はそうでなかったが、補助的な仕事をするだけでも、同等な意識に陥《おちい》るものだ）に耐えられない苛立《いらだ》たしさを起すことがある。卑屈な相手への反撥《はんぱつ》でどなることもあった。

竹内はいま自分がその被疑者の立場に逆に一挙に転落したかと思うと、惑乱してきた。捕えられたら、彼は曾《かつ》ての上司や同僚の前に公務放棄と出火責任の罪で調べを受ける。まる一晩所在不明になっているのだから、悪くすると平田事務官焼死の責任までかぶることになる。

今ごろは瀬川検事が事務官たちに命じて自分の行方《ゆくえ》を追及させているかと思うと、竹内は分別を喪失した。手も脚も感覚を失ったように痺《しび》れてくる。

竹内は一刻も早くこの杉江の町から逃出す気持になった。

あとで考えて、どういう心理でそうなったかがよく分らない。逃げれば、それだけ自分の嫌疑が深くなることは分りきっているのに、そのときだけはただ捕えられることだけが怖しかった。平田の焼死が彼を狂わせた。

彼はふらふらとバスに乗った。走り出して気がついてみると、それは鉄道に並行して走っている道路を北に向っているのだった。終点は町外れであった。

幸いバスの客で彼に気がついている者はなかった。見知っている顔はあったが、まさかこの人が地検の火事の責任から逃走している人間だとは察していない。彼が地検支部の事務員とは分っていても、火災の後始末でどこかに連絡に行くぐらいにしか思っていないだろう。

竹内は終点で降りた。そこは小さな駅の前であった。彼はぼんやりと構内に入り、出札口で八幡浜《やわたはま》の切符を買った。どういうわけで八幡浜の切符を買ったか、それも分らない。とにかく松山までは遠いし、殊にそこには地方検察庁がある。無意識にそんなことが頭に浮んで途中の町の地名を思いついたのであろう。

八幡浜までは汽車で一時間と少しだ。

彼はまた夢遊病者のようにホームから駅の前に迷い出た。この町は彼も何度となく来ているからよく分っている。だが、知人も友人も居ない。

やや空腹をおぼえた。大衆食堂に入ってうどんをとったが、味も何もなく半分残した。腹が減っているのに食欲が全然ないのである。

そこを出て賑かな通りを目的もなく歩いていると映画館があった。ふらふらとそこに入った。

小屋の中はほとんど客が入ってなかった。彼の坐っている椅子の列もがら空きだった。映画は時代ものが一つと現代ものが一つで、どちらも面白くなかった。もっとも、面白がるにも筋そのものが頭に入らない。大きくのしかかっているのは現在の自分の哀れな立場だけだった。

今から思い出してみると、昨夜からの出来事がまるで悪夢のつづきのようである。だが、一方では、こうして坐って映画を見ている現在が、昨夜の事件とはまるきり離れたもののように思えてくる。

——もしそうだったら、どんなにありがたいか分らない。

事実、そう思った。昨夜と、現在とがまるきり連続のないことだったら、どんなに助かるかしれない。

ほとんど無我夢中のなかで二本とも見終った。外に出ると夕方になっていた。商店にはもう灯がついている。空が次第に昏《く》れかけ、西のほうに夕雲が片寄っていた。

それを見ると、竹内は急に家が恋しくなってきた。家族に会いたかった。

彼は再び駅に引返し、次に来た下りの列車で、杉江のほうに戻った。

暗い路を択《えら》んで家の玄関をあけると、妻と何か話をしていた二人づれの男が起ってきて彼を迎えた。それが地検の同僚だった。

五月十六日夜の松山地検杉江支部の出火について、当の地検と所轄《しょかつ》杉江署とが協力して原因の糾明《きゅうめい》につとめた。

消防署の判断によると、出火場所は第二倉庫と呼ばれている東側建物の近くである。そこは裁判記録などの古い書類が十坪ばかりの建物の中に仕舞込《しまいこ》まれている。第二倉庫というのは現在必要のない過去のものを入れているところからきた呼名で、最近の裁判関係の書類は反対側の狭い倉庫に入れてある。

こういう場所だからもとより火の気はない。季節も五月の半ばだから、宿直室でも火鉢を使用していない。

ただ、検察庁に放火があったというのでは問題が重大になってくる。原因の発表を急いでできない理由がそこにあった。

火は、その第二倉庫を 夥《おびただ》しい書類と共に一なめして廊下を焼き、宿直室になっている八畳の部屋を全焼させ、その隣の取調室で止っている。

元来が古い木造なので、折から小雨の降ったあとではあったが、火の燃えは意外に早かった。ちょうど庁舎の裏に検事の公舎があったが、瀬川良一検事が赤い炎に気がついて飛出したときは手のつけられない状態だった。

瀬川は去年の秋に赴任したばかりで、まだ独身だった。炊事や身の周りの世話をする老婆は、朝七時ごろに来て夕方の五時には帰ってしまう。元来が家族と共に住めるようになっている公舎だから、彼ひとりでは広すぎる。庁舎とは反対側の奥の六畳の間に寝ていたことも、ほかに家族の居ないことと共に火事の発見を遅らせたのだ。

消防車が駆けつけて、ようやく火を消止めたのが出火から四十分のちである。

瀬川検事は、一ばんに宿直員二人が自分のところに報告にこなければならないのに、それがないのをふしぎに思った。今夜の宿直は誰だかよくおぼえていないが、たしかに検察事務官と事務員とが二人で寝ているはずである。

もしやという予感が起って、瀬川検事はまだ火の燃えている焼跡を消防署員に頼んで捜《さが》させた。

すると、焼け落ちた梁《はり》の下から半焦げの死体が出てきた。位置からすると宿直室で、死体の姿勢は畳の上に横たわった状態だった。だが、まだ洋服を着たままで、寝巻には着更《きか》えていない。蒲団《ふとん》も敷いてなかった。

瀬川検事は、その男が当直の平田事務官であることを確認し、もう一人の宿直員の焼死体の在所《ありか》を捜させた。そこに急を聞いて他の職員が駆けつけたから、あと一人分らない宿直員は竹内事務員と判明した。

消防署員が夜明けまで必死に死体を捜索したのはいうまでもない。しかし、どこからも発見されないとすれば、竹内事務員は当夜庁舎の中に居なかったと断定せざるをえない。

一人の宿直員は焼死し、一人の宿直員が行方不明となっている。このことは出火の原因とともに重大であった。

焼死した事務官平田健吉の遺体は解剖に付せられた。気管も肺も煤煙《ばいえん》を吸込んでいた。鼻腔は煤《すす》で真黒になっている。そのほかには外傷はない。この情況は本人が生存中に窒息死したことを示した。つまり、他殺の嫌疑はなかった。

平田は床を敷いてなく、畳の上に仰臥《ぎようが》した状態でいた。蒲団が敷いてないのはどういうことだろうか。出火は午前零時過ぎと推定されるから、このような深夜に床を敷かないで畳に寝ていたのは、彼が仮眠のまま横たわっていたと推定された。事実、平田の遺体は洋服のままだった。

一方の行方不明になっている竹内事務員も床をとっていない。

平田の胃袋からは消化未了のおでんのイモや、玉子、豆腐といったものが出てきた。酒も多量に飲んでいる。だが、そのほかの薬物、たとえば睡眠薬といったものの検出は不可能だった。

このことから、平田と竹内は当夜の宿直を放棄し、庁舎から脱け出して町に飲みに行ったことが推定された。平田だけが先に帰り、酔って寝込んでいたところを火の煙で窒息死したのであろう。竹内は地検支部に帰らずそのまままいずれかに逃走した……。

この推定のもとに翌日から早速調査がはじめられた。

地検の連中がよく出入りする飲屋はすぐに分った。「たから屋」というところで、昨夜八時半ごろ当の平田事務官が先に来て酒を飲み、あとから竹内がやって来た。おかみの話によると、平田が電話で竹内を呼寄せたのだという。

店には客が四、五人いた。どこかの漁船の船員らしく、連中はその関係の話をしていた。平田と竹内とは酒を飲みながら、このまま地検で働いていても将来見込みがないなどというようなことを言っていた。

竹内が早く帰ろうと言うのを平田がしきりに引止めた。そのとき竹内は警察署からの連絡電話をしきりに気にしていたが、平田はそんな心配をしなくとも大丈夫だなどと言って、なおも二人で飲んだ。燗《かん》びんにして六本だから、一人が三合ずつ飲んだことになる。

そのうち竹内がどうしても地検のことが気にかかると言って平田の止めるのも聞かず先に出て行った。平田はあとに二十分ぐらい残って、残りの酒を飲みながらぐずぐず言っていたが、これもやっと腰をあげた。平田が出て行ったのは九時半ごろだと思う。

このおかみの話で、平田が酔って帰り、床も敷かないで畳の上に寝転った推定が明確となった。

問題は、先に飲屋を出ていったという竹内事務員の行先である。この場合考えられるのは本人の意志でいずれにか行ったことだが、これは平田と二人で、このままの身分では将来性がないという絶望的な話をしていたというから、酒を飲んだ竹内はふいと地検の宿直が厭《いや》になったとも考えられる。

もう一つの想像は、他の人間によって彼がどこかに連去られたことである。つまり誘拐《ゆうかい》か拉致《らち》だ。

しかし、これは弱かった。なぜなら、その翌朝火事跡に立っている竹内と話したという出入りの印刷屋のおやじの証言が出たからである。

印刷屋のおやじの述べたところによると、竹内はぼんやりして地検の火事場跡をヤジ馬にまじって眺めていたという。そのときの竹内の様子ではまだ平田事務官の焼死したことを知っていないらしく、それを話したところ、竹内はひどく驚いていた。

竹内が第三者の暴力で昨夜どこかに拉致されていたとすると、彼が翌朝火事場跡に舞戻ったことはやや不自然となる。おそらく彼は酒を飲んだ挙句その晩どこかに泊り、地検の火事を聞いてびっくりして駆けつけたのではあるまいか。ところが、現場で出遇った印刷屋のおやじから当直の相棒だった平田事務官が焼け死んだことを聞き、重ね重ねの責任から気が動転し、行方を晦《くらま》したものと考えられる。

いずれにしても竹内の行動は追及されなければならない。地検では警察にはわざと協力を求めず、部内の者だけで竹内の行方を捜した。これは地検の内部事情を警察に知られたくないのと、とかく日ごろから地検と警察とは協調に円滑を欠いていたからでもある。

地検の事務員たちが同僚の竹内を捜して回った。市内の旅館に泊った形跡はなかった。では、タクシーかハイヤーを使ってよその土地に行ったのかと思い、業者に当ってみたが、そこも手がかりはなかった。この杉江の町からは九州の別府《べっぷ》行や、八幡浜経由で広島方面への船が出る。そこにも訊合《ききあわ》せてみたが、午後九時以後の連絡船は途絶えていた。

同僚たちは竹内の家に行き、その妻にいろいろと訊き質《ただ》してみた。妻女はおろおろしている。竹内が日ごろから地検に対して不満を持っていたとは聞いていない。まして当直を放棄していずれかに逃走するということは考えられない。親戚は名古屋にあるだけで、杉江の町にごく少数の友だちがいるだけだ。自分には夫のことについて全く心当りがないと話した。

当直の平田事務官が焼死したことである。竹内はどうしても発見されなければならなかった。彼の口から詳細な事情を聴取しなければならぬ。処断はそのあとであった。

瀬川検事は焼跡の整理を指図しながら沈痛な面持でいる。

その日が昏れて夜の八時ごろである。当の竹内がふらりとわが家に帰ったところを、かねて妻女と話していた地検の事務官が二人、彼を捕えて検事の公舎に連れてきた。

竹内はひどく昂奮《こうふん》していた。検事の顔を見るなり頭をつづけさまに下げて、すみません、すみません、と詫《わ》びた。

「出来たことは仕方がないが」

と、瀬川検事は竹内の前に茶を出させ、煙草をすすめて落着かせるようにした。

「当直の晩、君が平田君に誘われてたから屋で飲んだ。そして君だけが一人で先に帰った。そこまではたから屋のおかみさんの話で分っている。それからどうしたのか、詳《くわ》しく言ってくれたまえ」

と、検事は真蒼《まつさお》な顔をしている竹内に言った。

「検事さん、ぼくが先にあの飲屋を出たのは間違いありませんが、実はその時誰かと喧嘩したらしいのです」

と、竹内が言い出した内容が、これまで書いてきた内容であった。


瀬川良一は検察事務員竹内平造の述べた内容に従い、部下に命じ、その裏づけを取らせることにした。

竹内の話はふしぎである。彼は宿直当夜、平田事務官だけを残して小洲の旅館に泊り、翌日も火事場跡に来ていながら逃走した。考えようによっては竹内が奇妙な出火に濃い関係を持っているとも推定されそうだ。

竹内自身は「たから屋」で居合せた船員風な客と喧嘩をし、怖しくなってそこを飛出したと言っているが、たから屋のおかみはそんな事実はなかったと否定している。

これも奇怪な食違いである。

だから、検事の調査は入念を極《きわ》めた。

まず、竹内自身の身柄だが、本人はまだ昂奮している。被疑者ではないから庁内に留置するわけにもいかない。自殺の場合に備えて部下一人を彼に付け、竹内の帰宅後もずっと付添わせることにした。

次に竹内が泊ったという小洲の旅館を捜させた。大きくもない町なので「柳家」という旅館はすぐに見つかった。

「たしかにその晩、この方がおいでました」

と、赭《あか》ら顔の女中は事務官が持ってきた竹内の顔写真を指してうなずいた。

「お見えたのは十二時半ごろでした。一しょに付いてたんは若い女のひと四人で、バーに働いとるひとやとは一目で分りました。男の方は前後が分らんくらいに酔い、女のひとに手を取られて入ってきました。そのとき女のひとたちは、お客さんがあんまり酔うとるので、しばらく寝かせる部屋を貸しとくれと言いなされたです。ちょうどひまだったので二階にお通ししたんですが、男のひとは、そのまま蒲団の上に横になって大いびきをかいとりました」

「女の連中はどうしていましたか？」

「そのひとたちは隣の部屋でおしゃべりをしてました。バーにくる客の噂しよったようですが、そのうち、お客さんがどうしても起きんので、わたしたちはこの客を置いて帰るから、あとをよろしくと言いなされたです」

「なるほど」

「じゃけんど、様子が変じゃけん、お客さんの眼がさめるまで帰らんで下さいと頼みました。それというんは、酔払った客を介抱すると見せかけ客の持物を盗る悪い女もおると聞いたんで、万一を考えてそう言うたんです」

「相手は、どう言いました?」

「女のひとは、相手が起きそうにないんで、遅いけん帰ると言って聞きません。おかみさんに相談すると、やっぱり帰してはいけん、明日の朝の七時までは必ず居てもらおということなんで、無理にそう承知をさせました。女の人たちはごろ寝でした。朝の七時ごろ四人の女のひとは起きて、自分たちの勘定を払い、男客のぶんは眼がさめてから当人に貰ってくれと言うて帰りました。夜も明けていることだし、それ以上わたしたちも引留めようがなかったんです」

「その女たちはどこのバーの者か分りませんか?」

と、地検支部の事務官は訊いた。

「店の名前までは聞いとりませんでした。じゃけど、杉江の町の人かいなちゅうことは、途中、峠を越えてきたちゅう話で分ります」

と、柳家の女中は答えた。

「バーの女給なら、ここで煙草なんぞのんだでしょうが、店のマッチを置きませんでしたか」

「いいえ、それはありませなんだ。寝ていた男のお客さんが帰ったあとにも、そないなマッチは見つかりませなんだから、ありません」

「男の客は起きたとき、自分がどうしてここに運ばれてきたか実際におぼえていなかったようでしたか？」

「ええ、しきりに不思議がっとりました。いつの間にこないな所に泊ったんかと、さかんに前の晩の様子をわたしどもに訊いとりました」

「その男は、ここに連れてきた女たちをよく知っている風でしたか？」

「そいが初めてらしいです。じゃけん、どこで飲んだかと、一生懸命に頭をひねっておられました」

「その女たちは、この竹内君、いや、男のお客さんを置いて帰ったということですが、タクシーを使って行ったのでしょうか？」

「いいえ、初発のバスで帰ると言うとりました」

「そのバスは杉江の町に行くのですね？」

「そうです」

「前夜、杉江からここに車で来たということでしたが、そのタクシーはどこの会社かおぼえていませんか？」

事務官はなんとかして手がかりをつかもうと懸命だった。

「それが、玄関の呼鈴が鳴って出たときは、もう車が帰って居ませんでしたから、車のナンバーも見とりません」

「男のお客さんがバーにくる前に喧嘩をして、その店に逃込んだというような話は出なかったですか？」

「いいえ、聞いとりません」

大体、こういうことである。

調べる側は、この話に基いて杉江のバーを一軒々々たずねて歩いた。すると、どの店も、

「いいえ、ウチではそういうことはありませんでした」

と答える。約十二、三軒のバーが同じような返事しかしなかった。

次は、竹内が翌朝地検の焼跡を見にきて逃出した事実の裏づけである。

竹内は無意識にそこから逃げてバスに乗り、終点から汽車に乗りかえ八幡浜に降りたと言っている。バスの車掌《しやしょう》を捜し出して訊くと、幸い彼女は竹内の顔を知っていたので、その証言が取れた。

事務官たちは八幡浜まで出向いた。竹内の言う通り駅の前に大衆食堂がある。働いている女の子は竹内をおぼえていた。印象にあったのは、竹内が注文のうどんを食べ残したので気を悪くした記憶があったからである。ウチのうどんおいしいのが自慢なのに、食べ残すとはいやらしい人だと思ったそうである。

映画館も竹内の言う道順通りのところにあった。モギリ嬢は竹内の顔をおぼえていなかったが、たしかに第一回の映写時間だから客は少なかったと述べた。

二本の映画の筋も竹内の述べたところと間違いはなかった。二本立《にほんだて》の映写が終った時刻も一致する。

検事が考えたのは、竹内が八幡浜に行ったのは、そこで誰かと連絡を取っていたのではないかという想像だったが、現地を調べた二人の部下は、その形跡は得られなかったと報告した。

瀬川検事は、竹内の述べたことが大体真実だと判断した。竹内はやはり失火の責任と平田事務官の焼死とで逆上し、無意識に八幡浜まで逃げたものと思った。

だが、辻褄《つじつま》の合わないことが一つだけある。竹内は「たから屋」で船員風の男と喧嘩をし、逃出してどこかのバーに飛込んだと主張しているのに、たから屋ではそんな事実はなかったと述べていることだ。

また、飛込んだというバーも発見できない。酔払っている竹内は、そのバーがどの辺にあったのやらまるきり記憶を持たないのである。

「君の思い違いではないか？」

と、瀬川検事は竹内に言った。

日ごろ実直な事務員である。赴任して間もないが、瀬川は竹内の性格をよく知っていた。むしろ小心なほうだ。だからこそ宿直を放棄し、大事を惹《ひ》き起した責任にせめられて逆上した心理がよく分る。

竹内が嘘をつく人間とは思われない。閑《ひま》なときには将棋の相手をしている間柄だが、今度は困ったことになったと瀬川は思った。竹内はまだ蒼《あお》い顔をして俯向《うつむ》いている。

「いいえ、それはよくおぼえとるのです」

と、竹内は主張を変えなかった。

「とにかく相手が船員風な男なので、こちらも恐しかったんです。そばで平田さんがあんまり止めてくれなかったのを恨みに思っとったくらいですから、間違いはありません。ぼくは殺されるかと思って一生懸命逃げましたから」

「なんで喧嘩になったのかね？」

「さあ、こちらも酔っていたのではっきりおぼえとりませんが、なんでも向うから喧嘩をふっかけられたようにおぼえています」

「どこの船の者か分らないかね？」

「分りません」

事務員竹内平造は、あくまでも飲屋で喧嘩をして逃げたという。当の「たから屋」のおかみは、そんな事実はないという。この飲屋は小さくて、おかみが一人しかいなかった。ほかに女中や小女がいたらもっとはっきりするかもしれないが、それはできなかった。

また、その時刻にいた客は、死んだ平田事務官と、竹内と、その船員風の男たちだけである。ここにも問題がはっきりしない原因があった。平田は死んでいる。竹内のいう相手はどこの者だか知れない。いわば竹内とおかみとの水掛論《みずかけろん》の恰好になった。

竹内は宿直を留守にしてきたことが頭からはなれないままに酒を飲んだ。そのとき相手の平田が彼の気に障《さわ》るようなことをいったので、両方を紛《まぎら》わすために思わず酒を飲みすごしたといっている。

だから竹内の述べたことは酔ったあまりの思い違いかもしれない。あるいは竹内が重大な事故の言いわけに、ありもしない喧嘩や、バーに逃込んだことなどを創作したのかも分らない。

だが、瀬川検事は竹内が律義なことを知っていた。律義者だから言い逃れの嘘はつかないとは言い切れないが、どうもそれにしては組立てが大胆である。

しかし、竹内の言葉が本当だとすれば、たから屋のおかみも市内のバーも嘘をついていることになる。しかし、そんな虚偽を述べる必要がどこにあるだろうか。飲屋もバーも嘘の証言をしても別に利益にならないのである。

ただ、竹内の冒した重大な過失が自分の店で飲んだ酒から起ったのだ、と考えて、逃げを打っているともとれないことはない。しかし、この想像は弱い。いくら風俗営業でも、そうまでして関り合いを怖れる必要はない。

ただ一つ、ここにいずれかの主張を立証する方法が残されていた。それは、小洲の柳家旅館の女中を連れてきて杉江のバーを全部見せて歩かせることである。もし、女中がどこかのバーに働いている女たちに記憶があれば、竹内の言ったこと、少くともバーに逃込んだ以後の言葉は証明される。杉江のバーの全部に当っても知れている。検事はすぐに事務官二人を再び小洲にやって、そのことを実行させることにした。その留守に検事は考えた。当夜は平田のほうが竹内を外に誘っている。平田が先に飲屋に行って、残っている竹内にしきりとすぐに来るように勧めたのだ。こういう例が今まであったかどうか。

検事は事務官と事務員とを全部集めて、宿直の晩に脱け出した経験を言わせた。みんな初めは尻込みしていたが、結局代り番こに外出していたことは白状した。

「でも、宿直員二人が一しょに出たことは絶対にありません」

と、彼らは異口同音に答えた。

当直をする職員たちの経験を聞いた瀬川検事は考えた。

なぜ、平田は竹内を誘い出したのであろうか。平田にしても宿直室がからっぽになることが心配なのは十分に分っているはずだ。彼は竹内より上級者だから責任もより自覚していることである。

平田は本当に飲み友だちが欲しくて電話をかけて竹内を呼んだのだろうか。こんなことまで瀬川は疑ってみたくなった。

翌日、小洲の「柳家」の女中をこの杉江の町のバーに連れて回った事務官の報告がきた。

「どうもはっきりしないのです」

と、その事務官は言った。

「女中はどの店を回ってみても、女の子たちの顔に記憶がないといいます」

「記憶がないというのは、竹内君を担ぎ込んできた女給たちとは違うという意味かね、それともよくおぼえていないという意味かね？」

検事は訊いた。

「よくおぼえていないというのが本当でしょう。遅い時間に来たことだし、一人だけではなく四人も一ぺんに来てがやがや騒いで行ったので、どの顔だかはっきり決められないようでした」

「その女中さんに会ったバーの女たちのほうに反応はなかったかね？」

「それも気をつけてみましたが、みんな知らぬ顔をしています。全く初めて会ったような様子ばかりでした」

「旅館の女中さんが、この人に似ているといった女はなかったかね？」

「それはありました。ですが、感じとして似ているというだけで、明確に当人だと指摘できないのです。たとえば、髪のかたちが似ているとか、まるい顔や細い顔が似ているという程度なのです」

「そうか。困ったな」

人間の眼は確かなようで不正確なものだ。検事は研修時代によくその講義を聞かされたものだった。或《あ》る実験では、一室に一同を集めて男や女を出入りさせる。あとでその特徴を書かせるのだが、十人が十人まで、その顔や、着ている衣服や、その色などを正確に当てた者はなかったという。これはよく犯罪論などにでてくる話である。

旅館の女中の答をどう解釈してよいか。実際は歩いたバーの中に当の女たちがいたのだが、曖昧《あいまい》な記憶のためにそれと指摘できなかったのではないか。それとも、杉江市内のバーにはあのときの女たちが本当にいなかったのだろうか。

もし前者だとすると、柳家の女中はおぼえていなくとも、女たちのほうで女中の顔を知っているだろう。バーの女たち四人はわざと知らぬふりをしていたということになる。しかし、これが客の懐ろから財布を抜いたというのだったら、女たちが知らぬふりをするのは分るが、竹内は何らの被害を受けていないと言っているから解《げ》せない。

火事の原因は結局失火と決定した。放火とする決定的なきめ手もなかったのである。

土地の警察は焼跡の検証にきた。だが、瀬川が失火を主張したから、それ以上には深く立入らなかった。

肥った消防署長も検事に面会して、

「では、漏電《ろうでん》ということにしましょう」

と言った。

署長は、検事に恩を売ったような顔つきでいた。

検事自身は失火に疑いを持っていた。放火のきめ手がないと同じように失火とする決定的なものもなかった。

警察には話していないが、疑惑は竹内事務員の不思議な行動である。これが放火と結びつく上に極めて濃い影となっている。

では、放火とした場合、どのような理由が考えられるだろうか。

これは検察庁に対して何者かの厭《いや》がらせともとれる。犯罪は警察が摘発するところだが、断罪の告発は検察庁が行う。被告からみれば、警察よりも検察庁のほうが憎いかもしれない。

だがもう一つの仮定は、検察庁そのものを焼くのが目的ではなく、平田事務官を焼《やき》殺《ころ》す目的で放火した場合である。

　これは必ずしも可能性がないとはいえない。なぜなら、平田は当夜酒を飲んでかなり酔い、洋服も着更えないうちに畳に転ったまま熟睡している。そのため犯人は相宿《あい》直の竹内を一晩外に連出したとみられないこともない。平田の泥酔のなかには、あるいは睡眠剤のようなものが飲まされているのかもしれないのだが、解剖ではこの検出はできなかった。

　しかし、こう考えれば、竹内の不可解な行動も何となく解けそうな気がする。彼はほかの人間から一晩じゅう引きずり回されたといえよう。この場合、飲屋のおかみも、バーの女も相手側の工作に協力したということになる。

　つまり、竹内は実際に飲屋で船員風な男たちと喧嘩をしたのだ。それで怕くなった彼は店を飛出したが、どことも知れないバーに避難した。竹内自身はおぼえていないが、彼が飛込んだのではなく、そのバーの女が彼を誘い込んだのだ。単なる客引とは思えないふしがある。

　だが、そんな手の混んだ工作となると、相当大がかりなしくみになる。そんなことが出来る人間がこの町にいたのだろうか。これも甚《はなは》だ疑わしい。第一、平田を殺す理由が不明である。

瀬川検事は、平田の私行を事務官たちに調べさせた。だが、彼は松山の競輪に通っている程度で、別に他人から恨《うら》まれているようなことはなかった。女関係も全然形跡がないのである。

しかし、検事に新しい考えが起った。

瀬川検事の頭に浮んだのは、焼失した第二倉庫にはどのような事件書類が詰っていたかということである。ここにはほとんど現在用事のなくなった古いものが格納されていた。

事件に関係なくとも、これを知っておくのは検事として当然の任務でもある。これら古い書類については事件名の目録が残されている。これを「刑事事件簿」と呼んでいる。

その保管は、事件係の事務官が受持っている。それが焼死した平田健吉であった。

本人担当の戸棚の中から、その事件簿が捜し出された。全部で六冊ある。

瀬川検事は一連番号を見て行ったが、二冊目が足りなくなっている。丁度《ちようど》、昭和二十五年から二十六年にかけての部分だ。

事務によってはときどき古いリストを調べる必要があるので、誰かがこれを担当の平田事務官から借出《かりだ》したのかと思い、検事は全員について当った。すると、誰もが、その分を借出したおぼえはないと言った。

「刑事事件簿」は事件係の平田事務官が保管しているので、一冊足りないとなると、平田がどうかしたのだとも考えられる。期待できないことだったが、万一、平田が自宅にそれを持帰《もちかえ》ったままになっている場合を考えて、事務官を彼の遺族宅にやってみたが、新しい未亡人は、そのようなものは家にはないと答えた。

昭和二十五年四月から二十六年三月にかけての「刑事事件簿」はどうなったのであろう。肝腎《かんじん》の平田が死んでいるので、当人に訊合《ききあわ》せようもない。

事件簿を保存している戸棚の鍵は平田がいつも持っていた。したがって、それを調べるため戸棚をあけたときは合鍵もないことで、わざわざ家具屋の職人を呼んで錠前をあけさせたくらいだ。だから他人が勝手に持出すということはまず考えられない。

それでは、平田が死ぬ前に、その一冊だけを持出したままになっているということになる。

そのリストがないから、この期間、どのような事件書類が第二倉庫に保存されていたのか全然分らない。瀬川検事は、去年の秋、松山地検から赴任して来たばかりだ。当時のことは分らない。検事は部下に、その記憶のある者はないかと訊《たず》ねたが、平田よりも新しい者が多く、正確なところは分らなかった。

瀬川は妙にこのことがひっかかった。その一冊だけが見えないのは偶然かもしれない。だが、これは彼の責任からも知らなければならないことだった。

当時の事件については担当の事務官が事件簿に書きこむ以外、当時の検事が「担当事件簿」に書きこんでいるはずである。瀬川はこれに思い当った。そして、昭和二十五年から二十六年末にかけての検事は大賀《おおが》庸平《ようへい》氏という人だと分った。

この大賀氏は松山地検に戻り、東京地検に転任となってから三年間在職し、その後に停年退職している。

「大賀さんは東京で弁護士さんを開業しているということです」

という部下の言葉に、瀬川は帰宅してから東京弁護士会の名簿を調べてみることにした。

瀬川検事が公舎で東京弁護士会の所属弁護士の名簿を調べると、大賀庸平の住所は東京都練馬《ねりま》区関町《せきまち》一丁目××番地となっている。

瀬川検事は東京生れだ。練馬の関町というのはずいぶん辺鄙《へんぴ》なところだという記憶がある。たしか高田馬場《たかたのばば》から村山《むらやま》方面にゆく西武電車の途中だったと思っている。あの辺は武蔵野《むさしの》の面影が残っていて、雑木林や畑が多い。瀬川は手紙を書いた。彼にとっては先輩に当る人だし、教えを乞《こ》うのだから、文面も出来るだけ鄭重《ていちょう》にした。

こんな文章だった。

「……今回の失火につきましては全く小職の責任でありまして、尊台をはじめ在任歴代の先輩諸氏に対し、まことに申しわけのないことでございます。深くお詫びを申しあげます。

　焼失した第二倉庫は、ご承知のように事件の古い書類が一ぱい入れてありましたが、これら貴重なものを悉《ことごと》く灰燼《かいじん》に帰しました。小職としては早速、焼失した倉庫内にどのような事件書類が格納されてあったか調査にかかる必要があり、事件担当の事務官の保管している目録を見ましたところ、昭和二十五年四月から翌年三月までの時期にわたるリストが一冊欠けております。あるいは誰かが借出したまま欠本になっているのかと思い、いろいろ訊合せましたところ、そのような事実はなく、結局、不幸にも焼死した平田事務官しか知らないことが分りました。何ぶん、当人は死んでいるので、現在これを確かめる方法がなく、困惑しております。

　この時期に当支部に検事として在任されました尊台に、もしやその時期に手がけられた事件についてメモをご保存になっているか、又はご記憶がありはしないかと考えつき、まことに唐突ながら、このお手紙を差上げる次第でございます。もとより、すでに十四、五年経ったことでもあり、詳細なご記憶はあるいはないかも分りませんが、万一思い出されただけでも結構でございます。そのころ、どのような事件を担当されたのか、恐縮ながら小職にご返書を賜《たまわ》りとう存じます」

瀬川は封筒を書き、その手紙を中に入れて机の上に置いた。煙草を吸う。

名簿で調べてみると、大賀検事は明治三十九年六月二日生とある。現在五十九歳。五十九歳が必ずしももうろくした老人とは思えないが、それでも年配のことだし、十四、五年以前のことをどの程度まで記憶しているだろうか。しかも、二十五年の四月から翌年三月までという時期に限定しているのだ。

たった一人だから、家の中はしんとしている。

明日は松山に行かなければならない。瀬川は煙草を一本吸い終って「進退伺い」を書きはじめた。火を出した責任である。

瀬川検事は松山地検に出張した。杉江から汽車で約二時間だ。

ちょうど昼休みに当っていた。まず、次席検事の山川《やまかわ》に面会した。

「報告書を見たが、出火は漏電ということに落ちついたらしいね」

と、山川次席は顔を見るなり訊いた。

「はあ」

瀬川は短く答えた。

「消防署のほうはそれを認めたのかね？」

「了解となりました」

「警察署のほうから何か言ってこなかったか？」

「別に何もありません。署長とも会いましたが、こちらでそう落ちついたので、向うでは不干渉ということになったのでしょう」

「そうか」

次席はどこか安心したようだった。

「まあ、あとでいろいろつつかれないように気をつけておくことだな」

暗に警察側を警戒するように言った。

「次席さん、ここに進退伺いを書いて参りました」

と、瀬川は内ポケットの上を抑えた。前に電話で次席には話しておいたことである。

全焼は免《まぬか》れたが、それでも出火となればかなりな責任だ。当夜宿直二名が任務を放棄していた点で監督不行届は免れない。しかも、職員一人が焼死しているから、問題は軽くなかった。

「そう」

と、次席はちょっと顔をしかめたが、

「まあ、一応は出さなければなるまいね」

と、瀬川の気持を考えてか、軽い調子で言った。

「処分は覚悟しています」

「そう深刻に考えることもないよ」

地方検察庁が火を出した例は、これまでにも無いではない。その場合、検事正《けんじせい》と、当の責任者の検事は減俸処分に遭《あ》っている。

だが、処分を覚悟していると言った瀬川の意味は、もっと重いものだった。職員の宿直放棄と、人間ひとりが焼死した二重事故は前例をみないのである。瀬川は、この進退伺いが受理される場合も予想していた。助かっても、左遷は免れないだろう。

「とにかく長官に会いたまえ」

と、次席は瀬川を促した。長官とは検事正のことである。

検事正は、自分の机の上で店《てん》やものの天どんを食べていた。

「このたびは不始末をしでかしまして、どうも申しわけありません」

瀬川は検事正に頭を下げた。停年の近い検事正は抱えていた湯呑みを置き、机の上のめがねを拭いて耳にかけた。

「君からの報告書も読んだし、次席からの話も聞いたよ」

検事正は天ぷらのエビの残りが歯に挿《はさ》まっているらしく、折ったマッチの軸で口の中をつついていた。天野《あまの》という人で、大阪地検の次席から二年前に転任して来ている。

「あと片付けは大体終ったかね？」

「はい、ひとまず焼跡の整理だけは終りましたが、これから焼失した書類の復元をできるだけ急ぎたいと思います」

「うむ」

検事正はまだ歯をいじっていた。

「死んだ事務官の処置はどうしているかね？」

と、検事正は机の前にきちんとかけている瀬川検事に訊いた。

「はい、当人については中告書で殉職ということにお願いしておきましたが」

「ああ、読んだ。それはいいだろう。……もう一人、相宿直だった事務員のほうはどうなったね？」

「はい、これは多少精神錯乱状態になっています。いま、自宅に謹慎を命じておりますが……どうも重ね重ね監督不行届で、ここに進退伺いを持って参りました」

と、瀬川は上衣のポケットから封筒を差出した。

「ああ、そう」

と、検事正はマッチの軸を歯から捨てた。

「じゃ、一応、預っておくよ」

検事正は封筒の中身を取出し、文面に眼を流していたが、それを前通りに収めると、机の引出しに入れた。却下しないのである。瀬川は自分の身柄が宙に浮いた感じになった。

「まあ、なんとか落ちつくまで、君は仕事のほうを従来通り一生懸命やってくれたまえ」

検事正は平板な調子で言った。

「はい」

「焼けた書類の復元のほうはうまくゆきそうかね？」

「あそこに入れていたのは古い書類ばかりでしたから、性質上、簡単にゆかないとは思いますが、できるだけ早くやってみたいと思います」

一冊足りない「刑事事件簿」が瀬川の頭を掠《かす》めた。だが、これはまだ検事正に報告する段階ではなかった。

「ぼくは今日の四時便の飛行機で東京に行く」

と、検事正がぽつりと言った。瀬川は、出火のことをわざわざ法務省に報告に行くのかと胸を突かれたが、

「全国検事正会同があるのでね」

と検事正は言った。そういえば一週間前に、会同に提出する議案の参考意見があれば知らせるように、と松山から連絡があったのを瀬川は思い出した。

「出火のことは法務次官に報告しておく」

瀬川の処分はその結果次第だといっているようでもあった。彼はまた首の座に坐った心地になった。

「ぼくも……」と、検事正は煙草を取出し、煙といっしょに声を吐いた。「減俸ぐらいは仕方がないと思っているよ」

検事正にも監督の責任があった。軽い調子で、微笑が浮んでいた。

「長官には大へんご迷惑かけて申しわけございません」

上司に責任の及ぶのが一ばんつらかった。この瞬間、進退伺いが受理されるのをむしろ望みたかった。

人間、どこに不運が待構えているか分らない。これまでの瀬川は順調な道を歩いて

来ていたのに、ふいと躓《つまず》いたのである。今後、検事生活をつづけることができても、履歴の上でかなり大きな疵《きず》となるだろう。

午後四時に松山空港から出発する検事正を見送るため、瀬川はほかの地検の人たちといっしょに車に乗った。検事正と次席とは前の車に乗っている。すぐうしろの車にいた瀬川は、その二人のうしろ姿がひそひそと話合っているのを見た。全国検事正会同の打合せかもしれないが、瀬川には自分の進退伺いについて二人が処置を相談しているように思えた。彼は再び身体が宙を漂っている意識になった。

市内を抜けて町外れにかかった。道の片側には士族屋敷のような崩れかけた長屋門の家がつづく。褐色の土塀に傾いた陽がうす赤く照っていた。

横に松山地検の検事がいたが、瀬川が進退伺いを出したことを察してか、わざと火事の話題を避け、とりとめのない世間話をしていた。

空港の建物は小さい。待合室には二、三十人ばかりの人が腰かけたり、立ったりしていた。検事正は東京行の土産が足りないらしく売店の前で何か買っている。瀬川がぼんやりと見ていると杖《つえ》を持った若い女が三人、売店の陳列棚をのぞいて土産物を選択していた。二十一、二から四、五くらいの女で、杖は四国八十八ヵ所を回るお遍路用のものだ。よそから来たらしいが、地味な洋装だった。近ごろの若いお遍路は、ハイキングを兼ねているから、現代的である。

飛行機が出る前の時間は、見送人には退屈で気ぜわしいものである。地検の人も落ちつかない気持で雑談をしている。検事正が買物をして戻ると、いっしょに上京する事務官がそれを受取って提げた。

売店のほうをまた見るともなく眼をやると、三人の女たちは買物が決ったとみえて蟇口《がまぐち》をひろげていた。すると、長椅子にかけていた男が起《た》ち上り、女たちの傍《そば》に行き、何か言った。胴体の太い男だ。ネズミ色のスポーツシャツに茶色のズボンをはいている背中だった。男は女たちを制して売店に金を払った。女たちが礼を言った。

連れかなと思ったが、服装からしてそうではなく、男は彼女たちを見送りに来たと分った。勘定が済んで前の長椅子に戻るときに見せた男の顔は、毛髪の縮れた、額の広い、血色のいいものだった。四十二、三くらいだろう。

三人の女も、その男の横にならんで腰をかけ、出発時間を待った。正面のテレビは時代物の古い映画をちらつかせていた。

瀬川は女たちの顔の特徴をはっきりと見なかったが、一ばん年上と思われる二十四、五くらいの女は細長い顔で、顎《あご》が少し長かった。それほど目立った化粧はしていない。

出発のアナウンスがはじまり、乗客はぞろぞろと出口にすすんだ。見送人がその脇に集った。

瀬川が検事正の傍にすすんだとき、遅れて駆けつけた男が彼の前を横切った。ぞろりとした金紗《きんしゃ》に総絞りの帯を腰の下に幅広く締めている。草履《ぞうり》ばきで、頭は角刈りだった。背の低い、小肥りの二十四、五ぐらいの男だったが、遊び人の恰好だった。

「行っていらっしゃい」

「あとをよろしく」

東京に行く検事正と、見送りの検事たちの間に、そんな挨拶《あいさつ》が交された。瀬川に流れた検事正の瞳に深い表情があった。瀬川も重い眼でそれを受取った。

検事正の五、六人くらい前に、さっき見かけた三人の女たちがゲートに歩いていた。

ふと見ると、さっき彼女たちの買物に金を払った、茶色ズボンの体格のいい男が見送りの柵のところに佇《たたず》んでいた。それにならんで、瀬川の前を横切ったずんぐりした角刈りの男が着物姿で立っている。正面に据えた飛行機に歩く間、女たちは、この二人の男のほうを振返って手に持った遍路の杖を振っていた。角刈りの男が片手をあげた。

瀬川は特に意識して彼らを眺めていたわけではなかった。いわば空港の一風景として眼に止めたにすぎない。だから、検事正がタラップを上って機内に消えると、もう興味は二人の男になく、飛行機が離陸してゆくまでを地検の連中と見物していた。

その飛行機が海の上に消えたあと、瀬川も次席の車に乗せられた。

「まあ、そう気にかけることはないよ」

と、次席は車中で瀬川に言った。

「検事正が君の進退伺いをすぐに戻せなかったのは、上への相談のことがあるからだ。一応だがね。出火だけならそれほどでもなかったが、人間がひとり死んでいるので、少し厄介《やっかい》だ。だが、検事正は君を惜しんでいるから、総長に言って何とか減俸ぐらいで済せるつもりらしいよ」

次席は瀬川を慰めるためか、検事正の肚《はら》を洩《もら》した。瀬川は、検事正と次席との車の中での打合せが、やはり自分のことだったと思った。あるいは検事正がそれとなく次席にそのことを伝えさせたのかもしれない。

「倉庫で焼けた書類を復元するとなると、大へんだな」

次席は仕事の話に戻した。

「以前に基地の地検が焼けたことがあってね。あのときも焼失した事件書類の復元をやっていたが、ずいぶんと厄介だったらしいよ。いちいち関係警察署に訊いたり、関係検察庁に問合せたりなどしてね」

そのときの火事では最近の書類まで焼けたので、起訴中の被告がかなり無罪の判決を受けたという。証拠物件が焼けてしまえば、起訴事実がほとんど失われたと同然である。瀬川は、今度の火事は古い書類だけだから少しはよかったと思った。しかし、このとき一冊見当らない「刑事事件簿」のことが胸をかすめたので、瀬川はそれを次席に言い出した。検事正にはまだ話してないことである。

「そう」

次席はそれにあまり関心のない顔つきだった。どうせ焼失書類の完全な復元は望むべくもないと諦めているのか、瀬川が話す大賀元検事からの返事にも大きな興味は寄せていないようだった。

「大賀さんはおとなしい人だったな。ぼくはあの人とは十五、六年前、浦和地検でいっしょに働いたことがあるよ」

と、そのほうの述懐に移った。

瀬川は松山から帰りの汽車に乗った。

落日の瀬戸内海は、油を浮したように重くどろりとなっている。瀬川は、町や村に遮《さえぎ》られて断続する内海の夕凪《ゆうなぎ》を窓から見ていた。島が黒く昏れて、家々の灯が輝いてくる。線路沿いの国道にはヘッドライトをつけたトラックが頻繁《ひんぱん》に通っていた。

検事正はとっくに大阪に着き、今ごろは別な機に乗継いで東京へ向っている途中であろう。松山に帰ってくるのは五日のちだった。進退伺いを受理するか、戻されるか、処分の決定はそのときになる。——

瀬川は、それはもう思わないことにした。とにかく、夜の公舎の一室で書いた一片の書きものがいま宙に漂っていることだけはたしかであった。それがどんなかたちで落ちてくるか、考えてみたところで詮《せん》ないことである。瀬川は窓に向けた眼を、鞄《かばん》から取出した雑誌に変えた。

その雑誌を大半読み終ったころ、海岸が無くなり、代りに黒い川が流れていた。肱《ひじ》川《かわ》だった。

次が八幡浜だと思ったとき、瀬川はふいとこの町は竹内事務員が映画を見にきた土地だと思い出した。これから杉江の公舎に帰ったところで別に用事はない。映画でも見ようかなと考えた裏には、一応、竹内事務員の足跡を見る気持が動いていた。今ごろそんなところに行っても仕方がないが、ついでだし、どんな映画館だか確かめてみたい。

八幡浜は瀬川には初めてである。いつも松山と杉江との往復の途中駅として構内を見過していた。駅の前は思ったより賑かだった。広場をよぎると、角が大衆食堂になっている。竹内がうどんを取ったのはここだなと思い、中をのぞくと、五、六人の客が椅子に坐っていた。

瀬川は、竹内の言った通りの道をたどった。少し歩いたところで映画館の看板が大きく見えてきた。前には二十台ばかりの自転車がならんでいる。

建物はかなり大きいほうだが、古びていた。それを絵看板や、派手なポスターが飾り立てている。竹内が見たという同じ映画をまだ上映していた。

瀬川は切符を買い、中に入った。モギリの少女は、長い爪《つめ》でひっ掻《か》くくらいに客の手から切符の半分を奪った。七分通りの入りであった。ちょうど時代ものをやっていて、お姫さまを乗せた駕籠《かご》が沼津《ぬまづ》あたりらしい海沿いの松林の街道を歩いていた。竹内が述べたストーリーの一齣《ひとこま》である。

約三十分で、その映画が終った。照明がついて観覧席が明るくなった。瀬川はそれとなく客のほうを見回したが、別段変ったことはなかった。これは当り前で、何か眼を惹《ひ》くようなことをすぐに期待するのが間違いだった。

つづいて現代ものの上映となった。汽車の都合もあったが、最後まで見きれなかったのは、つまらない映画だからでもあった。

瀬川は椅子を起ち、出口に向った。

瀬川が映画館の廊下に出ると、横の事務所らしい前に三人の男が立っていた。見ると、真ン中のが今日松山飛行場で見た、ネズミ色のスポーツシャツに茶色のズボンをはいた人物だった。もっとも、今はその上に黒い上衣を着ているが、縮れた毛と、広い額とはそのままである。ただ、昼間と違って太い縁のめがねをかけていた。

瀬川は出口に歩いた。瀬川のいまの一瞥《いちべつ》は偶然先方の眼と合ったが、むろん相手には何の反応もなかった。これも当然で、飛行場で出遇ったといっても、必ずしも先方が瀬川を注意していたとはいえない。ただ映画の客がひとり出て来たな、くらいに思って彼をちらりと見ただけであろう。

モギリ嬢の坐っていた場所にはもう人が居なかった。瀬川がそのままの足取りでそこを通りかけたとき、うしろのほうで、

「社長……」

という声が聞えた。

さっき三人立っていたから、そのうちの誰かが言ったのだ。振返る必要のないことだが、むろん、社長と呼ばれたのは縮れ毛の体格のいい男のことに違いない。

——そうか、あの男はこの映画館の小屋主だったのか。

瀬川は表に出た。小屋の前の自転車は少くなっていた。

街から駅に向った。もし、竹内事務員があの映画館で何かをしでかしていたら、その次第をあの社長と呼ばれる縮れ毛の小屋主に訊くこともできるが、竹内はただ映画を見に入っただけなのである。小屋主はそんなことまでは知っていない。瀬川に分ったことは、飛行場に三人の若い女を送りに来たのがこの小屋主だったという役に立たない出来事であった。

列車はすぐに来た。

二等車はガラ空きだった。瀬川は中央あたりに腰を下してくつろいだ。ここから杉江までは、そう時間がかからない。

同じ雑誌を鞄から取出す気にもなれず、ぼんやりと見ていると、五、六席ぐらい離れた所に遍路姿の老人夫婦が疲れた顔で居睡《いねむ》っていた。これはちゃんとした巡礼姿で、寺の朱印を捺《お》した白衣と、白の手甲《てっこう》、脚絆《きゃはん》をつけ、胸には白い袋を下げている。巡礼杖は椅子に一本立てかけてあったが、一本は通路に倒れていた。各地の札所を回って、杉江の町に帰る夫婦づれであろう。

この姿から、瀬川は今日昼間見た三人の若い女を思い出した。彼女たちも杖を持っていた。近ごろは霊場回りも若い人がふえたかわり、レジャーを愉《たの》しむハイキングとなった。洋服の上にかたちばかりの白衣を着けているのはまだいいほうで、巡礼杖だけのもいる。歩くのは苦手だから、むろん、寺から寺へは観光バスで運ばれる。「岩がくれ浪がくれゆく遍路かな」という情景は近ごろ少くなった。

あの女性たちもそのレジャー組だ。関西の人間かどうか分らないが、映画館の小屋主が見送っていたから知合いの者なのだろう。


瀬川は、四、五日の間、失火のあと始末や整理に追われた。

彼にはうしろめたいものがつきまとっている。出火の原因が不明のままだからだ。というよりも、依然として放火の疑いが消えないのである。

痕跡はない。たとえば、放火の現場跡によく発見されがちな物体だとか、外部から人が侵入した形跡だとかがあれば別だが、そういうものは一切なかった。

だからといって失火とは割切れない。出火場所に火の気はなかった。煙草の吸殻をそんなところに棄《す》てたとも思われない。当夜は平田と竹内の二人が宿直を放棄する前に見回りをしている。事務室に最後に残ったのは女事務員だけで、ほかの者は定時で退庁していた。居残った女事務員は煙草を吸わない。また、常識として二人の宿直員が見回りのときに煙草を棄てたとも思えない。

しかし、これは放火の直接証拠がないというだけで、検事の胸には疑いが沈んでいる。なんといっても、竹内の謎の行動が疑惑の影を落していた。

疑惑といえば、宿直室で寝たまま焼け死んだ平田にもその影がある。平田はなぜ熱心にあの晩竹内を外に誘い出したのだろうか。ひとりで飲むのが寂しくなったからだといえばそれまでだが、宿直をがら空きにさせた事務官の心理は納得がいかない。

「刑事事件簿」の一冊が見当らない事実を、偶然のことでなかったとすれば、どう意味づけてよいか。それを持出した可能性があるのは焼死した保管者の平田である。この一冊の紛失と火事とは無関係なのか、関連があるのか、それを関連づけようとしているのは自分だけの錯誤だろうか。

検事のうしろめたさは、どちらとも判別のつかぬ出火の原因を、疑いの強い「放火」にしないで、「失火」に決定したことだった。これには警察への意識が働いていないとはいえない。表面は穏かだが、微妙な対立関係にある警察に弱味を見せまいとする心理が、「失火」を択《えら》ばせたといえるのだ。

普通では失火のほうが検察庁の過失になるわけだが、外部からの放火となると、これは検察庁の威信問題に関ってくるのである。火をつけられた検察庁の権威の失墜が瀬川に防禦《ぼうぎょ》手段を取らせたといえる。しかも、漏電とすれば、過失よりも不可抗力に傾く。庁舎は老朽した建物だった。

しかし、瀬川の気の重さは、その良心問題だけではなかった。

警察も漏電の決定にはすっきりしないものを持っているようだ。署長の顔色でそれが分った。失火と自ら決定した検察庁に、警察もそれ以上介入するのを控えているようだ。そういう相手に瀬川は負い目を持っている。

この火災の真相は、焼死んだ平田事務官が知っているだろう。瀬川のその考えは今も変りはなかった。

が、その日一日が終って風呂に入ったとき、瀬川の頭に別な考えが浮んだ。

身体を湯槽《ゆぶね》に漬け、半ば真空状態になっている瀬川の頭に閃《ひらめ》いたのは、焼死した平田事務官と、その夜ふしぎな行動を外で取った竹内事務員の相対位置のことである。

あれは今まで考えていた通りの線でよかったのだろうか。

平田が死んだのは確かだ。竹内が妙なバーに飛込んだり、小洲の宿で夜を明かしたり、翌朝、現場に舞戻《まいもど》って、すぐに八幡浜に映画を見に行ったりしたのも事実だ。今まではこの通りを実体の組立てとして受取っていた。だが、もしかすると、平田と竹内の位置関係は逆だったのではなかろうか。つまり、竹内が焼死する運命で、平田が外をさまよう運命だったのではあるまいか。

瀬川は湯の中に身体ごと沈んでいた。沈めているのは彼の思索だった。

(仮りに平田が竹内の役で、竹内が平田の役だったらどうだろう?)

——そうなれば、平田が竹内を飲屋に呼出した理由が分ってくるのだ。平田は或る作為をもって当夜の宿直をがら空きにしたかった。なぜか。それはあとで考えればよい。とにかく、そういう意図があって竹内を呼出したとする。

平田は竹内と「たから屋」で飲むうち、竹内を酔わせて先に宿直室に帰すつもりではなかったのだろうか。酔った竹内は宿直室に戻ると、前後不覚に畳の上に転ったまま寝入る。丁度、平田の焼死体がその状態だったようにだ。

平田はたから屋で誰かと喧嘩をし、得体の知れない場所に飛込み、わけの分らないままにいずれかに行き、そこで一夜を送る。これを竹内の行動をそのまま当てはめるとする。

翌る朝、平田は初めて地検支部の火事を知り、びっくりして駆けつける。これから先の平田の行動が果して竹内の通りになったかどうかは分らない。だが、もし、平田だったら、竹内のように仰天して現場から逃出すようなことはせず、瀬川の前に頭を下げて現れたのではあるまいか。

　なぜ、そんなことを考えるか。やはり平田が竹内を呼出したことが瀬川の心にある想像を深く植えつけているからだ。

　では、なぜ両方の役が入替《いれかわ》ったのだろうか。死ぬべき竹内が助かり、無事であるべき平田がなぜ焼死したのだろうか。——

　瀬川は湯の中から跳ね上った。

「旦那さま」と、通いのばあやが言った。「夜のお食事は用意しときました。時間でございますけん、わたしゃこいで帰らしてもらいます」

「ああ、いいよ」

　返事も無意識だった。もちろん用意してくれた食膳の前に坐る気もしない。

　なぜだろう？　分らない。

　分らないのは、この仮説に無理があるからだろうか。不合理だから理由が存在しないのだろうか。

　もし、平田に何かの作為があれば、彼自身、なにも火災があると分っている庁舎にのこのこ帰るわけはない。だから、この場合、彼は出火だけは知らなかったといえそうだ。ただ、いかなる食違いで両人の役が入替ったのか、この辺のところが分らぬ……。

平田と竹内との相対関係が入替ったのはどんな理由だろうか。

ここで、瀬川検事は両人の性格を考えてみた。平田は事務官の中でもらいらくな気質だ。仕事に熟練している者によくみるような、多少横着げなところもある。

ところが、竹内のほうは火事の現場を見て逃げて行った例でも分る通り、律義で気が小さい。だから、過失の衝撃で精神が平衡を失ったといえる。

あの晩、「たから屋」で飲んでいるうちにひどく酔払ったとすれば、竹内のほうだろう。事実、彼は宿直を脱け出していたことに絶えず気が咎《とが》め、それをまぎらすために酒を呷《あお》るように飲んだと言っていた。つまり、酔って分らなくなったのが竹内であり、わりと冷静だったのが平田だったのだ。

ここに第三者がいて、その晩、ひとりをよその場所で過させるとしたら、どちらを択ぶだろうか。もちろん、酔払って正気を失っている竹内を取るだろう。わけのわからないところに連れこまれたり、また別な場所に移されたりしたとき、半分は無意識状態になったほうが利用者には都合がいいわけである。

ここにおいて、最初平田に予定された役目が入替ったと思えるのだ。したがって、竹内が述べた泥酔後の行動は大たい信用していいようである。

そこで、平田の意志だが、彼は竹内が途中から逃げたので、仕方なしに検察庁の建物に戻っている。これも彼の意志というよりも、第三者の手で宿直室に戻されたとみるべきではなかろうか。

要するに、二人の役目が入替った分岐点は、どちらがよけいに酔払っていたかにあろう。

(平田という男は、どんな生活をしていたのだろうか)

瀬川はついぞ今までこれに注目したことはなかった。当人は完全に殉職しているので問題はないとみられていたからだ。

あるいは、竹内の不可解な行動ばかり調査していて、こっちがかくれていたともいえそうである。

その晩、瀬川は、気持が昂《たかぶ》って夜中にたびたび眼をさました。

翌《あく》る朝、出勤すると、田村《たむら》という事務官をそっと呼んだ。

「君は平田君とはわりと親しかったんだね？」

「はあ、帰り道がいっしょですから連れになっていたし、飲み友だちでもありました」

田村事務官は、度の強い近眼鏡の下で眼をしょぼしょぼさせて言った。

「平田君はそんなによく飲んだかね？」

「いいえ、ひどくはありませんが、一週間に二、三度ぐらいは、あのたから屋に行っていたんじゃないでしょうか」

「勘定は平田君が払っていたかね？」

「たいていワリカンですが、最近は彼が払ってくれていました」

「最近ね。すると、金まわりがわりとよかったのかな？」

田村は検事の言葉にちらりと眼をあげたが、黙ってまた眼をしょぼつかせた。

「どうだね、田村君、平田君は近ごろ金回りがよかったわけだね？」

瀬川は、事務官の度の強い眼鏡の奥に瞬いている眼を見て言った。

「はあ、多少はそうだったかもしれません」

田村は低い声で答えた。

「でも、それほど大してよかったとは考えません」

なるほど、おでん屋の飲代《のみしろ》ぐらいだから知れているといえば知れている。検事は別のことを訊いた。

「君は平田君の家に始終遊びに行っていたかね？」

「家が同じ方向ですから、一ヵ月に一度くらいはのぞいたことがあります」

「最近はいつだね？」

「そうですね、平田君が死ぬ五、六日前でしたでしょうか」

「家の中の模様が急に変っていたとか、そんなものは眼につかなかったかね？」

「どういうことでしょうか？」

「たとえばさ、新しい家具がふえたとか、奥さんの着ているものが最近買ったようなものだったとか、とにかく、なんというか、生活が少し豊かになったようなところが見えなかったかね？」

「さあ」

と、田村はよけいに眼をしょぼしょぼさせたが、

「家具のことは知りませんが、奥さんは新しい洋服といいますか、きれいなワンピースを着ていました」

「それはよそ行のものかね？」

「いいえ、よそ行ではなかったようです。その上に前掛をしていましたから、あれは普段着だったと思います」

瀬川は考えた。女はよそ行のために新しい着物をしまっておくから、新調のものを

つけていたからといって最近それを買ったとはいえない。だが、普段着に新しいものをつけたといえば、最近の買物ということになろう。

「平田君の趣味は競輪だったね」

「はあ」

「松山で競輪が開催中にはよく出かけていたかね？」

「日曜にはたいてい行っていたと思います」

「君も誘われたことがあるだろう？」

「誘われましたが、あれはヤミツキになると裸になるということですから、やめました」

「平田君は裸になったことはないかね？」

「前にはかなりスったことがあって、給料の前借などをしていましたが、このごろはうまくなったのか、わりに儲《もう》けたようなことを言っていました」

「そいじゃ、君にご馳走《ちそう》したり、奥さんに新しいワンピースを買ってやったりしたのも競輪で当てた金かな？」

瀬川は微笑をみせた。田村は、それははっきりと分らないが、そうかもしれない、と言った。

「ありがとう。平田君のことをぼくがこんなふうに訊いたとは誰にも言わないでくれ」

瀬川は田村を退《さが》らせた。

瀬川は、平田の妻君の顔を葬式のときに知っている。あまり身体にぴったりとしない喪服を着ていたから、あれは借物だったかもしれないとぼんやりと思った。

田村事務官の言うところによると、平田は最近金回りがよかったらしい。もっとも、それは平田が濫費《らんぴ》をしたとか、贅沢《ぜいたく》なものを買ったとかいうのではなく、前からくらべてかなり楽になったようだというだけのことである。

瀬川は、会計をやっている事務官を呼んだ。

「君は平田君に給料を渡していたわけだが、前借などの棒引きが相当あったかね？」

「そうですね、今から二ヵ月ぐらい前までは、前借前借で毎月相当な額を給料から差引いていました」

「すると、二ヵ月ぐらい前からそういうものが無くなったというなら、途中で借りたぶんを返したわけかね？」

「はあ。たしか二月下旬だったと思います。前借のぶんだけは埋めておくと言って、溜《たま》っていた総計三万二千円ばかり持ってきました」

「平田君の給料は？」

「税金や積立金、健康保険料その他を差引いて、手取り三万五千円ぐらいでした」

「借金返済のため毎月差引いたのはどのくらいかね？」

「分割払いですから、月々五千円くらい差引いていたと思います」

手取り三万五千円くらいの給料で、一どきに三万二千円も借金の埋合せをしたのはおかしいと言えなくはない。だが、それは検事は黙っていた。

「その借金を返しに来たとき、平田君は松山の競輪で儲けたと言っただろう？」

会計係の事務官は声を出さずに笑った。

「おっしゃる通りです。奴《やっこ》さん、そんなこと言ってました」

「それからずっと借金しないで済んだんだな？」

「はあ」

「競輪がよっぽどうまくなったんだな」

検事は、それから、平田が借金の埋合せをした月日を訊いた。

「そうですね、たしか二月二十五日だったと思います」

地検の給料は毎月十六日に支給される。二十五日というと、貰った給料がぼつぼつ端境期《はざかいき》に入るころである。しかも、平田は借金の棒引きでひとよりはずっと少い金であった。

　会計係を退らせたあと瀬川は、いよいよ平田の妻に誰かを会わせる必要を感じた。東京の大賀弁護士からの返事は今日もこなかった。だが、こちらから出した日を考えると、明日あたりになるだろう。

　午後、土地の警察署の警部補が背広を着てやってきた。

「検事さん、大ぶん後片付けができたようですな」

　警部補はここに入ってくるとき焼跡を見てきたのであろう。そこには大工が入って、半焼けした建物の修繕をしていた。

「建物はなんとか補修できるが、困るのは焼けた書類のことでね、これが頭痛のタネですよ」

　と、瀬川は顔をしかめた。

「そうそう……」

　来訪した警部補は言った。

「この前ご照会をうけた、昭和二十五年の四月から翌年の三月までの送検事件のことですがね。刑事たちに訊いたんですが、みんなはっきりおぼえていませんよ」

　警部補は椅子にかけた片脚の先をぶらぶらとさせた。

「ああ、そう」

瀬川は、この返事を考えていないではなかった。もちろん、警察が検察庁に非協力だというわけではない。だが、積極的に協力するとは思っていなかった。

「全然、記憶している人はいないのですかね？」

「少しはありますが、みんなつまらない事件ばかりでしてね。コソ泥とか、僅《わず》かな金の詐欺《さぎ》だとか、喧嘩だとか、そんなことばかりです。この町のはずれで、密航してきた朝鮮人をつかまえた事件なんかあったといいます」

「その期間に、はっきり分っているのは何件ぐらいですか？」

「そんなのを入れて全部で四、五件くらいでしょうな」

平田事務官の保存していた「刑事事件簿」は、他の事件簿からすると一年ぶんだから、どんなに少く見ても五百件ぶんぐらいはあったと思われる。それが百分の一しか警察では思い出せないというのだった。もちろん、五百件のなかには公判に回したのも、不起訴にしたのもいっしょに含まれている。

「その期間の捜査書類は、警察には残っていないでしょうね？」

「ほとんど無いんです。検事さんから頼まれたので、一応、古いところをやりましたがね、ご承知のように、送検となると、こちらの捜査記録も全部検察庁に送付になっていますから」

警部補は、自分たちが苦心して作成した捜査書類を火事で灰にしたのはそっちの責任だとでも言いたげな顔をした。

「どうも申しわけない」

と、瀬川は謝った。

「では、その分ってるぶんだけでも出してくれますか」

「ここに持って来ました」

と、警部補は黒鞄の中から罫紙《けいし》に書いたものを差出した。

「刑事たちのうろおぼえですから、被疑者の名前や、被害者の名前も思い違いがあるかも分りません。犯行の内容も大体のところです」

瀬川は受取って眺めたが、なるほど、文字は簡素を極めている。取りようによっては、いい加減なところでお茶を濁した痕《あと》が読取れそうだった。

しかし、これはあながち杉江警察署を咎めるに当るまい。十五年近く経っている古い事件を、刑事の記憶だけで完全に復活することは無理なのである。公判に附《ふ》したものは分りやすいが、不起訴のぶんが困難である。当時捜査に従っていた刑事の中にも辞めた人間がいるに違いない。焼失した刑事事件書類を復元するには、このほか関係検察庁や他署からの連絡も加わるが、そこからどれほどのことが期待できるだろうか。——瀬川は、諦めた。

第二章

その日の午後の配達で、瀬川のもとに東京の大賀庸平氏から手紙がきた。瀬川は、封書の上書《うわがき》に書かれた速書きの枯れた文字と、封筒のうすさに、その返事の内容が予想できた。

中をあけると、便箋三枚だが、最後の一枚は、大賀氏の名前と、宛先の瀬川の名と、日づけだけだった。

「拝復　貴翰《きかん》拝受いたしました。杉江支部の建物が焼失したと聞き、愕《おどろ》くと共に貴官のご心痛ご同情にたえません。仰せの通り、杉江支部には小生も十数年前在職し、三年間、日夜服務しておりましたので、今日でもありありとその建物の姿を思い浮べることができます。貴翰により感慨無量なものがあります。

さて、お問合せの件につきましては、残念ながら当時の取扱事件については何一つ記憶しておりません。殊にご指摘の昭和二十五年四月より翌年三月までの不起訴ぶんのことになりますと、甚《はなは》だ恥しき次第ながら具体的なことは何一つ思い出されずにおります。取扱の刑事事件メモなどもしばらく所持していたように記憶しておりますが、長い検事生活と別れる際、他のものと共に悉《ことごと》く焼却しております。

　せっかくのご努力に何一つ報いることのできないご返事を差上げることを遺憾に存じております」

　瀬川の頼りにしていた最後の望みは切れた。しかし、この先輩検事の返事を冷淡だと考えることはできない。十数年前のことだし、メモに残っていないとなると、記憶がないというのは当然であろう。現職の刑事ですらおぼろなことしか答えてくれなかったのだ。

　この元検事がまるきり記憶がないというのは少し妙に思えるかもしれないが、不起訴事件でも、あやふやなことを書いてはという懸念が、この文面になったのであろう。おぼろな記憶から間違いを冒してはならないという配慮が皆無の返事になったに違いない。殊に瀬川が該当期間まで指定したので、元検事はよけいに慎重になったものと思える。

　瀬川は手紙を封筒の中に戻して、机の上にしばらく置いていた。

　この文面を想像通りのものだとすると、あるいは瀬川自身が大賀氏に直接会えば

「多分、その頃だと思うが」とか、「たしかなことは言えないが」という前置があって、おぼろな話ぐらいは引出されるのではなかろうか。

現職の検事として半ば公文書的に問合せたから、相手は臆病《おくびょう》になったのだ。大賀氏は、自己の回答がどのような責任を負わなければならないかを知っていた。

瀬川は、東京をこのときほど遠く感じたことはなかった。母親と兄夫婦のいる世田《せた》谷《や》の家から練馬区関町までは電車を利用して一時間とはかからない。四国の西端から、その大賀氏の家までは厖大《ぼうだい》な時間と空間がたちはだかっていた。いや、それよりも彼の自由は目下の職務という壁にはばまれていた。

瀬川がぼんやり煙草をふかしているところに、田村事務官が入ってきた。

「ただ今、平田君の遺族のところに行って来ました」

と、田村事務官は眼鏡を鼻の上にずり上げて言った。顔にうすい汗をかいている。

「そりゃご苦労だった」

瀬川は田村に椅子を近くに持ってこさせた。

「金のことだから、君も言いづらかっただろう」

「はあ」

田村はうす汚れたハンカチを出して頰を拭った。

「おっしゃる通り、探ってみるのが骨でした。でも、平田君が亡なってからあとの生活の問題を心配したようにして、いろいろと訊いてみたのです。つまり、平田君が相当借金をしていれば、その整理のことがありますから、相談があれば打明けてほしいと言ったのです」

「なるほど」

「平田君は、ああして松山の競輪によく出かけていたので、相当借財もしただろうし、貯金もないのに違いないと、こちらから切出してみました。すると、奥さんは平気な顔で、そんな心配は今のところ無いと言うのです」

「それは、君、殉職した弔慰金《ちょういきん》や退職金などが入ることを考えてじゃないかね？」

「わたしもそれを言いました。だが、そっちのほうは、これからの生活資金や子供の教育費などに、できるだけ手をつけずに取っておきたいと言うのです。奥さんはこれから働くつもりなんですね。それで、現在のところですが、一時は平田君の競輪狂いで借金も溜り、質草も底をついたような状態もあったが、よくしたもので、最近は競輪が当ったとかで、相当穴埋めがついたと言っていました」

「そんなに競輪というものは儲るものかね？」

「とんとん拍子に穴でもつづけて当れば、かなり入ってくるんじゃないでしょうか」

「その話は、給料から差引かれる借金を埋めたということと一致するが、一体、それはいつごろから儲け出したというんだろうね？」

「やっぱり前借を埋合せていた時期と同じころです。二月の下旬あたりからですね」

「その後ずっと調子がいいわけだな？　いや、競輪のほうだよ」

「そうらしいです。勝負ごとは運さえよければ、馬鹿みたいなことになるのでしょうね」

「そうか」

瀬川は肘杖《ひじづえ》をついた手を額に当てた。

「そのほか、その前ごろに誰か知らない者が訪ねて来たとか、はじめての人から手紙が来たとかいうようなことは聞かなかったかね？」

「それはなかったそうです」

「しかし、平田君が競輪に通うときには、競輪友だちというのか、いっしょに松山通いの連中もいただろう？」

「その点は、平田君は自分の職務を自覚していて、あまり仲間は作らなかったそうです」

「つまり、彼はたった一人で競輪通いをしていたわけだな？」

「そうなんです。死ぬ前に競輪が当り出したのも何かの兆《きざし》だったのでしょうと、奥さんは嘆いていました」

平田の妻君は、主人の競輪が当りはじめたのは死の前兆だったように考えているらしい。だが、果してそうだろうか。

瀬川が黙っているので田村は眼をしょぼしょぼさせて話を継いだ。

「奥さんは、平田君が焼死する前の晩も一家で映画見物をしたのに、と言って悲しんでいました。競輪に狂っているときは夫婦喧嘩の絶え間がなく、ついぞ、そんなこともなかったそうですが」

「映画見物？」

と、瀬川はふいと顔をあげた。

「平田君は死ぬ前に家族と映画見物に行ったというんだね？」

「そうなんです」

「どこの映画館だ？」

「むろん、この町の劇場ですよ」

田村は検事のうかつさを嗤《わら》うように答えた。

「それも金を出したのではなく、招待券のようなものを貰って行ったのだそうです」

「招待券？　君、それは何ンという映画館だね？」

「杉江映画劇場です。この町には三つ映画館がありますが、一ばん大きいやつです。

……女というのは、そんなものを貰って行くのがうれしいんですね」

「その招待券というのは、その週にだけ通用するのを貰ったのかね？」

検事がなぜそんなことを訊くのかと、田村はいぶかしそうな眼を眼鏡の奥にみせた。

「そういえば、平田君がそういう券を貰って帰っていたと言っていました。ああいう券を貰わなかったら映画など行かなかっただろうに、思わないところで最後の楽しみになったと言っていました」

「そうか」

瀬川が映画の招待券のことにひっかかったのは、八幡浜の映画館が頭を掠《かす》めたからである。もちろん、これは暗合であろう。八幡浜の映画館に入ったのは平田ではなく、竹内事務員であった。

だが、この暗合は、さらに松山空港で検事正を見送ったときの情景にも線を伸ばしている。そのときは知らなかったが、八幡浜の映画館主が三人の女を見送っていた。若い女たちは、それぞれ遍路の杖を振って別れを告げていた。

見送りの映画館主の横に、角刈りで、ぞろりとした着物の男が立って手を振っていたが、どう見ても遊び人の風体だった。

「君」

と、瀬川はためらっていたが、自分でもそれまでの眼の表情と変っているのが分った。

「どうだろう、田村君。君、ひとつ、杉江映画劇場の、背後組織を聞いてくれないか」

「はあ、組のことですね？」

と、田村はうなずいた。

「ついでに、八幡浜にある映画劇場は、どこの勢力に入っているかも詳しく知らせて欲しいな」

検事は捜査の手足を持たない。直接には僅かに検察事務官がいるだけである。

戦前は、検事が警察の捜査を直接指揮することができた。検事は殺人事件でも、強盗事件でも現場に臨み、捜査方針を立て、署長や捜査主任を指揮命令できた。しかし、戦後、刑事訴訟法の改正で、特殊な事件、たとえば、汚職、選挙違反などを除くと、検事は警察の捜査にタッチできず、事後の報告を聴く程度になっている。つまり、検事は警察署から送られてくる捜査書類によって起訴状を書き公判に臨むだけとなっている。

したがって、警察がぼう大な捜査員を擁しているのに対して、検事は事務官のみの寥々《りょうりょう》たる人員にすぎぬ。このことは、汚職、選挙違反などを捜査している東京や大阪地検の特別捜査部の組織についてみても同じことである。警察の刑事の役に当るのが地検の検察事務官だが、人員の数においても、組織においても、検察庁は警察のものの比ではない。

検事はしばしば警察の捜査が欠陥だらけであると指摘する。送検された事件についても、この程度では公判が維持できないという理由で捜査のやり直しや、不起訴にしてしまうことがある。ここにおいて検察庁は警察に対して不信を持ち、警察もまた検察庁に対して不満を起す。

検察と警察との相互不信は根深いものがある。

そこで、最近は検察部内で、検察庁は公判専従になるべし、という議論が早くから起っていた。一つには、人員の少い検察庁が警察と競争して捜査をやってもいたずらに精力を取られるだけで、肝心の起訴件数が溜るばかりだというのである。

実際、検事は忙しい。送検された警察の記録書類を閲覧《えつらん》し、検討し、被疑者を調べ、参考人を呼ぶ。検察庁に送られてくる事件は次々と流れが止らないから、赤信号にひっかかった東京の自動車のように捌《さば》き切れないでいる。

しかし、検察庁の夢は戦前の捜査指揮権の回復にある。つまり、昔のように、検事が警察署の捜査に君臨して、思うがままに自己の方針に従って捜査を指揮したいのである。

警察は、この検察庁の考えに対して抵抗を持っている。警察官僚は他の官僚と同様、一度獲得した権限に対しては絶対にこれを放棄しようとはしない。

そこで、検察庁は警察の捜査の不手際を指摘し、ときとして、警察に任せては事件になるものもならなくなる、と攻撃する。警察はまた、それは検察の独善だと言い返す。

要するに検察は捜査の手を持たない。

瀬川検事が杉江映画劇場や、八幡浜の映画館の背後組織について、もし、警察に調査を頼めば、非常に短い時間で一ぺんに分ることであろう。それを田村検察事務官ひとりに命令したのは、この狭い杉江地検支部と、地元の警察との間にも不和感があったからである。

中央の相互不信は地方の末端にも行き亙《わた》っていた。

翌日の朝、瀬川は再び松山に向った。

天野検事正は、昨夜、東京から予定通りに帰任していた。今日は松山地検の全検事を集めて、長官会同の報告をすることになっている。

瀬川の場合は、それに一身上の問題が加わっていた。検事正の帰任は、同時に瀬川の進退の決定でもあった。

瀬川は、九時半には松山駅に降りていた。城のある丘に向ってバスが延々とつづいている。地検の建物は高検といっしょに、その城の見える下にあった。

会議は十時からはじまった。

天野検事正は中央に立って報告をはじめた。この人は決して大きな声を出さない。だから、ときどき耳に手を当てないと聞き取れない部分がある。

一つは、書類を見ながら俯《うつむ》向いてものを言うせいかもしれぬ。慎重な人だった。

まず、総理大臣と法務大臣の訓示の要旨、つづいて検事総長の訓示が詳しく伝えられた。

――全国には未だ暴力団の跳《ちよう》梁《りよう》がある。さきの度重なる摘発で下火になったようにみえるが、偽装転向も多い。殊に地方に勢力を伸ばしている。検察庁としては地方末端の暴力団の動きに対して細心な注意を持ち、厳罰主義で臨んでもらいたい。また、来年は参院選挙があり、事前運動も噂されている。この方面にも厳重な監視が必要である。——天野検事正は原稿を読むようにぼそぼそと抑揚のない声で話した。

瀬川は、ときどき身体を動かしては聞いていた。検事正は次に申合せ事項や、各地検から出された要望事項に対する最高検の回答などを披露している。

もしかすると、瀬川にとってこれが最後の出席かもしれなかった。そう考えると、天野検事正の貧弱な痩《や》せた身体と弾みのない声とが、ほかの者より強烈に受取れた。

訓示のあと、出席の検事たちから質問があり、検事正からの答弁があった。眼の前の茶は冷えて、茶碗の端に糠《ぬか》のような羽虫が一匹、匍《は》い上っていた。

この会議が終り次第、瀬川は検事正に呼ばれるだろう。会議の空気は次第に、その終末に近づいていた。会議がだれてくるのとは反対に、瀬川の胸は締めつけられてきた。

「では、これで」

と、山川次席が閉会を宣した。

検事たちは椅子からぞろぞろと起ち上り、ゆっくりと会議室から廊下へ歩いていた。小さな私語が低いざわめきとなっていた。

うしろから歩いていた瀬川の肩をつつく者がいた。振返ると、次席であった。

「ちょっと」というように眼顔で立停《たちどま》らせ、

「そのまますぐに、ぼくの部屋に来てくれないか」

とささやいた。

ほかの検事がちらりとふり返った。二人は列からはなれて、別のドアに歩いた。

天野検事正はお茶を飲んでいた。瀬川が次席といっしょに入って行ったとき、彼は湯呑を机の上に置いた。

「お帰んなさい」

と、瀬川は検事正の机の前で挨拶した。

「かけたまえ」

検事正は疲れた顔をしていた。東京出張のためか、会議の直後のせいか、それとも、これから瀬川に言い渡す処分問題が屈託なのか、いずれとも判じられなかった。

「早速だが」

と、検事正は舌で唇をなめた。横に次席が立会いの恰好で控えていた。

「君のとこの失火のことだが、いろいろと東京で相談してね……」

瀬川はだまって頭を下げた。

「法務次官も大ぶん心配されていた。で、前例などを調べてもらってね。ぼくとしては君には検察部内に残ってもらわなくては困ると主張したので、次官もそれは了承してくれた。……そこで、事故の前例のことだが、今度は宿直の放棄で人命が失われていることから、初めてのケースになっている。それで、大ぶんむずかしかったが、結局のところ……」

と、検事正は咽喉《のど》を動かして唾《つば》を飲んだ。

「君の出した進退伺いは却下に決ったよ」

瀬川は深い息を吸いこんだ。安心と責任感とがいっしょになって、胸の中に重くひろがった。そう決れば、どんな処分でも喜んで受けたかった。

「気の毒だが、進退伺いの却下だけでは済まない。それで、減俸三ヵ月ということになった」

瀬川はまた頭を下げた。これは今までの事例のうちでも重いほうだろう。

これまでのケースでは重い処分といっても、それは単一な失火だけの場合であった。宿直の放棄や、人命が失われたことはもちろん前例が無かった。

「ぼくも」

と、検事正は椅子から身体を反《そ》らすようにして言った。

「戒告ということになった。次席は減俸一ヵ月だ」

瀬川は言葉が出なかった。どう言って二人に謝っていいか。激情の場合は普通の言い方しかできないことが分った。

「長官にはご迷惑をかけて申しわけありません」

瀬川は横の山川次席にも言った。

「次席さんにもご迷惑をかけて申しわけありません。深くお詫び申しあげます」

瀬川は椅子から起ち上り、直立して謝った。山川次席は笑顔で軽くうなずいた。それは検事正の分まで引受けているようにみえた。

「こういう寛大な処置をしていただいた以上、わたしもご迷惑をかけた分を埋合せするためにも、全力をもって今後の責任を果します」

もっと何《な》んとか言い方はないか。きまり切った文句だが、感情の激したときはやはり、こんな表現しか得られないと分った。

「まあ、頼むよ」

検事正は湯呑に手を出したが、茶は無かった。

「焼失した書類のことですが」

と、瀬川は事務報告の話になって検事正に初めて言った。

「ただ今、できるだけ、その復元に努めています。ですが、一部分はかなり旧《ふる》いことであり、関連各検察庁との連絡や、警察署からの報告も思うように取れないでいます。これはかなり時日を要すると思います」

「そうだろうね」

と、検事正はうなずいた。

「大体のところは、備えつけの刑事事件簿の目録で事件別の項目は分っていますが、ただ一つ、昭和二十五年四月から六年三月までの事件簿が分らなくなっています」

「…………」

「これは焼死した平田事務官が取扱ったことで、その行先が分っておりません」

「あ、そう」

検事正の表情では、その話はもう次席から聞いたようであった。

「捜してるかね？」

「はあ、極力やっていますが、なにしろ、当人が死んでいるので、ほかの者は知らないでおります。……そこで、当時の担当検事だった大賀庸平さんを思い出し、先日、そのことで問合せの手紙を出しました」

「大賀君……」

検事正は旧い友人を思い出したように、二、三度、合点合点をした。

「東京の地検でいっしょに居たことがあるよ。検事を辞めて、たしか東京で弁護士を開いてるはずだが」

「そうなんです。それで、大賀さんが当時のメモでも持ってらっしゃるんじゃないかと考えてお尋ねしたんですが、その返事が参りまして、何一つ思い出さないということでした」

「そりゃ思い出さないだろうね」

と、検事正はそれに特別な興味を示さなかった。

「メモが無かったら、もう、どうにもならないよ」

天野検事正は事件簿の一冊が紛失したことには、あまり関心を持っていなかった。肝心の書類がまる焼けになっているので、もう、目録などはどちらでもいいと言いたげな顔つきだった。検事正にも、どうせ事件書類の完全な復元は望むべくもないという諦めがあるのだ。

「検事にもいろいろタイプがあるね」

大賀氏の名前が出たことから別な話になった。

「筆の立つ人は、やはりこまめにメモしてるもんだね。たとえば、旧い先輩では三宅《みやけ》正太郎《しょうたろう》さんなんかそうだったね。大審院長《だいしんいんちょう》まで行った人だが、あの人の書いたものは、ぼくら若いときから愛読したものだ。近ごろ、そういうものを書く検事は、どうも興味本位だけで読ませようとする傾向がある。検事は新聞記者でもなければ小説家でもないのだから、こういうゆき方は困る。やっぱり三宅さんのように、そこに人生の哲学とか、法律の解釈とか、検事の心構えとかが一本通ってほしいね」

検事正は瀬川への処分を言い渡した気軽さからか、機嫌がよくなって、そんなことを言った。

瀬川は、松山から、その夜遅く公舎に帰った。通いのばあやが夜の食事を作ってくれていて、飯台の上には白い布がかかっている。夕食は検事正たちといっしょに済ましてきたが、夜遅いとなると、少し腹が空く。

ひとりなので気楽だった。着更えをするとき、ひょいと白布をのけると、手紙が載っていた。筆蹟《ひっせき》で東京の母からだと分った。

「その後、変りはないと思います。おまえさまも独りでの生活は何かと不便と察しています。この前から話のあった宗方《むなかた》さまよりのご縁談は、わたしにはこれまでのものより一ばんいいように思われます。宗方さまのお話では、結婚式は東京で挙げ、すぐにそちらにお嫁さんを伴《つ》れて行ってもいいし、また、公務のために出京の時間が少いなら、お披露のことは後日時期をみて改めて東京で挙げてもいいような意向です。とにかく、わたしとしてはおまえさまがいつまでも地方の任地を独身で転々とするのは賛成ではありません。

役所の火事のことを聞いて心配しています。大切なお上の建物を焼いたのですから、おまえさまも責任上、大そうお困りのことと思います。それというのもおまえさまが隣の公舎にたった独りで寝ているからで、もし、お嫁さんでもあれば、いち早く出火に気づき、あるいは今度のような大事に到らないうちに消止めることも出来たと思います。兄さんもその意見ですし、嫁の景子《けいこ》さんもこの縁談を早急に進めるようにわたしに言っています。

宗方さまのほうへは、これまでたびたびおまえさまの意志を伝えましたが、母としてはいかにも惜しい縁談ゆえ、未だにはっきりとはお断りしていません。この際、わたしや兄さん夫婦を安心させるために考え直し、ぜひとも翻意《ほんい》されるよう望みます。宗方さまのお話では、それほどこちらの返事を急いではおられないとのことですが、いつまでもお待たせすることもできないことです。おまえさまのよき決断を願っております。

母より」

瀬川は読み終って、それを畳の上に置き、ばあやの作ってくれた五目ずしに箸《はし》をつけた。黒い塗り椀《わん》のおすましは水のように冷く、蒲鉾《かまぼこ》が哀れに沈んでいた。

母の言う縁談は去年の秋からはじまったことだった。宗方というのは父の同輩で、今も弁護士をしている。瀬川の父はずっと弁護士だったが、子供の彼には検事を志望させた。どういうつもりで弁護士を継がせなかったかは今もって瀬川にもよく分らない。兄のほうは法律を嫌って、今では或る商事会社の課長をしている。

これまで瀬川に縁談は五、六度あった。任地で話が起ったのは僅かで、ほとんどは東京の母が手紙で言って寄こしている。その都度、瀬川は断っていた。ところが、今度宗方が世話するという縁談には、母のほうがひどく熱心であった。理由の一つは、瀬川がすでに三十を越したことにあるらしかった。

相手の娘というのは、久島《くしま》建設株式会社の常務の長女であった。

翌朝、瀬川は東京の母宛に簡単な返事を書いた。

「宗方さんからの話は、こちらに異存はありません。よく考えた末にこの結論になりました。万事はそちらに任せますから、よろしく願います。

但《ただ》し、結婚式はなるべく来年の春を希望します。それまでこっちに存在しているかどうか分りません。今のところ、見合のために休暇を貰って東京に帰ることは不可能です」

この一枚の返事が東京に着けば、忽ち縁談は進行されるに違いなかった。母と兄夫婦が宗方氏に伝え、宗方氏は先方と取計い、両家の往来となるだろう。四国の片田舎に居る当人にお構いなく、第三者の手で彼の人生の屈折がばたばたと運ばれてしまう。

瀬川は、人間は一歩退いたときにこういう決心になるものかと思った。もし、今度のようなことが起らなかったら、この縁談はもっと先へ見送ったに違いない。気負っていた出ばなをぴしゃりと叩《たた》かれたのが後退の機会というなら、この気持もその種の落ちつきの中に入ったということになろう。あるいは失意が配偶者を求める心になったのだろうか。

母や兄夫婦が煩《うるさ》くすすめるので面倒臭くなったという理由もある。しかし、それは今までも同じだったから、この気持の変化は、やはり今度の処分が影響しているように思う。

相手の娘さんのことは以前から詳しく手紙で報《し》らせてきていた。写真も送ってきている。それだけでは対手《あいて》の実感はこない。しかし、周囲の人間が動き、その動きが結合の必然性になる。見合結婚というのは大抵《たいてい》がそんなものではなかろうか。相手の人間像は、今のところ彼自身のものではなく、第三者の印象であった。

お互いが、自己以外の印象の伝達でイメージをつくり、その理解において結婚する。第三者の観察が直ちに客観的であるとはいえない。本人同士の主観よりは第三者の主観が多少危なげなくみえると常識的にいえる程度である。

但し、ここには愛情関係はない。愛情は結婚によって生じると見合論者は言う。瀬川には妻となる相手の女との間に果して愛情が生れるかどうか自信はなかったが、しかし、その可能性は否定的ではなく、むしろ漠然とした肯定を持っていた。

瀬川の過去に恋愛経験はなかった。多少、それに似た気持を持った時期がないではなかったが、それは恋愛にまで発展しなかった。だから、見合結婚でもそれほど無味乾燥とは思わなかったし、恐れもなかった。今まで容易に決め得なかった縁談をふいと決心したのも、やはり今度味わった一種の寂寥感《せきりようかん》がこたえたといえる。

瀬川は、その手紙を地検横の赤ポストに入れた。ポストの底に微かな音を聞いたとき、彼は人生の転機が耳に鳴り響いたように感じた。

瀬川が登庁すると、すぐに田村事務官がのぞきに来た。廊下側のガラス窓から背伸びしたように中をのぞいて、瀬川が来ているかどうかをたしかめ、ドアをあけた。

「お早うございます」

「お早う」

田村は映画館を支配している暴力団関係の調査を終ったものとみえる。

「八幡浜にある映画館は松栄《しようえい》劇場というのでしたね？」

「そうだ」

「松栄劇場の経営主は尾形巳之吉《おがたみのきち》といいます。……これに書いてあります」

と、田村は便箋《びんせん》を差出した。

尾形巳之吉、高知県高知市生れ。八幡浜市には十年前に移住して来てパチンコ屋で当り、現在の映画館を経営している。パチンコ屋は今でも市内に二軒持っている。家族は妻と男の子二人。大正十二年生れ、当四十二歳。

「なるほど。パチンコ屋で儲け出して映画館を作るようでは、やはり暴力団の系統にも入っているね？」

瀬川が訊くと、

「表面上は組員ではありませんが、相当入りこんではいます。これは関西の増田《ますだ》組です」

増田組は、大阪に本拠を持っている、関西では一、二を争う暴力団だった。

「やっぱりね」

瀬川は、飛行場に若い女三人を見送った、体格のいい男を思い出す。ネズミ色のスポーツシャツに茶色のズボンをはいていた。その横には、角刈りの、ぞろりとした着物をきた小肥りの男が立っていた。総絞りの帯を腰低く結んだ、いかにもやくざを誇示した身なりだった。

「パチンコ屋もやっているのか」

と、瀬川が呟《つぶや》いたのは、その尾形が見送った三人の若い女がそこの店員ではないかと、ふと思ったからである。長く勤めていて、しかもよく働く店員を慰安旅行させたのかもしれない。

女たちは巡礼の杖を持っていたから、よそから来た女性だと考えていたが、これも逆にこちらから出かけたのであろう。杖は彼女らが面白半分に持っていたのかもしれぬ。

「それから、この杉江市の杉江映画劇場もやっぱり、その増田組です」

田村は、そのメモを出した。これにも館主の略歴がざっと書いてある。館主は浜田《はまだ》正治《しょうじ》といって六十歳、土地の生れで、映画関係は戦前からである。尾形のようにほかには店を持っていない。

「増田組は相当こちらのほうに進出しているな」

と、瀬川が言ったのは、もう五、六年前になるが、松山の近くの道後温泉《どうご》で、その増田組と地元の暴力団とが闘争したことがあったからである。

「はい、今はすっかり地元も、その増田組に抑えられているような具合です」

その増田組を背景に持っている映画館と、平田事務官の死とはまだ結びつかなかった。

二つの映画館が暴力団の影響を受けていると分っただけでは、地検の火災や平田事務官の焼死の事件解決とはならなかった。瀬川が八幡浜の映画館主を見たのは、検事正を見送りに行った松山空港での偶然である。それも、ただそういう人間がそこに居合せたというだけの話だ。事件とは縁もゆかりもない風景と同じである。

映画館には増田組という暴力団の手が伸びている。これも話はそれだけで、どこの土地にもありそうな現象だ。そういう存在を知ったことは、将来別な仕事の上で参考程度にはなるだろうが、今の役には立たない。

田村がもそもそしていたが、

「検事さん」と呼んだ。「話は別になりますが、平田君がたから屋を出てから、彼を見たという者が見つかりました」

田村の声は弾まない。だが、瀬川は、その言葉に飛びついた。

竹内事務員が「たから屋」で酔払って飛出したあと、平田は少しあとまで残って出て行ったとは「たから屋」のおかみの話であった。

平田と竹内との相対位置を逆にした場合、「たから屋」を出た平田が、地検に戻ってくるまで、どのような行動を取ったかは重要な問題である。平田は「たから屋」を出てから一人で宿直に戻ったのか、それとも、別な人間が彼と途中で接触していたか。

瀬川は、飲屋を出てからの平田の行動をずいぶんと聞込みに回らせたが、出てこなかった。単独とも連れがあったとも分らなかった。それを、いま、田村が眼をしょぼしょぼさせながら目撃者が出たと力のない声で言い出したのである。

「君、それは本当かい？」

瀬川は田村の汗ばんだ顔をみつめた。

「はあ。実はわたしの近所に船具を売る店がありますが、そこの妻君がウチの女房に言ったそうです。女房のやつ、もっと早くわたしに言えばいいものを、つい、昨夜、言い出したのですからね。もっとも、船具屋の妻君が話して聞かしたというのも一昨日《おととい》だったそうです」

「平田君はどんな様子だったと言ったのかね？」

「船具屋の妻君は、その晩出航する漁船に大急ぎで商売物を届けに行ったそうですが、そのときに波止場の暗いところで平田君が女と立話《たちばなし》をしていたのを見たそうです。妻君は平田君の顔をよく知っていましたから、妙なところに平田さんが居ると思って、向うに気づかれないように、こちらもトラックの陰から見ていたそうです。妻君は平田君がその晩宿直だったことを知らないもんですから、好きな女が出来て、それと逢引きしているくらいに思ったのですね」

「女の顔は分らなかったのかね？」

「女のほうは暗くて見えなかったといいます。だが、向うの二人も人の気配を感じたか、女が平田君を促して、そそくさと二軒先の路地を曲って行ったそうです」

「待ってくれ」

と、瀬川は引出しの中から杉江市の地図を出した。

瀬川が地図をひろげると、田村も椅子から腰を浮していっしょにのぞきこんだ。

「検事さん、ここです。大体、このあたりでしょう」

と、田村は土地の者だけに見当の地点に指を当てた。

市の西側が入江となっていて、そこが漁船の港ともなり、連絡船発着の波止場ともなっている。いつもは、その入江の港が無数の漁船で埋り、帆柱の林立となっている。

田村が見当をつけた一点は、船着場の前が大通りとなっていて、それを隔てた狭い路地の一角である。その路地を抜けると、やや広い南北の縦走道路に出る。そこを南に五〇〇メートルばかり歩いたところが地検の支部である。

また、その道路に並行して東寄《ひがしより》に繁華街があり、そのまま東裏通りが飲屋の通りとなっている。

平田がたから屋を出て、船具屋の主婦の言った通りの地点に来たとすれば、彼は並行した三つの道路を横断して波止場に到着したことになる。

歩いて十分とはかかるまい。もともと、小さな街なのである。

「時刻は分らないかね？」

「九時半ぐらいだったと言っています」

竹内がたから屋を飛出したのが九時過ぎだと推定されるから、平田は竹内が出たあとすぐにここに来たとみてよい。瀬川の想像通り、平田は飲屋から真直ぐに地検の宿直室に戻ったのではなかった。彼は寄道をして波止場で女と逢っていたのだ。その女がどこから平田と同行したのか、又はそこで平田を待受けていたのか、そのへんはまだ分らない。

田舎の都市だけに夜も九時を過ぎると、普通の家は戸を閉めて、通りは真暗になる。通行人もあまり歩いていない。平田の行動がさっぱり分らなかったのも、そんなわけで目撃者がなかったからだ。

しかし、いま、田村が一人の目撃者の話を伝えてきた。もし、こんな聞込みを、検察事務官ではなく、警察署が行ったなら、もっと早く目撃者を捜し出して来たかもしれない。ほかの地点でも平田を見たという目撃者を刑事たちは捜し出してくれたかもしれぬ。人数の点でも、技術の点でも、捜査となると、検事の手足は警察にはるかに及ばなかった。

しかし、今度の一件はどこまでも警察側には秘匿《ひとく》しておかねばならないことだった。平田の行動には、検察の恥が隠されていた。

「その女の服装はどんな風だった？」

瀬川は地図の上に腕を置いて訊いた。

「洋装だったそうです。それもなんだか赤いような色のものだったと言ってましたが」

「模様などは分らないのか？」

「そこまでは見えなかったそうです。とにかく、女のほうは軒下に隠れるように立っていたそうですから」

「赤いような色だとすると、若い女だな」

瀬川は竹内を小洲の旅館に連れこんだという四人の女のことが、田村の話を聞いたときから頭に浮んでいた。彼女らはバーの女風だったという。その一人が平田と逢っていたのではあるまいか。

竹内は車で小洲に行く前、バーで酒を飲んでいる。その間に女の一人が平田と逢っていたとしても時間的には不都合ではない。

平田事務官と立話をしていた女は何者だろう。——田村を退らせたあとの瀬川はこの考えに追われた。

それは火災事件に関係があるのだろうか。それとも無関係な偶然の出遇いだろうか。その女は、平田と親しい仲だったのか、単なる知合いに過ぎないのか。

目撃者は、女が赤い色の洋装だったという。この街は夜が早寝だから、その時刻に波止場あたりをうろうろしているのだったら、素人《しろうと》娘ではなく、バーの女ときめてよさそうである。

平田はその女と親しく、女が彼と打合せて竹内を小洲の旅館に引張りこんだとして、その間、平田だけは宿直に戻った。……

いや、それでは平田が最初から竹内を狙《ねら》っていたとは分っても、彼自身が焼死したことが分らなくなる。むろん、彼は自分が焼死するとは思わなかった。

両人の相対位置の逆——竹内が焼死し、平田が脱出する役だったとすれば、その途中の入替は本人に気づかれることなく行われねばならない。

その変更の役が、立話の女ではなかったろうか。具体的にいうと、その女が飲屋から出た平田を波止場まで誘い、それからどのような方法か分らないが彼を地検の宿直室に戻して畳の上に横たえたのであろう。

女は、もちろん道具である。誰かに使われたのだ。使った人間は誰だろうか。

（待てよ）

よく考えなければいけない。

平田が「脱出」の役だったら、竹内より先に飲屋を出なければならない。なぜなら、平田は竹内の役目になるはずだったので、彼がふらふらと街に出て行ったあと、竹内が宿直室に運ばれる手順になるからだ。

それなのに竹内が平田より先に出て行っている。これはどうなのか。

竹内の話では、飲屋で喧嘩をしたとき平田があまり止めなかったと言っている。彼はわけが分らぬほど酔っていた。だから、竹内がそこを飛出したあとまで残っていたかどうか分らないのだ。

但し、たから屋のおかみは、平田があとから出て行ったと言っている。なお、このおかみは、竹内の言葉にも拘《かかわ》らず、自分の店で喧嘩などはなかったと言っている。

たから屋のおかみの言葉が前からおかしいとは思っていたが、ここでもそれを感じた。瀬川の考えでは、平田は竹内とほとんど同時にたから屋を出たのではなかろうか。つまり、平田は思いがけなく竹内が酔払って出て行ったのにびっくりしたに違いない。計算とは違っていたからだ。

そこで、平田は竹内を追うようにしてすぐに店を出た。が、彼を待っていたのは、その一人の女だった。女はどういう話をしたか分らないが、とにかく平田を波止場まで誘った。

一方、竹内のほうは、彼自身の話にあるように、どことも知れないバーに飛込み、そこに居合せた女たちにまた酒を飲ませられた。

このとき女は四人だった。その四人の中の一人が平田と逢っていた女だとすると、竹内が飛びこんだときは三人だったに違いない。平田と別れた女があとからふえて四人になったのではあるまいか。

一人の女と三人の女。

瀬川は、三人という数字に別なことが頭に浮んだ。松山空港で見た若い女づれである。八幡浜の劇場主が見送っていた。あれは三人だった。

これはおかしい暗合だった。三人という数字にあまりこだわりすぎる。

それも瀬川の根もないような想像の上に立っている話である。竹内が取巻かれたのは四人の女だ。それから平田と立話をしていた女ひとりを差引いている。この引算と足算には根拠がない。

しかし、やはり気にかかることだった。

瀬川は田村を呼んだ。

「君、八幡浜まで出張してくれないか」

「はあ」

田村は例によって眼鏡の奥で眼をしょぼつかせるだけである。

「君が調べた松栄劇場の小屋主のことだが」

「尾形巳之吉ですね？」

「そうだ。その尾形がパチンコ屋を二軒経営していると言ったな？」

「そうです」

「そのパチンコ屋の女店員で、最近急に辞めたか、長く休んでいるかしている女を調べてほしいんだ」

「名前は分りませんか？」

「分らない。ただそれだけの要領だ」

「かしこまりました」

「それから、松栄劇場でも、使っている女子従業員で辞めたか休んでいるかしているのを調べてほしい」

「それはいつからですか？」

「五月十六日以降だ。いや、もしかすると、その少し前からそうなっているかもしれない」

五月十六日は地検支部の火事の日である。田村の鈍い眼もちょっと光った。

「用事はそれだけでございますか？」

「今のところ、その程度でいい。八幡浜だと、今から行って今晩までには戻れるだろう。ぼくは公舎のほうにいるから、ご苦労だが、帰りがけにでも寄ってくれたまえ」

「分りました」

田村が出て行ってから、瀬川は吉野《よしの》という事務官を呼んだ。

「少し調べてもらいたいことがある」

吉野は田村と違ってよく肥っている男である。顔がいつも赭《あか》い。

「君はこれがいけるほうだったね？」

と、瀬川は左の手首を動かした。

「いや、近ごろはあんまり飲んでいません」

「飲屋には顔が広いんだろう？」

「それほどでもありませんよ」

と、吉野は頭を掻《か》いた。

「そこで頼みがある。君も知っているたから屋のことだが、あそこは暴力団の勢力に抑えられていないか、探ってほしいんだ。ああいう商売はたいてい、いくらかそんな色合いがあるだろう？」

たから屋のおかみの言葉が真実かどうかは、それで決ると思った。

ひる過ぎに松山地検の山川次席から速達が来た。大きな封筒である。

中は青写真の設計図がたたまれている。

「いろいろな事情を考えた上、結局、この設計で焼失の部分を改築するよう検事正の意見です。よくご検討の上、意見があればお報らせ下さい。なお、これと決定すれば、工事は七月ごろから着手するようにしたいと思います。不満もあるでしょうが、予算の関係でこれ以上は無理だとご承知下さい」

いわゆる支部の営繕費は全部、松山地検から法務省に上申されて予算措置をとられている。山川が改築の事務を担当しているのもそのためであった。

図面を見ると、別に異を唱えるほどでもなかった。瀬川としては、木造にしても倉庫だけが新しくなり、ほかの庁舎が昔のままだというのは釣合わない気がする。むしろこれを機会に本館を改築すべきではなかろうか。

しかし、瀬川の自由にはならない。彼には予算も権限もなかった。これで了承の旨《むね》を返事として手紙に書いた。

五時を回ると、瀬川は公舎には戻らず、外に出て竹内事務員の家に向った。竹内の家は海から遠い山裾《やますそ》のほうにある。同じような家がマッチ箱のようにならんでいる市営住宅のまん中だった。

どの家も小さな庭を持っている。垣根を結っているのもあり、道につづいているのもあった。畑になっているのや、植木をきれいに入れているのもあったが、竹内の家は何もしてなく、草の生えた赤土が乾いていた。

六つばかりの女の子が庭先に出て土いじりをしていた。

背の低い、顔の小さい竹内の妻は瀬川を見てびっくりし、玄関先に膝《ひざ》をつけた。

「ご主人はいかがですか？」

瀬川は、この妻とは二度ばかり会っている。竹内が休んで以来、一度はその挨拶のときと、一度は給料を取りに来たときだった。

「はあ、どうも……」

妻はあとの言葉を濁して、

「どうぞお上り下さい」

と言った。

「大ぶん元気になられましたか？」

瀬川は靴を脱ぎながら訊いた。

「はあ、それがどうも……」

「まだはっきりしませんか？」

襖一枚を隔ててすぐ隣が竹内の居そうな座敷なので、声も低かった。

「なんですか、まだぼんやりとしています」

あれ以来、竹内は神経衰弱がかなり亢進《こうしん》していた。医者の診断でも一ヵ月ぐらいは静養を要するとあった。火事のショックで言うことも少し正気でないような気がするとは、前にこの妻から聞いている。

とにかく中の座敷に通してもらった。

庭先の六畳の間に坐っていると、天井から下った電球にふいに灯がついた。襖があいて竹内が出てきた。妻が寄添うように片手を彼の帯に当てている。

竹内はぼんやりした顔つきでいた。瀬川を見ても別に改ったお辞儀もせず、のろのろと妻の介添えで彼の前に坐った。着物を大急ぎで着更えたらしく、懐ろの前がよく合っていなかった。

「やあ」

と、瀬川はのぞきこんだ。

「どうだね、その後の様子は？　少しは元気が出たかね？」

竹内は眼を二、三度瞬《またた》いて、

「はい」

と、お辞儀ともつかないうなずき方をした。

顔が前より白く見えたのは、家の中にずっと引込んでいるためかもしれない。唇には血色がなく、瞳もどこを見ているのか分らないように呆然《ぼうぜん》としていた。

「あなた、検事さんが心配してお見えになったんですよ」

と、顔の小さい妻が横から言い聞かせた。

「ああ」

竹内は妻の言葉にうなずき、

「どうもありがとうございます」

と、礼を言った。それもぼそりとした言い方だった。

竹内は決して俊敏な事務員ではなかった。律義一方で、口数も少い。もともと、そうだったが、こんなふうに芯《しん》が抜けたような言葉は出さなかったものだ。

「どうだね、夜は睡《ねむ》れるかい？」

瀬川は茶を飲んでから、できるだけ気軽に話しかけた。

「はあ、どうも」

睡れるとも睡れないとも言わない。

「やっぱり熟睡はできないようです」

と、妻がまた説明した。

「ほう、あれ以来ですか？」

と、瀬川も妻のほうに顔を向けた。

「あのときはほとんど睡眠不足がつづいていましたが、それが癖になっているのか、未だに夜中じゅう眼があいていることがあります。昼間は居睡りばかりしているんです」

「…………」

「その夜中でも一晩に二度ぐらいはわたしを揺り起して、妙な奴が家の周りをうろついている、おまえにはあの足音が聞えないのかと、真剣に言うんですよ。そんな足音なんかちっとも聞えないんですが」

と、妻は心配そうにいった。

瀬川は、竹内の様子をじっと眺めた。竹内は、ぼそぼそと袂《たもと》をさぐって煙草を出すふうだったが、そこには入っていないのに、まださぐっていた。

竹内に対しては宿直放棄の責任処分がある。

瀬川が天野検事正に相談したとき、

「退職ということは、この際一応見合せたほうがいいだろうね」

と言った。検事正もあまり外部に目立つような処罰はまずいと思っているらしかった。竹内の場合は事務官でなく事務員だ。事務官の処分は一応検事総長まで具申が行くこともあるが、事務員は検事正の裁量でいいことになっている。

「その事務員の処分は君に任せるよ」

と、天野検事正は言った。

瀬川は三ヵ月の減俸を考えている。今日ここに来たのも、竹内の容態を見て出勤が可能なら、近いうちに言い渡すつもりにしていたのだが、彼の様子はまだまだその状態ではない。竹内はよほどのショックを受けたらしく、このまま神経が荒廃するのではないかと思われるくらいだった。

「なあ、竹内君」

と、瀬川は明るい声で訊いた。

「あの晩、君がたから屋で飲んでいたときな、船員のような男と喧嘩をしたろう。それから表にとび出したなあ？」

「はあ」

竹内は、ぼんやりと返事した。

「そのとき、平田君は君より先に店を出たかい？」

瀬川は世間話のような調子で訊いた。

「はあ……どうも、よく覚えていません」

「よく覚えてない？　おかしいな、君。君は前に平田君はあとに残っていたといったけれど……」

「…………」

竹内は首をかしげていた。だが、一生懸命に考えているというふうには見られなかった。彼の妻が横から、

「あなた、検事さんが訊いていらっしゃるんだから考えてごらんなさいよ」

と、口添えした。

「そうですなあ」

竹内は不承々々に、

「そういえば、平田さんはぼくより先に店を出たかもしれませんな」

と呟いた。

「君より彼が先に出たのか。間違いはあるまいねえ？」

瀬川はあせらずに問うた。

「はあ、そんな気もします。ぼくは船員のような奴と喧嘩をしていたとき、平田さんがとめもしなかったのが不満でしたが、よく考えてみると、彼はあのとき、もうそこに居なかったかもしれませんなア」

竹内は、ぼんやり言った。

そうか、やっぱりそうだったのか。たから屋のおかみは、この点でも嘘をいっている。

「それからな、君が飲屋を逃げて、バーに走りこんだと言ったろう？　あれは本当は、店の表に誰かが立っていて、君を誘いこんだのじゃないかい？」

「あなた、よく考えて」

と妻君が竹内の腕をとった。

「そうですな」

と、竹内はよれよれの着物の上から片腕をぽりぽり掻いた。

「そう言われると、そんな気もします」

「君、よく考えてくれ」

と、瀬川は頼りない竹内の記憶を正確にしたかった。

「ほんとに君は、そのバーに飛込んだのではなく、女の子に誘い込まれたんだね？」

「なにぶん、酔払っていたんで、どうも思い出せませんが、そう言われると、わたしが見ず知らずのバーにいきなり飛込むことはないから、やっぱり誰かに連れて行かれたと思います」

「そのへんがはっきりしないかね？　つまり、その女が君の傍《そば》に寄って、この店に入れと言ったようなことだ」

「そうですな」

と、竹内は思い出すようにうなだれていたが、

「飲屋を逃出した自分と、バーに坐っている自分との間につながりがないようです。ですが、そういえば、女がその辺に立っていてわたしに話しかけたようでもあります」

「女が道に立っていたんだね？」

「そうだと思います」

「それはどの辺かね？」

「あんまり遠くには行かなかったんで、おでん屋からわりあい近かったように思います。場所としてははっきりおぼえてないんですが」

「だが、君、大体、狭い町だからね、どっちの方向だか分るんじゃないかな。おでん屋を中心にして北に行くとか、途中の道を横に曲ったとか。な、そういうことはおぼえてないかね？」

「どうも、それは」

と、その点になっては竹内もサジを投げていた。

「そうか」

瀬川が沈黙すると、竹内の妻は、

「どうも、検事さん、こんな状態で申しわけありません」

とお辞儀をした。

「いやいや、酔っているときは誰しもおぼえがないようだからね。殊にあの事件でショックを受けたようだから、なおさら記憶が喪《うしな》われているんだろう」

瀬川は竹内に今度は別な質問に移った。

「君の見た四人の女の子だがな。顔の記憶がないと言ったな？」

「はあ」

「しかし、その中の一人に、二十四、五ぐらいの、長顔で……そうだ、顎《あご》がちょっとしゃくれた感じの女はいなかったかい？」

「そうですな」

竹内はもじもじと身体を動かして、新しい難問に困り切った顔をした。

「どう言って表現していいか分らないが、まあ、簡単に言うと、花王石鹼《せっけん》のマークのような顔だ」

顎の長いのが丁度花王石鹼の三日月のマークに似ていると言われて、竹内はまた片方の腕をぽりぽり掻いて小首をかしげていた。彼は瀬川の言った通りの女をしきりと思い出そうとしていた。

「そうですな」

と、竹内はぼんやりした顔をあげた。

「そういう女がいたような気がします」

「おい、君、しっかりしてくれよ。そこが大事なところだからね。ほんとに、そういう顎の長い顔の女がいたのかい？」

「どうも、あのときのことはみんな忘れてしまっとりますが、検事さんにおっしゃられると、たしかに見たような気がします」

「それはバーの中でかい？　それとも小洲の旅館に行ったときだったかね？」

「もっと前です」

「もっと前？」

「はい。わたしが見たのは、そういう顔立ちの女が一人だけのときだったように思います」

「すると、君がその女を初めて見たのは四人組の中ではなく、一人でいるときだというんだな。そうすると、君はいきなりその店に飛込んだのではなく、外に立っている彼女に誘われてその店の中に入ったのだ。ね、そういうことになるんじゃないか？」

「そうですな」

竹内は首を左右に二、三度傾けていたが、

「はあ、なんだか、そんな気もします」

「君、もう少しだ。そこまでぼんやり記憶にあれば、どこで彼女に遇ったかは分るんじゃないかな。頑張ってみてくれ」

「ねえ、あんた、思い出しませんか？」

と、妻が竹内の肩をつついた。

「まあ、奥さん、そう横から言わないほうがいいですよ」

と、瀬川は止めて煙草を取出した。

何を言っても竹内は記憶喪失症みたいな状態になっている。ここから当時の彼の全行動を知るのは不可能に思われた。ただ、平田と波止場で遇っていた女が竹内の前にも現れたかどうかだけはぜひたしかめたかった。

彼は気長に煙草の半分まで吸いつづけた。

「検事さん」

竹内が眼をあげた。

「ほう、思い出したかい？」

「なんだか、だんだん分ってきたような気がします。わたしがその顎の長い女に遇ったのは店の中じゃなく、外だったようです」

「そうだろう。その外というのはどの辺に当るかい？」

「その店の前だったと思います。前にその女が立っていて、通りかかるわたしを引っぱり、店の中に連込《つれこ》んだような気がします」

「その女は君に何んと言ったのだ？」

「はあ、ちょっと寄っといでなさいとか、そんなことだったと思います。何ぶん、わたしはうしろから喧嘩相手の船員たちが追ってくるような気がしたんで、とにかく、どこでもええと思い、その店に入ったような気がします」

「やっぱり、その顎の長い女は一人で外に立って君のくるのを待受《まちう》けていたんだね」

彼は自分の想像が確実になってくるのを知った。

たから屋という飲屋では、平田が少し前にその店を出て、竹内はあとから出た。店で「船員風の男」たちと喧嘩になり、恐しくなったのだが、逃げる途中に見知らぬバーに飛びこんだのではなく、アゴの長い女に声をかけられて誘われたのだ。――竹内から確認した話を整理するとこういうことになる。

次は、バーの所在だが、これだけは竹内はどうしても思い出せない、と頭をかかえている。

瀬川は、竹内が病気でなかったら、彼を連れて「実地検証」的にもう一度、夜のバーを回ってみたかったが、この状態では、妻君の手前、ちょっと言い出しかねたのと、それもあまり効果がないように思われたので、諦めることにした。またの機会もあることだ。

もう一つは竹内に喧嘩を吹っかけたという「船員風の男」たちの確認だが、おそらくそれは竹内の錯覚で、そういう人間ではなかったのであろう。瀬川には別な心当りがあった。

「どうも、ありがとう」

と瀬川は腰をあげた。

「大事にして下さい」

竹内はそれにゆっくりと頭を下げた。

「検事さん、主人はまだ休ませていただいてよろしゅうございましょうか？」

と、妻君が横から心配そうに訊いた。

「ああ、いいですとも。ゆっくり静養して下さい」

瀬川は、この竹内夫婦に減俸三ヵ月を言い渡すのは辛かった。

四畳半の間から玄関の板の間に出る。すぐ横が便所になっていて臭気が洩《も》れていた。瀬川が靴をはく間、妻女はその狭い板の間に膝をつき、うしろに竹内が頼りなげに立っていた。

「じゃ、お大事に」

瀬川は逃げるように竹内の家を出たが、外は暗くなっていた。同じような構えの小さな家の前を通り過ぎるたびにテレビの音が耳に流れた。

公舎に戻って、ばあやの支度をしてくれた膳の前に坐った。腹が空いていた。飯を食いかけたとき、ご免下さい、という声が聞えて入口が開いた。瀬川は今日八幡浜に行かせた田村事務官と知って玄関に出た。

「ご苦労さん。まあ、上りたまえ」

田村事務官は、失礼します。と靴を脱いで応接間になっている座敷に通った。瀬川がいちいち電灯をつけなければならない。

「検事さんもお一人では大へんですね」

と、田村は膝を揃《そろ》えて瀬川の動作を見ていた。

「いや、馴《な》れてしまえば気楽でいいよ。……」

ふと、東京に返事した縁談が頭をかすめた。

「早速だが、報告を聞こうか」

「はい」

田村はポケットから手帳を出して、

「八幡浜の映画館主尾形巳之吉の経営しているパチンコ屋を調べました。パチンコ屋は二軒ありまして、一軒は駅前通り、一軒はそこから五、六丁離れた横町で、駅前のほうが従業員約三十人。これは女の子や、釘を直す男子店員を入れての総計です……」

田村事務官の八幡浜のパチンコ屋の報告はつづいた。

「駅前のほうは、そういうわけで男女店員合せて約三十人ですが、出入りが相当激しく、男女ともなかなか落ちつかないようです」

「うむ」

「長くて二年も居るのが辛抱しているほうで、大体、五、六ヵ月ぐらいで辞めてしまうらしいです。で、ここに過去一年間の辞めた人の名前を聞いて来ましたが、なかにはよく名前も分らないというのもあります」

田村は手帳の中に挿《はさ》んだ便箋の一枚をひろげた。のぞいてみると十四、五人の男女の名が書いてある。

「君、これはどこで調べたの?」

「初めは店員にいちいち当っていましたが、とても分りようがないので、その店のマネージャーという奴に会って聞きました」

「地検の者だと言ったのかね?」

「地検とは言いませんが、警察の名前をちょっと借りて参考的に尋ねると言ったんです」

瀬川は、それは拙《まず》かったと思った。なるべくそんな聞き方をしないほうがいいのだが、なるほど、こんなに出入りが激しくては丹念にやってはいられないだろう。そこにも数の多い警察官と、たった一人の検察事務官との仕事の相違があった。

「それからもう一軒の店ですが、こちらは小人数で、半分の十五、六人です。出入りが多いことはやはり同じで、ここでは古い女店員に会って、やはり過去一年間に辞めた人の名前をまとめておきました。むろん、どちらもいま勤めている人の名前を書いてもらいましたが、休んでいる人間は、その名前の上に×をつけておきました」

瀬川は意欲をなくした。こんな調べ方ではこちらの手の内をまるきり見せたようなものではないか。といって、たった一人で調査に当らせた瀬川のほうに責任がある。

これは日をかけてもじっくりと洗ってみるべきだった。

「君、その両方の店の店員の中に、顎の長い……そうだ、ちょっと花王石鹸のマークのような感じの女の子は居なかったかね？」

「さあ」

田村は考えて、

「表にいる女の子には見当りませんでしたね。ですが、ああいう店は台のうしろに隠れていて、ときどき客に怒鳴られて上から顔を突出しますから、よく分りませんな」

「君が会ったマネージャーというのは、どんな男だね？」

「そうですね、頭が角刈りで、ちょっと肥った、背の低い男です」

「君、その人は二十四、五ぐらいの年齢ではないか？」

と、瀬川は言葉がはずんだ。

「そうです」

「着物……」

と言いかけたが、まさか店でぞろりとした着物に総絞りの帯を巻いているわけでもあるまい。

「いや、どういう服装でいた？」

「セーターにズボンをはいていましたよ。あれもやっぱりやくざ商売ですね。ものの言い方がそっくりでした」


朝、九時に瀬川が登庁すると、吉野事務官が早速やってきた。

「検事さん、昨日、たから屋で例のことを当ってきましたが、こちらに帰ってみると、検事さんはどこかへ外出されていたので、報告が今朝になりました」

吉野は血色のいい顔で報告する。

「ああ、竹内君のところに見舞に行っていたのでね」

「竹内君、どうでした、様子は？」

吉野は健康そうな眼で訊く。

「うむ」

瀬川は女事務員が持ってきてくれた茶をのんで、

「少しノイローゼ気味だね。ちょっと休むことになるだろう」

と、軽く言った。

「そうですか。やっぱり火事がショックだったんですねえ」

と、彼は珍しく感想を吐いた。吉野も竹内の実直な性格を知っている。その竹内に減俸を言い渡すまでは、瀬川の心の負担になっている。

「で、どうなった。たから屋のほうは？」

「そうそう、それですが……」

吉野は白い歯を出して、

「あすこは、どうもやくざのヒモはかかってないようです」

「え、本当かい？」

瀬川は吉野の赭ら顔を見た。

「はあ。おかみは山川妙子《やまかわたえこ》というんですが、まず、周囲から調べてみたんです。すると、たから屋に限らず、あの辺の飲屋にはそんな関係はないようです。最後におかみに会ったのですが、全然そんなことはないと否定していました」

「増田組はついていないのかね？」

「ついていません。あんなケチな店を相手にしても仕方がないのでしょうな」

瀬川は、案外な気がした。たから屋のおかみが嘘をついているのは、てっきり増田組から脅迫されていると思いこんでいたのだ。彼はまだ諦め切れず、吉野の調べが不十分なのではないかと疑ったほどだった。

ほかから圧力がかかってないとすると、その山川妙子という「たから屋」のおかみは、どうして嘘などついたのであろう。

「君、そのおかみはどういう素性《すじよう》だね？」

「はあ、彼女は未亡人でして、三年前に亭主に死に別れています。高校二年生の男の子がひとりいて、あの店とは別に小さな家を借りているそうです。死んだ平田君や、ここの事務員連中がいっぱいひっかけによく行く店ですが、男のようにさっぱりした女ですよ。あの気性では、やくざの介入を断るにきまっています」

吉野は、自分の報告に自信を持っていた。

すると、これはどうなるのか。たから屋のおかみがいうのが本当だとすると、「船員風の男たちにおどされた」という竹内の言葉が嘘になる。

あの言葉も、竹内の妄想だったのだろうか。


吉野事務官が去ったあと、瀬川はしばらくひとりで考えていた。全くわけが分らない。

酔った竹内を小洲まで連れこんだ四人の女は実はバーの女ではなく、尾形巳之吉の経営している映画館かパチンコ屋の女店員と思っているが、八幡浜まで出張した田村の調べではその実証が摑《つか》めない。「たから屋」のおかみの沈黙にはやくざの圧力があるかと思うと、吉野事務官の報告ではそんな形跡はないという。瀬川は、自分の推定が一つ一つ遠のいて行くのをおぼえた。

ただ、松山空港に見送っていた尾形巳之吉の横にいた、やくざ風の、ぞろりとした着物の男が尾形の経営する八幡浜市内のパチンコ店のマネージャーだったとは、一つの資料であった。

しかし、あの三人の女が例の小洲の旅館に竹内を連れこんだ女とは無関係だとすれば、いくら尾形の線を考えても徒労ということになる。資料が資料にならないのである。空港の三人の女を無理に四人に仕立てて考えたのがそもそも間違いだったのかもしれない。

その日、瀬川は、警察から送られてきた二人の被疑者を調べ、別の五つの事件の記録を読み、さらに別の二件の起訴状を書上げなければならなかった。

検事は忙しい。少し油断すると、身動きの取れない状態に陥る。松山行が二度あったから尚更《なおさら》である。これでも毎晩のように事件書類は公舎に帰って見ているのだ。病気も出来なかった。

瀬川が警察の捜査員が書いた取調べ調書をひろげ、その文字を眼で追いながらカツ丼を食べていると、給仕が二通の手紙を持ってきた。公舎宛のものだが、おばさんが裏から届けたものだ。

一通は東京の母からのもので、一通の裏には「東京都練馬区関町一丁目××番地大賀冴子《さえこ》」と、きれいな字が書いてある。

大賀冴子――大賀弁護士の家族からだと思った。奥さんか娘さんか分らない。大賀氏本人からこないで家族から手紙が来たことに瀬川は何かを予感し、箸を抛《ほう》り出して、まずこのほうから封を切った。

「突然、お手紙を差上げます。私は弁護士大賀庸平の長女でございます。

先に申上げなければならないのは、父は五日前、つまり六月十五日に交通事故で死亡したことでございます。都内の事務所から国電を利用し吉祥寺《きちじようじ》駅に降りまして、バスで家の近くの停留所までくるのですが、降りてから青梅《おうめ》街道と申すところを約五百メートルほど歩く途中の出来事でした。うしろから来たトラックに跳ねられて死亡したのでございます。

この青梅街道は近ごろ車の交通が見違えるように激しくなり、私どもは老齢の父の身を気遣《きづか》い、車を買うようにと申しましたが、父は健康のためと、運転手を雇うのが勿体《もつたい》ないなどと申して、今まで通りにしていたのが取返しのつかないことになりました。

さて、あなたさまにお手紙を差上げるのは、その父の死後、手文庫を整理しておりますと、父宛のあなたさまの手紙が出て来たからでございます。……」

瀬川は、大賀弁護士の長女という人の手紙をここまで読んできてびっくりした。大賀庸平氏は死んだのか。

封筒に大賀氏の家族の名前を見たときからただならぬ予感を感じたが、やはりそうだった。彼は、大賀冴子の手紙の文面につづけて眼をさらした。

「父の手文庫にしまってある手紙は、来信のなかでも大事なと思われるものばかりです。つまり、保存に重要なものだけですが、その中にあなたさまのお手紙があったのでございます。

わたくしはその内容をよみました。そして、二週間ほど前に父が、ぽつんと、『杉江の地検支部が火事で焼けたそうだな』と語ったことを思い出しました。四国の杉江といえば父が曾《かつ》て検事として在職した土地でもあり、わたくしが小学校時代を過したなつかしい土地でもあります。ですから、わたくしは、そのとき、おどろいて父にそれは新聞に出ていたのですか、と訊きました。わたくしは新聞は丹念に読むほうですが、その記事をよんだ記憶がなかったのです。父は、いや、そうではない、弁護士会に行ったところ、そういう話が出ていた、と答えました。

いまから考えると少し変なのですが、父はそれきり松山地検杉江支部のことにはあまりふれませんでした。むしろ、わたくしのほうがなつかしがって、話題を出すのですが、父は気乗りがしないらしく、はかばかしく返事をしませんでした。

さて、わたくしが手文庫の中のあなたさまの封筒が特に目についたのは、『杉江市楽園通り　地検公舎内』とあったからでございます。この場所こそ、わたくしが小学生として両親のもとに大きくなったところですからなつかしくてなりません。そして、申訳《もうしわけ》ございませんが、あなたさまが、父の後輩として在任されていることにも無関心ではいられませんでした。

また、よけいなことに逸れましたが、そんなわけでお手紙によって、はじめて杉江支部の書類倉庫が焼失したことを知りました。お手紙は、父の在任中の書類が焼けてお困りになっておられる様子ですが、わたくしがふと妙な気になったのは、杉江支部倉庫の火事は、失火だろうか、放火だろうかという疑いでございます。失礼なことを書いてお許し下さい。でも、そのとき以来、その気持が消えていません。

というのは、もし、失火だとすれば、父がわたくしに火事のことを話してくれたとき、もっと虚心に多くを語ってくれたと思うからです。父は何んだかその話題にふれるのを好まないようでした。それであなたさまのお手紙の文章を改めてよく読んだのですが、それには失火とも放火とも書かれていません。ですが、父は何かの直感で、それが放火だと知ったのではないでしょうか。そして、それはあなたさまが父に問合された昭和二十五年四月から二十六年三月までの事件の中に関係しているのではないでしょうか。……」

瀬川はその文面に吸込まれるようにして、夢中で便箋の紙をめくった。

大賀冴子という弁護士の娘の文面に惹入《ひきい》れられながら、瀬川はこれは賢い女性だと思った。父の様子からこれだけの推測をしている。

しかし、それだけでこういう考え方になったのだろうか。瀬川は別なもう一つの何かがあるような気がして、次にすすんだ。

「……そこで、わたくしが知りたいのは、あなたさまのお問合せに対して父がどのようなご返事をさし上げたかでございます。父は、記憶が極めて強いほうでございます。十五年前の重だった事件のことは覚えているように思います。そこで、父がさし上げた返事の内容についてお教え下さいませんでしょうか。

それから、最後に書添えておきたいのは、父を轢《ひ》いたトラックはその後も所有者が分らずにいることでございます。目撃者はありましたが、猛烈な勢いで青梅街道を田無《たなし》方面に走って行ったので、暗いときではあるし、車体番号をたしかめることはできなかったといいます。ご多忙のところ恐れ入りますが、ご返事をお待ちしております。

冴子」

瀬川は最後の部分をよんで、あっと思った。やはり思った通りだった。大賀氏の娘の直感は、父親の事故死が強い素材となっている。だから、わざわざ「書添えておきたいのは」と断っている。

杉江地検支部のことを話したときの父親の顔色と、その後に起った交通事故死とを、この娘は瀬川の問合せに結びつけているのである。それで、書類倉庫の火事は、失火か放火かと尋ね、父親の回答といっしょに知らせてくれとある。この手紙の文面には一つの筋が立てられていた。そして、それは瀬川がひそかに考えていた想像と一致していた。

冴子という大賀氏の娘は、十五年前、大賀氏がこの杉江に在任中には小学生であった。当時何年生であったかわからないが、四、五年生とすれば今は満で二十四、五ぐらいではなかろうか。

瀬川は少々昂奮した。大賀冴子は、こちらの返事次第ではもっと何かを知らせてよこすのではなかろうか。

「父は記憶が極めて強いほうで十五年前の重だった事件は覚えているように思う」とも断ってある。ところが、父親の弁護士から前に瀬川に来た返事は、何も記憶していない、という素気ないものだった。

大賀氏は以前のことを記憶していたのであろう。その時期に扱ったある事件が、地検支部の倉庫火事と関連していることも直感したのではあるまいか。むろん、氏はそれを放火と考えたであろう。

すると、大賀氏に覚えがないと回答させたのは、その過去の事件が現在、尚《なお》も生きているか、尾をひいているかしているからであろう。端的にいえば、十五年前のその事件記録書類を湮滅《いんめつ》するために誰かが倉庫ごと焼いたのではあるまいか。——いつの間にか給仕がどんぶり鉢も箸もひいて行った。よみかけの警察書類だけが残っている。

いや、もう一通、母親からの手紙が残っている。瀬川は大賀冴子の手紙をよんだあとの昂奮で、すぐにそれをとり上げる気がしなかった。

瀬川は、やっと母からの手紙を手に取った。大賀冴子の手紙の封を切ったときのようなときめきがない。

「手紙をうれしく読みました。いよいよおまえさまも決心してくれて、母は何よりと喜んでおります。兄夫婦も大そう満足で、いずれあとから手紙を出すが、よろしくとのことです。

おまえさまの趣きは、即刻、媒酌の宗方さまに通じておきました。宗方さまにも俄《にわ》かに元気づいてご先方に連絡に行かれました。この手紙を書く一時間前に電話があって、先方も異議がないということでした。電話の宗方さんの声もはずんで賑かに笑っておられました。いずれ挙式のことだとか披露のことなどの詳しい打合せは、おまえさまと手紙でします。

いくらこちらで勝手にやってくれと言っても、本人のおまえさまの意志を確かめないではやはり心配です。ついては、一度暇を戴いて帰ってくれませんか。忙しいのは重々察しているけれど、ほかのこととは違い、おまえさまの大事な一身上のことゆえ上司のお許しも出ることと思います。あとはおまえさまの気持次第です。もし、都合がつくようでしたら、およそいつごろ帰京するか、こちらも手筈《てはず》がありますから、すぐに報らせて下さい。

とにかく、これでわたしも一安心というところですが、まだまだあとのことを考えると、ゆっくりと落ちついてはいられません。

母」

大賀冴子の手紙を読んだあとの瀬川は、この文面に何んの感情も起らなかった。話は自分の遠いところで交されているような気がする。

二つの手紙を机の引出しに仕舞ったとき田村事務官が入って来て、取調室に送検された被疑者が待っていることを告げた。

瀬川は、被疑者の名前を聞き、書類を選《よ》り出して小脇に抱え、隣の取調室に入った。

拘置所の看守に連れられてきた男は、二十七、八の、額の狭い、扁平《へんぺい》な顔をした男だった。椅子に坐ったまま瀬川にぺこんと頭を下げた。いかにもこういう場所に馴れたという態度で、上眼使いにじろりと検事の様子を窺《うかが》った。

瀬川は、机の上に書類をひろげた。

この男は猥褻《わいせつ》行為で逮捕されている。警察から送致された一件書類では、杉江市内の旅館、料理屋などの座敷に女二人を入れて、客の前に怪しげな演技を見せたのだった。

彼は大阪生れである。女二人も大阪から連れてきて、いわゆる田舎回りで稼いでいた。

「君はいつから、そんな商売をしていたのだね？」

瀬川は、相手の眉《まゆ》の迫った、一重瞼《まぶた》の鈍い眼を見ていった。

「へえ」

男は頭を下げた。

「いつからちゅうたかて、そないにやってしめへん」

「しかし、大阪ではかなり前からそういうことをしてきたのだろう？」

「いいえ、検事はん、二年前からだす」

「同じようなことをして前に捕っているね」

と、瀬川は書類に眼を落して言った。

瀬川の問いに、額の狭い男は長い髪を掻上げて答えた。

「へえ、こういうことをはじめて直ぐに大阪の天満《てんま》署に挙げられました。まだ馴れてへんさかい捕りました」

「それから大ぶん馴れてきたわけだね」

瀬川は訊いた。

「いいえ、そういうわけやおまへんけど」

「女のうち一人は、君のいい人かね？」

「へえ、ま、そんな関係だす。何ンちゅうたかて、そういう身体のつながりを持ってへんことにはすぐに女に逃げられますさかいなア」

男は細い眼をいっそう細くした。

「年上が二十八で、若いほうが二十四だね」

「そうだす」

「年上のほうが君の愛人だが、年下のほうはどうなんだね？」

「もともと二人は友だちだす。そやよってに、年上のほうが誘ったら、一も二もなくついて来たのだす。検事はんの前だすが、この二人は前から同性愛だしてな。そんで女二人ともよう離れんでおりまんのや」

瀬川はなるべく感情を殺して事務的な訊問《じんもん》をつづけた。

「この杉江では旅館を三軒、料理屋を二軒使っているね。それぞれ三回乃至《ないし》四回、そういうことをしている。書類にはいちいちその月日が書いてあるが、改めて訊くことはないだろう。これに間違いないね？」

「へえ、そうだす」

男は初めから投げたように答えた。

「四国ではここだけかね？」

「いいえ、徳島から高松、道後、それからこっちに回りまして、次は高知まで行き、大阪に帰るつもりでおりました」

割合、すらすらと正直に述べた。

「君」

と、瀬川は机の上に両肘《りょうひじ》をついた。

「そういうことは誰か仲介者があるのかね？　君がいきなりこちらに乗込んできても商売はできないだろう？」

「そら、やっぱり、その道のほうに渡りをつけんことには何ンにもでけしめへん」

「それは、その土地々々の組に挨拶するのかね？」

「結局、そういうことになります。そやけど、わての場合、女二人の小さな組合せやさかい、そんな大そうなことはいりしめへん。仲に立って口を利いてくれた男が、ちゃんとそっちのほうを、あんじょうやってくれました」

「その男は何ンという名前かね？」

「検事はん、それだけは勘弁しておくんなはれ。警察でもさんざん訊かれましたけど、やっとるのはわてら三人ですさかい、わてらだけ処罰しておくんなはれ。その人に迷惑をかけたら申しわけおまへんさかいな」

「うむ」

瀬川はじっと、その男の顔を眺めた。

「君がそう言うのは、その人に義理を立てているというよりも、それをしゃべったら向うから何かされそうなので、怕《こわ》いのじゃないかね？」

「いいえ、そんなこと、おまへん」

と言ったが、今度の声は弱かった。

眼の前に腰かけている男は、自分の情人《いろ》と、その仲のいい女とを組合せただけで各地を歩き回っているのである。本人も認めている通り、まことにうら寂しい「興行」だった。

だから、四国を回るのに仲介者が一人あれば、それで万事が済んだのであろう。おそらく今後も、この男はこの商売をつづけてゆくに違いない。そのためには仲介者の名前を警察や検事の前に洩してはならないのだ。脅迫もあるに違いない。しかし、同時に怕いのは、この男が今後この商売をつづけてゆけなくなることであった。

「君は一座敷について客から一人当り五百円乃至千円を取っているな？」

「へえ」

「徳島を振出しに、この杉江の町にくるまで、合計相当なものが手に入っているね。

ここに金額が出ているが」

「客から取るのはそのくらいだすが、実際に摑《つか》むのはそないにおまへん。旅費もいるし、食べななりまへんでな。女たちにも小遣《こづかい》をやったり、ときには着るものも買うてやらななりまへんさかい、そないには儲けになりまへん」

おそらく、そのほか、その仲介人に相当な周旋料を出さなければならなかっただろう。いや、そのほうのピンハネがひどいに違いない。

「そら、まあ、その土地々々の組に邪魔されないようにやらななりまへんので、それ相当な礼金は出してます」

男は瀬川の質問にそう答えた。

「そやけど、検事はん、この杉江の町に来て、わてら、ちょっとアテ違いだした」

「どうしてだね？」

「何ンでやというと、世話してくれはった人は、おれがついとれば、絶対、四国中は警察の手が入らんさかい、と言うてはりました。そんなのに、こっちへ来てすぐに手入れを受けましたのんや。えらいアテ違いだす」

男はそうこぼした。

「こうして検事はんの前に引っぱり出されたからには、何もかもザックバランに申しますが、仲介人が言うには、この杉江の町は船着場やさかいに、えろう稼ぎが出来るちゅうことでしてな。正直言って、徳島も、高松も、道後温泉も、思ったほど実入りがおまへんでした。ああいう目抜きの盛場は、わてらのような貧弱な組が入ってもあきまへんわ。土地々々に、もっと立派な興行が来てますさかいにな。ヌードかて、映画かて揃っとります。……そいで、杉江の町にはそんなものはないよってに、こらひとつ当てこまさんなあかんと思い、意気込んで来たところが、この始末だす。……ほんまに、もう四国は懲《こ》り懲《ご》りだす」

彼はまた愚痴《ぐち》を言った。

道後の名前が出たので瀬川は訊いた。

「君、道後を含めて松山のほうの、そういう商売はどこの組が抑えているかね？」

「へえ、そらもう大阪の増田組ですわ。こっちイ来て、ほんまに増田組がこないに手を伸ばしているとは思いまへんなんだ」

その晩、瀬川は、やはり役所の仕事を公舎に持込んだ。

だが、今日は返事を書かなければならないことが二つある。いや、正確には大賀冴子宛の返事であった。

彼は、まず、この未知の弁護士の娘に向って、弁護士が不慮の交通事故で急死したことに対し愕きと哀悼《あいとう》の言葉を書いたのち、

「さて、私の問合せに対するご尊父さまの返事は次のようなことでございました。その趣旨は、『問合せの件につきましては、残念ながら当時の取扱事件について何一つ記憶していません。殊にご指摘の昭和二十五年四月より翌年三月までの不起訴分のことになりますと、甚だ恥しきことながら、具体的なことは何一つ思い出せずにおります。取扱いの刑事事件メモなどもしばらく所持していたように記憶しておりますが、長い検事生活と別れる際、ほかのものと共に悉く焼却しております』とありました。

私はご尊父のこのご返事に接して落胆したことを率直に申述《もうしの》べます。と申しますのは、あなたの手紙が鋭くも指摘されているように、今度の地検支部の倉庫出火は断じて失火ではありません。これは極秘のことですが、いろいろ事情を考えて表面では漏電ということに公表しています。しかし、怪火であることは間違いないのです。

正直のところ、私はあなたの文面を読んで驚愕《きょうがく》いたしました。私が秘かに考えていたことをあなたは鋭くも指摘されたのです。そして、あなたがそう考えられる根

拠は、今度のご尊父の不慮の交通事故にあったことを承知いたしました。私としては、ご尊父の交通事故が果して偶然のものであるか、あるいは作為的なものであるか全然存じませんが、あなたのご文面から察すると、どうやら後者のように思われます。

もし、それから、あなたは私がご尊父に差上げた問合せのことについて、あるいはご尊父以上に、もっと明快なお答えを頂戴できるのではないかと秘かに期待しています。

とりあえずご尊父の私への回答を右に記して、お問合せのご返事に代えます。何ぶんよろしくお願いいたします。

瀬川良一」

瀬川は、書上げた文章を読返して封筒に入れた。

大賀冴子が、これに対してどう反応してくるかである。この手紙は三日後には、東京の、おそらく武蔵野の名残りを留めている静かな大賀氏宅に届けられるであろう。大賀冴子が返事を書くのに一日か二日として、ここに到着するのは五日ぐらいのちになる。

瀬川は煙草を一服つけ、その封筒を丁寧《ていねい》に机の端に置いた。

次は母親宛の手紙だ。大賀冴子の場合と違って、これは義務的なものだった。

「早速の手紙、拝見しました。一度休暇を貰って帰京せよとのご希望ですが、今のところ、例の失火事件や、その他仕事が堆積《たいせき》して、ちょっと見込みがありません」

と書いたとき、瀬川はふいと別の考えが起った。

帰京はちょっと見込みがないと書いたときに、瀬川の脳裏には大賀冴子のことが閃《ひらめ》いた。

そうだ、一度東京に帰って大賀冴子に会ってみたい。会ってから大賀弁護士の話などじっくりと聞きたい。

そんな期待ともつかぬ希望が頭の中にもたげてきた。

それなら、見合のために休暇を貰うというのは絶好の口実になる。仕事はたしかに積っている。検事は一人である。だが、それだけなら、本庁の同僚に応援を頼むこともできる。

ただ、忍びがたいのは書類倉庫を焼いたという責任があるからだ。これがなかったら、気軽にすぐにも発《た》てそうだ。地検の建物を焼いて、自分の結婚のために暇を貰うというのは、いかにも虫がよすぎるし、上司や同僚への思惑もある。

だが、大賀冴子の返事如何《いかん》によっては、これは決行しようと思った。なんといっても、手紙の上のやり取りだけではまどろっこしい。また、手紙に書けないことでも本人に直接会えば話してもらえることだってあるし、話合っているうちにこちらで思いがけないことを聞く場合もある。

そうだ、五日ぐらいのうちに冴子から返事が来てから決めようと思った。それで瀬川は急に書きかけた母親宛の手紙の最後の文句を訂正した。

「……とはいっても、あるいは別な用事で帰京の機会があるかも分りません。しかし、これは今のところ全く不明ですから、期待をかけないで下さい。とにかく万事はそちら任せ。当方としてはいかなる決定にも不服は申しませんから、どうぞ、そちらのよろしいようにことを運んで下さい」

母親宛の手紙を書上げて封筒に収め、それを大賀冴子宛の手紙の横にならべた。

瀬川は、そのあとで持帰った警察書類の検討に向ったが、まだ気持は仕事のほうに素直に入って行けなかった。もちろん、母親の返事のほうではなく、大賀冴子宛のものだった。あと五、六日して彼女から返事がくる。大賀冴子の怜悧《れいり》な文面から察して、瀬川の期待通りの返事がくるような気がした。たしかに亡父の遺品から瀬川の知りたいことを何か見つけ出しているような気がする。

瀬川は、いつまでもその封筒を眺めていては仕事にならないので、書類を読むことに入った。これも早く片付けておかないと、もし、一時帰京ということになれば、事務が渋滞してくる。

「被疑者は、現場において逮捕状を見せたところ、何んらの抵抗なく捜査員に従って当署に連行されてきた。また、Aも、Bも（調書には、もちろん、原籍地、現住所、氏名、年齢がついている）参考人として連行された。被疑者は何んら取調官の強制を受けずして任意的に左のように自供した。……」

ここまで読んできたとき、瀬川の頭に四人の女の姿が浮び出てきた。

瀬川は、松山地検の同僚検事宛に手紙を書いた。問合せは電話でもできるのだが、これはほかの事務官などに聞かせたくなかった。

「最近、松山市内のキャバレーか道後温泉あたりにヌードショーをおこなっている連中のなかで、四人組の女を捜してもらえないだろうか。氏名は一切わかっていない。ただ、その中の一人の人相が、しゃくれたような顔で、ちょうど花王石鹸の商標のような感じだったとしかいえない。年齢は二十一、二歳から四、五歳くらいまで。顎のしゃくれた女は二十四、五歳とみられる。

もう一つ重要な条件は、去る五月十六日の晩には松山市内に居なかったことである。したがって、このヌードの女たちは、それ以前に松山市内に来ていたか、あるいは十六日以後、つまり、十七日から客の前に現れていたかは分らない。とにかく、十六日の日だけは松山に居なかったことが、この尋ね人の一つの手がかりとなっている。

なお、この女たちは、八幡浜市内の映画館主尾形巳之吉となんらかの関係があるように思われる。尾形は増田組の組員だから、このヌード興行も同じ組の手で行われた可能性が強い。

なお、そのヌードの女たちは、現在松山市内から去っていると思われる。

右の女たちの氏名が分れば、その連中を松山に連れて行った男、宿泊した宿及び現在どこに行っているかをなるべく早く報らせていただきたい。

もう一つ付加えたいのは、その女たちのうち一人は未だ四国に残留している公算が強いことだ。以上の調査は、なるべく外部に洩れないように、やってほしい」

もし、瀬川の考える四人の女が道後温泉で当時「営業」をしていれば、その氏名は警察の調べで分るはずである。松山地検が警察に依頼をしてくれたら、ひと通りのことは判明するだろう。あとは、それを手がかりに瀬川が述べた希望のことを調査してくれるだろう。

杉江の町の旅館や料理屋で猥褻《わいせつ》行為をさせていた男を捕えたことから、瀬川にこのヒントが浮んだのだ。今までは四人の女を尾形巳之吉の経営する映画館やパチンコ店の女子従業員と考えていたが、どうもそれではしっくりしない。竹内をバーらしいところに引っぱりこんだり、小洲の旅館につれこんだりしたところは相当馴れている女とみなければなるまい。

もし、それをキャバレーやヌードスタジオなどで裸体を見せている女だとすれば、その可能性は強く考えられるのである。

これが糸口になって調査が進めば、地検支部の出火の謎も解けるかもしれない。大賀冴子と母親宛の手紙にならべて、こんなヌード女の問合せの手紙を置き、瀬川は妙な気がしないでもなかった。

その晩も瀬川は公舎に仕事を持帰って、九時近くまで縛《しば》られた。

家の中はがらんとしている。前任者は家族ぐるみで住んでいて、まだその名残りが備えつけの調度などに見られる。子供の落書などがそのままになっているところもあった。賑かな家族の住んでいたあとに独身者が寝起きしているのは、侘《わび》しさを誘う。

夜は、ここまで港の汽笛が聞えてくる。沖に霧でもかかっている晩などは夜通し耳に届く。

瀬川は、今夜の仕事が一しきり済んだので、散歩がてらに外へ出てみる気になった。今度の事件のことをもう少し整理して考えなければならぬ。昼間はほかの仕事に追われている。

瀬川は簡単な恰好でぶらりと出ると、海岸のほうに向った。この町はほかに見るところもない。

港にはいつものように漁船が一ぱい入っていて、帆柱の赤い灯が暗い空に点々ともっていた。汐《しお》の香が鼻に入る。港を取巻いている商店も飲食店のほかはほとんど戸を閉め、外灯の光だけがぽつんと石だたみに落ちている。

瀬川は、巻かれたロープの上に腰を下して、ぼんやりと煙草を吸った。どの船かで話声がしている。海の水を汲上げる音が寂しく聞えた。沖から灯をつけた漁船が一隻戻っている。今夜は汽笛もあまり鳴らない。気温は上っていた。

今日出した手紙のうち、大賀冴子に宛てたのが瀬川に一ばん期待が持てた。返事が早く来ればいいと思う。

次は松山地検の同僚に宛てて問合せたヌードショーの一件だが、これはどれだけ希望を持ってよいか。警察に頼めばわけないことだが、地検の自力となると、自分の経験からみても頼りないのだ。

警察だと土地の顔役に知合いがあるから、そのほうから調べるとわけはない。検察事務官では日ごろのコネがないのだ。

調査の早道は警察に頼むことだが、松山地検の検事も警察にはあまり頼みたくないのではなかろうか。もし、瀬川の場合と同じように、その検事が警察に借りをつくりたくない気持があれば、これは当人にとって厄介な負担となろう。自分の所管ではなく、同僚から頼まれたことなのである。

どこかで流行歌を唄う声がしていた。いい声である。こちらに来るかと思うと、途中で角を曲ったらしい。あとは口笛となっていた。

瀬川は「たから屋」を思い出した。つい、そこに足を向けてみる気になったのは、このまま公舎に戻っても仕方がないという無聊《ぶりょう》が理由だったといえよう。その飲屋を自分で偵察するつもりだったら、もっと早くそこに行っている。

「たから屋」は地検の事務官や事務員たちがよく顔を見せるところだが、瀬川はまだ一度も足を踏入れたことはなかった。つまり、先方のおかみは瀬川が客として入っても誰だか分らないはずだった。

たから屋ののれんをくぐると、客が四人、カウンターに凭《もた》れていた。

「いらっしゃいませ」

と、おかみが顔を上げて瀬川を迎えたが、その表情は初めてくる客を迎える以外に変化はなかった。ただ、この客の身なりから素性を知ろうとする商売意識の視線が一瞬に彼の上に駆けめぐっただけだった。瀬川は安心した。

ビールを頼んだ。

「かしこまりました」

おかみはつまみを出した。きびきびした様子だ。ほかに二十二、三ぐらいの女がいる。

おかみは眼が丸く、しもぶくれの顔だ。笑うと金歯がこぼれる。

ほかの客を見ると、土地の者らしく、勤人ばかりだった。期待した船員風の男はいない。一人の客はここの馴染みらしく、ことさらにおかみと親しそうな口を利いていた。瀬川はおかみが一杯だけ注いでくれたビールを飲んだ。客の話は別段のことはない。友だちの動静を面白おかしく話している。

それを聞いているおかみが相槌《あいづち》を打ちながら、ときどき瀬川のほうへ目立たない視線を走らせた。初めて来た客はやはり気になるとみえる。

店は十人も客がくれば一ぱいになりそうなくらい狭い。特に特徴もなかった。このぶんなら、当夜平田と竹内とがここで飲んでいるときに船員風の男が、四、五人居合せたというから、おそらく店の中は客で一ぱいだったのであろう。

だが、これは竹内の言い分で、おかみは調べに行った者にはそのことを否定している。

瀬川は報告で、今ではどんな小さな都市でも暴力団の勢力が伸びていると知っている。ただ、この小さな飲屋までがそうだといえないことは田村の調べにもあった通りだ。だが、瀬川には昨日以来、その影が眼に感じられてならない。

客の三人が起って外に出た。残りの一人はまだくだくだと言っている。おかみは、そのほうは相手にせず、新しい客の瀬川に心を使っていた。コップのビールがなくなると、向う側から手を伸ばして瓶を握って注いでくれる。

「ありがとう」

なんとか話をしなければと思うが、別に適当な話題はない。一つは瀬川に何んとなくこの店を探りに来たという点が気を咎めているからだ。おかみのほうも進んで口を切らなかった。遠慮しているようでもある。ちょっと正体が分らない客にどう切出していいのか分らないので様子を見ているふうでもある。間で煙草を取出したので、おかみがマッチを擦《す》ってくれた。

「ありがとう」

それがきっかけとなったように、

「大ぶんむし暑うなりましたね」

と、おかみが言った。

「そうだね」

「お客さまはどちらにお住まいですか？」

「うむ」

地検のある土地の名前は言えない。

「つい近くですよ」

「そうですか。いえ、あまりお見かけしませんので……」

ねばっていた客は、おかみがあまり相手にしてくれないので、瀬川をじろじろ見ながら店から出て行った。

瀬川はひとりになった。これは都合がいいようでもあるし、悪いようでもある。ひとりだと目立ちすぎる。ほかに客がいたほうが話がまぎれてよいのだ。が、仕方がなかった。

「おかみさん。こういう商売をしていると、時にはうるさい客もあるだろうね」

瀬川はビールを注いでもらってから訊いた。手伝いの女は向うむきになって皿を洗っていた。

「いいえ。それほどでもありませんよ。みなさん、土地の人が多いでしょう。気心が分っていますから」

おかみは金歯をこぼして愛想笑いをした。

「そうかね。しかし、ときには酒の上で喧嘩ということもあるんだろう?」

瀬川は何気ないように訊いた。

「そんなことはめったにありませんわ」

おかみも微笑をつづけている。

「それはいいな。しかし、ここは船着場だから、船の人がよく飲みにくるわけだな。船の人間は気が荒い。酔払って喧嘩をやることだってたまにはあるだろう?」

「いいえ」

おかみはちらりと眼の奥に光を持たせたようだったが、それも瞬間に消えた。

「船の人は案外おとなしいんですよ。それに長い間の馴染みになっていますから、乱暴なさることはありません」

「そうかね」

竹内が言った船員風な男との喧嘩は、彼の幻想だろうか、あるいはいま眼の前にいるおかみの嘘だろうか。同じ疑問がどこまでもつづいている。

「あんたの店ではそうかもしれないが、この辺に目白押しにならんでいる飲屋だとか、バーだとかでは喧嘩沙汰もあるんだろう？」

瀬川は話を変えた。

「ええ、ないとはいえませんが、あんまり聞きませんわ。たいてい、すぐ収るようです」

「うむ。そういうときは、なにかね、土地の顔の利いた人が仲裁に入るとか、話をつけるとかいうことがあるのかね？」

「さあ、どうでしょうか」

と、おかみは小首をかしげた。

「わたしのほうにはあんまり関係がないから、よく存じませんわ」

「そうかね」

何を訊いても手応えはなかったが、おかみの顔つきは、この初めての客に疑いを持ってきたようにみえた。

「この辺にはやっぱり、なんだろうな、そういう地回りみたいな顔の利く連中がいるんじゃないかね？」

「もう一本抜きましょうか？」

と、おかみが空になった瓶《びん》を見て答えの前に言った。

そのとき二人づれが入ってきて、何気なく瀬川から離れたところに坐った。彼らは瀬川と顔を合して、あわてたように頭を下げた。地検の若い事務員だった。

第三章

瀬川は地検の公舎に戻った。

たから屋で地検の事務員二人が入って来たのはまずかった。あれで忽ち瀬川の身分は飲屋のおかみに分ってしまった。あの場はいい加減に挨拶して先に出たが、あとでおかみはきっと事務員二人に訊くに違いない。といって、おかみの眼前で彼が事務員に口止めする余裕もなかった。あの店には地検の連中がよく行くとは知っていたのに、何んの準備もなく不意に行ったのが悪かった。

あれからもう少し話せば、おかみの口から案外いいヒントが取れたかもしれないのだ。おかみの口が自然とほぐれた矢先だった。惜しいことをした。

あの場での話の限りでは、おかみが竹内のことで嘘を言ったかどうかまだ分らない。しかし、何かを話すかもしれないという期待は窺えた。地回りのやくざのことも一応は否定したが、もう少し突込むと何かを言いそうだった。要するにいま一歩の突込みに入ろうとしたとき事務員たちが入って来たのである。

今後はもう二度とあそこには行けない。検事と知られては、行っても無駄になる。おかみは石のように沈黙を守り、余分なことは口に出さないに違いなかった。

残念だったが、仕方がない。飲んだビールの酔いが少し残っていた。時間も十二時近くになっている。瀬川はベッドに歩いた。

このベッドも、前に住んでいた検事が家族とは別に自分の勉強室用に造ったもので、六畳の間の狭い片隅においてある。普通のベッドではなく、台がタンスのように抽出《ひきだ》しつきになっている。書類を入れるのに便利がよく、これを残してくれた先輩に独身者の瀬川は助かっている。

洋服をパジャマに着更え終ったときだった。電話がふいと鳴った。

瞬間的に腕時計を見た。十一時四十七分だ。夜中の電話はめったにないから、こういうときは時計を見ることが職業意識になっている。初めは、警察から突然事件が起って連絡してきたのかと思った。

「瀬川さんですね？」

と、先方が言ったものだから、これは違ったと判断した。土地の警察からは、こんな呼方で電話はかからない。

「そうです」

「あんた、地検の火事で焼けた記録書類を作っているそうですね？」

瀬川は返事をしなかった。すぐに相手の名前を訊いたが、今度は向うが答えなかった。

「そうだろう。あんた、地検の火事でいろいろ調べているようだが、あれはやっても無駄だね」

「え？」

瀬川は受話器に神経を集めた。男の声は中年よりやや若いといった感じである。言葉には明らかに伊予訛《いよなまり》があった。

「それはどういう意味です？」

「あんまりくどく火事のことを追わないほうがええといってるんですよ」

電話は、それきりに切れた。

瀬川の耳には中年の男と思われる伊予訛の声が残っていた。検察庁にこういうような電話がかかってくることは過去にも珍しくない。たいてい厭《いや》がらせや悪戯《いたずら》だが、ときには事件の周辺にいる人物から情報がささやかれることもある。

瀬川がこの支部に来てから初めての電話だ。火災の原因を調べるのをやめろ、というのだが、ただの悪戯とは思えなかった。瀬川がそれを調べていることは外部に分っていないからである。もちろん、新聞にも出ていない。悪戯の電話は新聞記事を読んでかけてくることが多い。今度のことは支部の中でも少数の検察事務官だけが知っていることで、警察にも分らないように調査を進めている。

だから、その事情を知った者がかけてきた電話といえそうだ。

こちら側から洩れた話でその男が電話をかけたとは思えない。その事情を知っている男なら、調査されている相手側の中にいる人間ではないだろうか。そうすると、電話の声の主は自然と限定されてくる。

例の八幡浜の尾形巳之吉の周辺がまず考えられる。映画館、パチンコ店は田村事務官が相当聞き回ったはずだ。もう一つは、その電話が「たから屋」から帰ってすぐにかかってきた点である。

しかし、瀬川が「たから屋」に行ったことを出火の調査に結びつけて考える者はごく少数である。瀬川はただ飲屋にビールを飲みに行ったというだけだ。おかみとの話も全く平田や竹内のことにふれていない。彼は検事であることさえ秘匿《ひとく》していた。してみると、瀬川が飲屋をのぞいたのを支部の出火に関連させ、早速、その電話をかけてきたとすれば、よほどこちらの内情を知った男といわなければならない。

ここで瀬川は胸にこたえるものがあった。その理屈を煎《せん》じ詰めてゆくと、「たから屋」はやはり焼死した平田や逃亡した竹内の行動に何んらかの関係があったということになるではないか。

電話の調子は一種の脅迫ともみられる。調査をやめなければどうするということは言わなかったが、その言い方自体が脅迫と変らない。

今まで、瀬川は事務官たちに調べさせてはいたが、直接に事件が自分の身にはね返ってくることはなかった。だが、今夜の電話は初めて近い周囲から一つの反応がなされたと思った。

二日ほどして東京から手紙が二通きた。瀬川の期待に反して大賀冴子からではなく、一通は母親で、一通は宗方氏だった。

宗方氏の手紙は、今度の縁談について瀬川が承諾したことを喜び、早速、先方に出かけて、その旨を伝えた。先方は大へん乗気で、ぜひ、これをまとめてくれしいうことである。

ついては、先方の家族と、本人の学歴を略記しておいたから読んでもらいたい。なお、先方の娘さんは自分もよく知っているが、近ごろの若い女性に珍しくおとなしい人で、今は家庭でピアノや茶、生花などの稽古《けいこ》ごとに励んでいる。娘さんは検事という職業にかなり興味と理解を持っているようだから、この点は円滑にゆくように思う。

宗方氏はそういうことを書いたあと、家族の略歴を列記していた。

手紙には青地洋子《あおじようこ》の写真が三枚ほど同封されていた。いわゆる見合写真ではなく、手札型のスナップだ。一枚は自宅の庭で撮ったものらしく立姿。一枚は友だちと旅行したときのものらしく背景に渓流にかかった釣橋などが見えている。もう一枚はテニスコートでラケットを持って休んでいるところ。

青地洋子は、まる顔の、どちらかといえば可愛らしい童顔だった。背はそれほど高くはなさそうである。二枚は笑っているが、自宅のものは少し緊張した顔だ。おそらく、この一枚は今度の縁談がはじまってから用意のつもりで撮ったものらしい。

瀬川は、この写真の印象から、恵まれた家庭に育ったおとなしいお嬢さんだという印象を受けた。自分には少しすぎた気がしないでもない。

父親の久吉《ひさよし》氏の勤めている久島建設というのは日本の土建界でも大手の一つで、大きな土木工事には必ず名前が出ている。最近ではダム建設に力を注いでいて、新聞にもよくその名前が出る。久吉氏は、その会社に大学を出るとすぐに入り、現在まで二十七年間勤続している。

宗方氏の文面は言う。あなたのお母さんの希望では来年の春挙式ということだが、こういうことは出来るだけ早くまとめたほうがいいと思うので、一応、今秋に挙式ということにしてはどうか。勤務の都合でむずかしいという話だったが、ほかのことではなく目出たい話であるから、休暇が取れぬことはないと思う。仕事のことを考えていればきりがないので、思い切ってそういう運びにされてはどうか。先方も決り次第結婚式は早く挙げたい意向のようだ。

一方の母親の手紙はいつもの調子で、仲人の宗方さんから手紙が行くと思うが、よく読んで、なるべく東京の意向を汲《く》んでほしい。みんながそれを希望しているので、あまりわが儘《まま》を言わないでもらいたいというようなことが長々と述べてあった。

松山地検に瀬川が照会した件は、意外に早く向うから回答があった。それは書面ではなく電話だった。相手は武藤《むとう》という検事だ。

「手紙を出そうかと思ったがね」

と、彼の電話は言った。

「あなたのほうも早いほうがいいだろうと思い、電話をすることにしましたよ」

折よく瀬川の個室には誰も居なかった。

「どうも、面倒なことをありがとう。で、分りましたか？」

「問合せにある該当者らしいのは、道後温泉で五月十日から商売をはじめている。そして、そこを引揚げたのが二十二日になっています」

「その連中はどういうのです？」

「女が四人でね。こいつはストリッパーです。それにマネージャー格の男が一人ついていました」

「女たちの名前は分っていますか？」

「さあ、そこなんですがね。東京方面から来たということははっきりしているけれど、まだ本名は分らないのです」

「劇団の名前は付いていたのですか？」

「いました。関西レビューというのがうたい文句で、雪月舞踊団という名だったそうです」

「東京から来たのに関西と付けたんですか？」

「関西と付けたほうがお客さんに喜ばれるそうです。つまり、東京のストリッパーはつつましいが、関西となると相当露骨な演技をするので、それを客が知っているわけですな」

「なるほどな。……五月の十日は道後のどこでやったんですか？」

「五月十日は道後の城南《じょうなん》小劇場というのです。まあ、そういうストリップ専門の小さな小屋ですがね。観客もせいぜい三十人ぐらいしか一ぺんに入れません。連中は、そこで二十二日までつづけてやっています」

「いま、本名が分らないと言っていましたが、それは土地の顔役に訊けば分るんじゃないですか？」

「それもよく知らないのですな。というのは、四人か五人ぐらいの小さなグループは素性の分らないのがほとんどだそうです。だから、どこから来てどこへ回るのか、それすらはっきりしないというのがありますよ」

「なるほど。だが、マネージャーというのか何んというんですか、引率して回っている男の名は分っているでしょう？」

「本名かどうかアテになりませんが、一応、花田《はなだ》という男だそうです。これは東京の人間で、マネージャー格として女の子についているんですがね。ふだんはレコードを鳴らしたり、電灯のスイッチを切替えたり、そういう役をするんだそうです」

「外部からは分らなくとも、彼らを呼んだ土地の組には通じているんじゃないですか？」

「その組は増田組です。これは松山に根城を持って、いま、四国の西部に羽を伸ばしていますがね」

「増田組」

やっぱりそうだったのかと、瀬川はひとりでうなずいた。

「その増田組が連中を東京から呼んだのですか？」

「呼んだというよりも、やはり東京の組織に話を持込んで、そこから四人組が寄こされたのでしょうね」

「そうすると、増田組というのは東京の暴力団組織と関係を持っているのですか？」

「増田組は大阪の組織ですが、近来、神戸に出来ている大きな組との間にとかく円滑を欠いていた。それが末端でいろいろな傷害事件を起しているわけです。増田組としては自衛上、東京の或る組織と手を握ることになったというんだそうです」

「なるほど。その東京の組織というのは何んという名前ですか？」

「これは警察情報ですが、興亜《こうあ》組だそうです」

「興亜組」

「大ぶん大きいらしいが、戦後のもので、急にのし上ってきたんだそうです。ですから、例のストリッパーは東京で、その興亜組の勢力の中に入っていたんでしょうな」

「道後のほうでは始終、ストリッパーを東京あたりから呼んでいるんですか?」

「それも訊いてみたんですが、長い興行で一週間ぐらい、短いものは三日間というやつがあります。あなたが問合せた四人組は、もともと、そういう組織の中にも入らないようなドサ回り専門でしょうが、ほかの土地で興行をすれば、やはりどこかで彼らの保護を受けなければならないのでしょうね」

「マネージャーの花田というのは、もっと身元が分りませんか?」

「それは頼んでおきました。だが、ぼくから頼んだ人がさらに組織に訊合せるのですから、あと一日か二日ぐらい返事が遅れるでしょう」

「どうもありがとう。それを待っています。……あ、それから、その四人組は今どこで興行しているか分らないですか?」

「分らないようですな。なにしろ、素性が知れないくらいですから、これも組のほうから聞出すほかはないです」

「大事なことが一つあります」

と、瀬川は言い添えた。

「五月十六日の晩、その四人組が松山市内で興行していたかどうかを確かめてくれませんか」

「五月十六日……あ、あんたのほうの火事の晩ですね」

武藤検事の声が変ったが、

「いや、それに関係があるかどうかまだ分りません。とにかく参考程度にそのことは調べておきたいんです」

と瀬川は言った。

「ですから、彼らが四国に来たという十日から二十二日まで毎晩、どこのどういう劇場やキャバレーでショーをしていたか、できるだけ詳しく知りたいんです」

武藤検事は、

「城南小劇場に五月十日から十四日まで出演していたことは間違いありませんが、その後はどうなっているか、今のところよく分っていないのです」

と答えた。彼はつづいて、

「あのショーのしくみを聞いてみると、たいてい三日乃至六日間くらいの契約で各地を回っているようですな。だから、四国に到着した最初の十日から十四日までが松山で、あとは転々と各地を巡業したと思います」

「何か、そのショーに変ったことはありませんか？」

「変ったことというと？」

「つまり……」

と、瀬川は言いかけたが、まさか杉江支部の放火に絡《から》んでいるとは言えなかった。そこまで確かな裏づけはないのだ。いうなれば、瀬川の考えは一種の見込捜査と似ている。一つの予断をもって、それに合致するような資料だけを集めようとする、あの刑事の心理にも似ていた。

「……つまり、それは普通のストリップだったのですか？」

すると、電話の向うで武藤検事はげらげら笑い出した。

「知っているのですか？」

と逆に訊いたから、瀬川のほうがどぎまぎした。

「何んのことです？」

「いや、そのショーはストリップには違いないが、その中の一人の女の子がヘビを使うので評判だったそうです」

「ヘビ？」

「このごろはもう、普通のストリップではだんだん客に飽きられてきましたからね、いろいろな新手が出たわけです。スネーク・ダンスとかいうのでしょうな。本物のヘビを身体に巻きつけたり、胸のあたりを咬《か》ませるような恰好をして、丁度、クレオパトラのような仕草をして見せるんだそうです」

「ははあ」

「何が出てくるか分りませんよ。こっちでは初めてだから今ごろは、大ぶんうけたそうです。もともと、それを見込んで、こっちの興行主が東京から呼んだのかもしれませんがね」

ヘビ使いのストリッパー。

これだけでも一つの手がかりがある。普通のストリップと違って、それだけの特徴があれば、彼女らの足跡を捜すのはわけはなさそうだった。

瀬川は、空港で巡礼の杖を振り振り飛行機に歩いていた三人の若い女を思い出した。あの中の一人が、そのヘビ使いだったのだろうか。またしても顎のしゃくれた女の顔が浮ぶ。

「武藤さん、そのヘビ使いの子の顔は、例の花王石鹸のマークに似ていませんでしたか?」

「そうくるだろうと思いましたよ」

と、武藤検事は笑った。

「ところが、そうじゃないのです。その子は、体格のいい、まる顔の女だったそうです」

ストリップの四人の女が竹内事務員を誘い出した同一人だとすると、松山空港から飛去った女たちは一人が不足している。その三人の中に顎のしゃくれた花王石鹸のマークのような顔があったのを瀬川は見おぼえている。この女が竹内を誘い込んだらしいことは竹内自身に聞いてほぼ確かだった。

あと一人が不足している。

道後温泉で興行した四人組のストリッパーの中にヘビ使いの女がいた。彼女は体格がよくてまる顔だったとは、武藤検事が聞いた話である。その体格に瀬川の心おぼえがない。つまり、空港で一人減っている女が、そのヘビ使いの子と考えられそうである。

どういうわけで一人だけ残ったのだろうか。瀬川は、その理由を地検支部の放火に結びつけるのは少し性急かなと思った。

武藤は、あとからもっと詳しいことを聞いて報告すると言ってから電話を切った。

瀬川は、一つことばかり考えてはいられない。相変らず仕事は山積していた。午後からはまた被疑者の取調べをしなければならぬ。

だが、いくつかの事件記録を読んでも、全く別な被疑者たちの顔を前に置いても、あのことが心から放れなかった。どうかすると、書類の文字を二、三度読直さなければならなかった。被疑者に対する質問もときどきチグハグなものになった。

一日が終ったとき、今日は自分ながら拙《まず》い仕事をしたと思った。

風呂敷包みを小脇に抱えて、すぐ裏の公舎に戻ると、

「お帰りなさい」

と、ばあやが迎えてくれた。

「おや、今日は帰るのが遅いんだね？」

瀬川は靴を脱いだ。

「はい。なんですか、存外に仕事が捗《はかど》りませんので」

ばあやの言訳が丁度自分の仕事の成績と似ていたので、瀬川は微笑した。ばあやは主人の口辺の笑いを見て、

「旦那さま、たった今、速達が東京から参りました。お机の上に置いておきましたが」

と、妙にいそいそとした様子で言った。

手紙の裏に大賀冴子の文字があった。

「早速ご返事を戴いたのに、こちらからの手紙が遅れました」

と、大賀冴子の字は書いていた。

「それは、つい、ああいう手紙を書いたものの、さて、父の手記からそれと思われるものを書抜くに当って、少しばかりためらいが起ったのでございます。というのは、父があなたさまにお報らせしたくなかったことを私がお報らせするのが、どうもいけないことのように思えたからです。

それなら初めからああいう手紙を出さねばよいとお思いになるかもしれませんが、当時は私も父の死の直後ではあり、かねてから不思議に思っていたこととて気持が昂《たかぶ》っていたようでございます。

それに父の職業上のことですから、決してほかの方にいい結果を与えないような気がします。もとより、検事でも弁護士でも職業上で知り得た秘密を他に洩してはならないという規定がございます。もっとも、あなたさまは現職の検事さんですから他の者ということには当てはまらないかも分りませんが、それでも父はお教えしなかったのでございます。いえ、父は私にはっきりとそうは言いませんが、どうもそう思われてなりません。

それに私がそれだと気づいているのは、昭和二十五年の四月から翌二十六年の三月まで父の扱った事件の中でも大そう有名なお方が関係しているのでございます。

その方は現在社会的な地位もあり、公的な活動をされている方でもございます。しかし、罪名というのは最も忌《いまわ》しい種類のものなのでございます。

こう申しても父の手記はまことに簡略で、事件の内容についてはあまり書かれておりません。ただ事件名と、被告人名または被疑者名ぐらいしかないのでございます。説明は心おぼえのつもりで、ただ二行ばかり付足《つけた》しているだけでございます。

しかも、明らかに父は、その中の一項目をペンで消しているのでございます。それが最近の抹消《まつしよう》だということはインキの色からして推察されます。つまり、メモを書いた当初のものはインキの色も古びて黒くなっていますが、抹消した線は青の色が冴《さ》えております。ですから、そのメモを見たとき私はすぐにこれだなと思いました。そんな具合で、抹消されたとはいえ、線の下に隠された文字を判読することはさして困難ではありませんでした。ちょっとした工夫をすると、その下の文字が再現されたのです。

事件というのは、昭和二十五年十月十五日に松山地検杉江支部管内で起った殺人事件でございます。これだけしか私には申せません。そして、その事件は不起訴になっているということも付加えておきます。

被疑者は送検されましたが、起訴はされませんでした。その人の名前は、どう考えても私には書けないのでございます。

　私のほうからわざわざお手紙を差上げておきながら、こういうお答えしかできないことを幾重にもお詫びします。これだけが精いっぱいだということをご了承願います」

　瀬川は大賀冴子の手紙を読終って、特に父親の元検事が抹消したというメモについて考えをめぐらせた。

　昭和二十五年十月十五日に杉江支部管内に発生した殺人事件で、被疑者は不起訴。そして、当の被疑者かどうか分らないが、関係者は今日社会的な地位があり、なお華々しい活動をしている。——

　これが冴子の教えてくれたヒントだ。

　冴子は、これこそ瀬川が求めている地検放火に関連したものであろうと想像しながら、しかも、はっきりと内容を書くわけにはいかないと断っている。彼女がいわゆる社会的に地位のある人を憚《はばか》っているからだ。

　瀬川は、これだけでも最後の膜が剝《は》がされたような気がした。

　地検の放火は書類倉庫だけが目当てだった。その目的は、この事件の旧い書類を灰にするのにあった。

現在社会的な地位のある人の関係した事件と、その証拠書類の焼失。——瀬川がぼんやりと考えていたことに、この手紙の報告は明確な姿を見せてくれた。

瀬川は昂奮した。手紙を握ってじっと坐っていることができなかった。彼は、その手紙をそこにある「刑法における期待可能性の思想」という本の間に挿《はさ》んで起ち上った。

丁度、ばあやが家に帰るところで、襖をあけて顔を出し、

「旦那さま、これで失礼させていただきます」

と挨拶した。

「ご苦労さん」

ばあやは瀬川が外出しそうなのを見て、

「あら、お出かけでございますか？」

「ああ、ちょっと散歩してくる」

「それでは、戸締りはわたしがして帰ります。旦那さま、鍵をお持ち下さい」

「ありがとう」

瀬川は上衣を脱いだ姿でポケットの中に鍵を入れ、下駄をつっかけて暗い通りに出た。

人の多い通りに向いたくなかった。静かな場所を歩きながら考えてみたい。山のほうへ足が向った。

杉江の町も少し離れると、もう農家に変る。山裾《やますそ》は、この辺の名物になっている蜜柑畑《みかんばたけ》であった。

乏《とぼ》しい光が農家から洩れている路を歩いた。

（社会的な身分のある人というのは誰だろう。このぶんでは大賀冴子に重ねて問合せても答えはすまい。結局、その事件を最初に捜査した警察に依頼するほかはない）

口笛を吹く若い男とすれ違った。

（社会的地位というのはどういうのを指すのか……もし、あの放火事件と竹内事務員の誘拐とが関連していれば、例の四人組の女が問題となってくる。こちらの推定通り、その四人が仮りにストリッパーだとすると、彼女らはやくざの勢力下にある。つまり、放火といい、平田の死といい、竹内の逃走といい、事件はやくざの臭いが強い。そのやくざと社会的地位の人とがどう結びつくのか……）

午前十一時すぎ、瀬川のところに松山地検の山川次席検事から電話がかかってきた。

松山地検とは事務上の打合せで一日二、三回の電話連絡がある。

「すまないが、なるべく早い汽車でこちらに来てもらえないかね？」

と、山川は言った。

「はあ、分りました」

瀬川は山積している仕事が気になった。松山に行くのはよいが、その間に仕事が溜る。一日留守にすれば、そのぶんを片付けるのに三、四日は苦労をしなければならなかった。大した用事でなかったら、松山に行くのはありがた迷惑である。

山川もそのへんは察したとみえ、

「仕事も溜っているだろうが、長官何か君に用事があるそうだ」

と付加えた。

「承知しました」

どういう用事か分らない。訊返せることではなかった。ただ、事件の打合せなどでないことは分っている。目下、それほどの大きな問題は抱えていない。多少気がかりなのは火事のことだったが、これは一応済んでいる。

済んではいるが、その後何か新しい情勢でも起ったのかと思った。汽車に乗って、それを考えたものである。瀬川があの火事を放火と信じているように、松山地検でもそのような情報でも入ったのかもしれぬ。それで検事正が呼びつけたとも考えられる。

だが、それなら検事正が直々言うよりも、まず次席検事から話があってもいいはずだ。火事のことではないかもしれない。

では、あの失火について最後の善後策で検事正が何か指示を与えるのだろうか。処分のことは一応終っているから、それ以外にない。なにしろ事務官がひとり焼死しているし、同じ宿直だった事務員は多少精神の異常を来《きた》している。

検事正もそれを心配しているに違いなかった。

八幡浜の駅を過ぎた。

瀬川に冴子の手紙の文句が泛《うか》んだ。

彼女が暗示した事件関係者で社会的な地位のある人といえば、さしずめ東京で活躍している人物ということになる。

その人物はどういう人なのか。冴子が手紙で怖れるくらいだから、相当高名な人に違いない。むろん、瀬川も名前を聞けば知っていると思う。その人と、この土地のやくざとがどうつながっているか。

瀬川は、八幡浜の屋根が線路から切れてもまだ、その町の映画館の小屋が眼の底に残っていた。瀬戸内海の真昼の凪《なぎ》が車窓にひらけていた。

松山地検の建物の中に入ると、山川次席検事が瀬川を自分の個室に呼入れた。山川は煙草をすすめたり、気軽な態度をとっていたが、その微笑もいつもとは違って感じられた。

瀬川はおやと思った。山川次席は、検事正との話の前に予備知識を与えるつもりかなと思った。瀬川は或ることを予感して息を大きく吸いこむような気持になった。

「ときに」

と、山川も瀬川の顔色を察したか、早く話したほうがいいと思ったらしい。少しかたちを改めて、

「長官が君を呼んだのは、実は転勤の問題が起ってね」

と、煙草を灰皿の上に置いた。

「はあ」

予感は当った。やはりその問題だったのか。減俸処分だけでは瀬川の責任は済まされなかったのだ。

「長官が話す前に、まあ、なんというか、君にとって不意のことだろうし、前もって

言っておいたほうがいいと思ってね。実は、この八月一日付で検事の異動がある」

それはかねて噂されていたことだった。今年の三月に検事総長が更迭《こうてつ》し、東京高検の検事長だった人が就任している。その第一回の検事の更迭が近く行われるだろうという噂は、部内に前からひろがっていた。

「そこで、君にもひとつ動いてもらうことになった。今度は、まあ、大異動の前というのか、検事正クラスや次席クラスは動かず、いわば兵隊のほうが先に動くのだ」

平検事の異動が最初だというのである。

「そこで、君がどこに行くことになるかはぼくの口からは言えないし、これは長官から聞いてくれ。但し、誤解のないように言っておきたいのは」

次席は笑顔をみせた。

「君がそのことで例の失火事件の責任を取らされると思うと少し見当違いになる。今度の異動とそれとは別ものなんだ。だから、それはあんまり気にしないほうがいいよ」

「分りました」

と、瀬川は言った。

「異動のことは覚悟しています。どこへでも行くつもりです」

「まあ、君、だから言っただろう、あの問題の責任というのではないのだ」

次席は瀬川の顔色が暗くなった、とみたか、もう一度そのことを言った。

天野検事正は、自室に入ってきた次席と瀬川とを傍らの客用の椅子に待たせ、しばらくしてから椅子を起ってきた。

「忙しいところ済まなかった」

と、検事正は小さな声で言い、指の先で肘掛《ひじかけ》の上を軽く叩いた。

「実は、山川君からちょっと話があったかもしれないが、君に松山地検の管内から動いてもらいたいのだ」

今度の異動で松山地検管内から動いてくれと言われたとき、瀬川はやはり失火事件の最後の決着がきたとしか考えられなかった。

「はあ」

瀬川はうなずいたが、途端に、いま手がけている放火の調査はどうなるのだろうと思った。

「行先は前橋《まえばし》地検だがね。どうだ、行ってくれますか？」

天野検事正はぼそぼそと言った。

「前橋？」

意外だった。松山地検の杉江支部から前橋地検は左遷ではない。むしろ、ひとから見ると栄転とも考えられる。

「長官」

と、瀬川は訊返した。

「前橋でございますね？」

「群馬県の前橋だ。そこをお願いしたいのだが」

瀬川は、異動すれば、この四国管内かと思っていた。まさか前橋に移されるとは考えなかった。

「どうですか？」

どうですかと言われても、しばらく考えさせて下さいとは言えなかった。以前はそれでも気の進まない転任は故障を申立てることもできたが、現在は文字通り内示である。本人の同意は形式的となり、内示はそのまま命令だった。

「承知しました」

と、瀬川は受けるほかはなかった。

検事正と次席とが、眼を合せた。

「前橋なら君も働き甲斐《がい》があろう」

と、検事正は椅子を鳴らして、楽な姿勢になった。

「東京にも近いし、何かと勉強になる。君が心配したような懲罰《ちょうばつ》人事では決してない」

検事正はあとの言葉を言って微笑した。

「発令は、いま言った通り八月一日付だ。まだ少し日があるから、その間に事務引継ぎや残務整理をしておくように。あ、それから、言い遅れたが、君の後任は、こちらの武藤検事だ」

武藤といえば、昨日、例のストリッパーのことで電話で打合せた当の相手だった。

「分りました。そのようにします」

瀬川は検事正の前を退った。山川次席は、もう一度自分の部屋に誘った。二人でいっしょに腰をおろして、

「どうだね、前橋なら、そういやでもなかろう？」

と、山川は誘いこむように笑った。

「はあ」

瀬川は軽く頭を下げたが、まだ、例のことが胸に塞《ふさが》っていた。あの調査は自分以外には出来ないと思っている。せめて今年いっぱい勤めてから転任させてもらいたかっ

た。後任者の武藤検事に全部を頼めることではなかった。

「いま、ここに武藤君を呼ぶ」

山川は自分で部屋を出て行ったが、ひとりになってから、瀬川は初めて任地をはなれる重さが身体に落ちた。

自分が転任してしまえば、杉江支部の火災の原因は永久に分らなくなるだろう。後任の武藤にはそれだけの熱意もないだろうし、また、瀬川はそれを押しつけることもできない。瀬川の情熱には直接の責任感が入っているのだ。

あの調べを中途はんぱにしてここを去るのは、いかにも心残りだった。冴了の手紙で杉江支部管内の警察署の協力を求めてみようと思っていたが、それも任期いっぱいに出来るかどうか。

杉江支部の管内には五つの警察署がある。地元の杉江署を初め、この県の北、東、南の各郡部に亙《わた》っている。

目下のところ、大賀元検事が扱ったその事件は、どの警察署が捜査したか分らない。いちいち各署について問合せるほかはないのだが、警察署では事件を検察庁に送ると同時に「事件送致簿」というものを保管している。これが最後の恃《たの》みだった。

ただ、警察が協力してくれるには先方に積極的なものがなければならない。地検と警察署との間には微妙な雰囲気が横たわっているので、その協力がどこまで積極的に求められるかである。

瀬川は、発令の八月一日までにあと十日ばかりあるのに気づいた。その間に調査を完了したい。困難かもしれないが、やり方次第では或る程度の目鼻がつくかも分らないと思った。そう考えると、少しは元気が出た。

「やあ」

武藤検事が部屋に入ってきた。彼を呼んだ次席が姿を見せないのは、また検事正のところに行ったものとみえる。

「転勤だそうですね」

と、武藤検事は瀬川の前の椅子を引いた。色の黒い、顴骨《ほおぼね》の出た検事だった。

「いま長官から言い渡されたばかりです。……あとがあなただそうで、ご苦労さまです」

瀬川は挨拶した。

「いや、ぼくで務まるかどうか、ちょっと不安ですがね」

支部の検事は、ひとりだから何んでも担当しなければならないし、多忙である。

「しかし、よかったですな」

と、武藤は瀬川の顔を眺めて言った。

「前橋とは羨《うらやま》しいですね。東京は近いし、こんな四国の片田舎に居るよりずっと楽しいでしょうな」

武藤は世辞だけを言ったのではない。彼も瀬川が失火事件の責任で左遷されると思っていた一人だったようだ。その言葉通り、前橋は東京が近いという羨望《せんぼう》に受けとっていい。

（なるほど、東京が近い）

前橋と東京とは電車で二時間くらいだ。

――大賀冴子に会って話が聞ける。

瀬川は、どういうものか、そのとき、同じ東京に母親がすすめる結婚の相手、青地洋子がいることは心に浮んでこなかった。

大賀冴子に会えば、あの手紙以上のことが聞出せる。それだけが考えの中に大きく出ていた。

「で、向うに行かれるのはいつごろになりますか？」

眼の前の武藤検事が訊いた。

「なにしろ、いま長官から聞いたばかりですから、予定はつきませんが」

予定はつかないが、もし、その前に一度東京に帰してもらえたら、大賀冴子のところに行き、話を聞いて、さらに杉江に戻ることもできると思った。上京すれば、それだけ杉江に残る日が少くなるわけだが、冴子に会った結果は、調査に有利になるように思えた。

「あなたは独りだから、気楽でいいですな」

と、武藤は長い髪を掻きあげて言った。彼には二人子供があった。

「そうだ、転勤が決ったのだから、公舎は早くお渡ししたほうがいいですな」

瀬川はそれに気づいた。

「いや、ゆっくりでいいですよ。二十八日まででで十分でしょう」

武藤は言ったが、瀬川がもし転勤前に一度上京すれば、二十八日までに公舎を明けることは窮屈になってくる。その場合、旅館住いをするほかはないと考えた。

ただ、問題は、武藤に引継ぐ事務が多いので、その前の上京が可能かどうかである。

「そうそう」

と、武藤が思い出したように言った。

「この前、あなたから手紙で問合せをうけたストリッパーの件ですがね。電話でも言いましたが……」

「あ」

瀬川もそれと気づき、

「どうも、その節はいろいろとご面倒をかけました」

と礼を述べた。

「いや、あまりお役に立たなかったようだが、丁度、こちらの警察の刑事にちょっとした知合いが出来ましてね。被疑者を連れてくる刑事の中にちょっと気持のいいのがいて、まあ、ほかの者よりは仲よくなったのです。その男から話を聞いて、お伝えしたのですが」

「どうも」

瀬川は頭を下げた。

「あなたが訊かれたことを、その刑事に言って、いま調べをさせています」

武藤はそこまで言って、急に声をひそめ、

「そのストリッパーが杉江支部の火事のときどこに居たか、ということが問題らしいですね。すると、それはアリバイに関連しているように聞えますが、あのストリッパーと火事の一件とは、何か密接なつながりがあるのですか？」

杉江支部の新しい責任者となる武藤としては当然の関心だった。

瀬川は武藤検事の疑問に答えたかったが、まだ具体的な説明ができる段階ではなかった。自分の考えはあくまでも推定の域である。何んの裏づけもない。武藤には余計な予断を与えないほうがいいと思った。

「まだ、その点はぼくにも分らないのです」

と、瀬川は彼に言った。

「ただ一、二の情報があった程度で、その裏づけも取ってないのです。第一、あの火事をはっきりと放火と断定するわけにもゆかないし、もう少し、そのことは待って下さい」

「そうですか」

武藤も杉江支部の火事をただの失火とは思っていないようだった。いや、武藤だけではなく、次席も、検事正もうすうすはそれに気がついている。

ただ、はっきりと言わないのは、やはり警察との関係が考慮にあるからだった。

「ぼくが前橋に転勤になるまでには、何んとかはっきりしたいと思います。そのときはぜひ協力をお願いします」

瀬川は武藤の機嫌を損じないように言った。

「分りました。では、その報告を聞いた上でぼくも協力します」

なんとなく白けたものが流れた。全部を打明けられないのが瀬川にも後味の悪いものになった。別に秘密にしているわけではない。ただ、彼としては単独にここまで調べたことだし、自分の手で明確になるまでひとには言いたくなかった。

「それはそうと、あの火災の晩にショックを受けた事務員は、その後どうなりました？」

武藤は気を変えるように訊いた。

「あれにもどうも困ったものです。実は、この前見舞に行ったのですが、当分休ませる必要があるようです」

「そんなにひどいのですか？」

「大体が律義な性格でしてね。そこへもってきてああいう事故を起したものだから、精神的によほどこたえたのでしょう」

「そうですか。そんなにひどかったんですかね」

つづいて武藤が何か言いかけたときに、次席の山川が入ってきた。

「君たちの事務引継ぎのことだがね、いつにするかね」

と、次席は二人の顔を見比べて、真ン中の椅子に坐った。

「はあ、武藤さんは二十八日ごろに杉江の公舎へ引越してこられるそうですから、そのときにしたいと思います」

「そう。武藤君に異存はないかね？」

「異存はありません」

「なければ、それでも構わないが、支部の仕事は忙しいから、なんだったら、その前のほうがこちらとしていいんだけどな」

丁度いい機会だった。瀬川は思い切って東京行を次席に頼んでみることにした。


なか一日おいて、午前十一時の便で瀬川は松山空港から東京に向った。

東京に帰るのは二年ぶりだった。羽田《はねだ》は暑かった。報らせてないので迎えにくる者もいなかった。

東京の街の様子が激しく変っている。道路が立派になって、大森《おおもり》から上馬《かみうま》に向う道が広くなり、いくつも立体交差のトンネルをくぐった。

街の様子が一変しているので見当がつかない。以前の建築物が建変《たてかわ》ったりして、まるで新しい土地にやって来たようだった。僅かに立退きから取残された古い神社が目標になる程度で、四国に暮した年月の遅れが実感に滲《し》みてくる。

しかし、母と兄夫婦がいる家の付近は昔のままだった。七号線から東に入ると、途端に昔のままの狭い路になり、商店としもた家の通りがひしめいている。この辺はいつまで経っても忘れられたような地域だ。

家は、その通りから少し入ったところにあった。父の代からのもので、兄がその後玄関などを多少直している。

呼鈴を押すと、ガラス格子戸の内側から嫂《あによめ》の輪郭が見えた。戸をあけて、

「あら」

と、嫂は瀬川の顔を一瞬息を呑《の》んだようにみつめた。

「ただ今」

笑って頭を下げると、

「いつ……？」

と、嫂は咽喉にひっかかったような声を出した。

「今朝、四国を発ってきたばかりです」

「そのままここに直行？」

「はあ、今度は出張ではありませんから」

嫂は急にそわそわし、

「電報でも打って下さればよかったのに」

と、奥のほうに顔を向けた。母に早く報らせたいのだ。

「手紙、着きました？」

嫂は荷物を受取り、瀬川が靴を脱ぐのを見て訊いた。

「やあ、あれですか」

「あれですかって、そのことで、良一さん、帰って来たんじゃないの？」

「まあ、それもあります」

「そう。何かほかにあるんですか？」

「ねえさん、上ってゆっくり話しますが、ぼく、こんど転任になりましたよ」

「あら、どこに？」

嫂は眼を一ぱい大きく開いた。二年会わない間に、やはり年齢《とし》が進んでいる。眼尻に小皺《こじわ》がふえていた。

「前橋です」

「前橋というと、あの群馬県の？　……よかったわ。そいじゃ東京とおんなじみたいね」

嫂の声を聞きつけて母が奥から出てきた。六十二歳の母は、年のわりには元気で若い。

「おや、まあ」

と、瀬川を見て足を竦《すく》ませていた。

「お母さん、帰るなら帰るように、前に報らせてくれればいいのに」

「おまえ、お元気で何よりです。……急にこちらにくるのが決ったので、電報を打つのが面倒臭かったんです」

「おまえ、いつまでも書生さんみたいな気持でいるんだね。でも、まあ、よかった」

「お母さま」

と嫂が横から言った。

「良一さんは前橋の地検に転勤ですって……」

「おや、そうかい。それで、明日からそちらのほうへ行くのかい？」

「いいえ、八月に入ってからです」

「じゃ、まだ十日ばかりあるわね」

と、嫂が引取って、

「事務打合せか何かでいらしたの？」

「ええ、まあ、それも兼ねていますが」

と、瀬川は曖昧に言った。前橋に行くのは今度の上京の実際の目的ではない。

「よかったね」

と、母は手放しに喜んで、瀬川を奥の八畳に引入れた。

この部屋ばかりは以前と変っていない。庭も二年前と全く同じである。

「あ、今度帰ったのは丁度よかった。おまえから手紙が来て、どんなにみんなが喜んでいるかしれないよ。ほんとにありがとう」

と、母は頭を下げた。

「良一さん、お母さまもどんなにお喜びだったかしれないわ。手紙にも書いた通り、早速宗方さんのほうに話を進めていますわ」

「そうそう、景子さん、俊太郎《しゅんたろう》に電話をして、今日は早く帰ってくるように言ったらどうですか」

俊太郎は瀬川の長兄だった。

「はいはい、そうします」

「それから、宗方さんのほうに連絡をして、良一が帰ったことをお報らせしたほうがよくはないかね」

「お母さん」

と、瀬川は止めた。

「まあ、そうあわてることはありませんよ。そのことなら、ぼくがいよいよ転勤して来たときで結構だと思います」

「でも、おまえ、丁度いい機会じゃないか」

「しかし、その余裕があるかどうか分らないのです」

「まあ、そんなに忙しいの？」

と、嫂が訊いた。

「ええ。明日の晩泊ったら、明後日の朝の飛行機で四国に帰らなくちゃならないんです」

「おや、おや、せっかく来たのにね。でも、おまえ、それなら、明日ご先方のお嬢さんにお会いしたらどうかね」

と、母は気ぜわしかった。

「いや、その時間もないでしょう。前橋に行ってこなくちゃなりませんから」

彼は、今晩でも関町に大賀冴子を訪ねたかった。

瀬川は母と嫂が止めるのも聞かず、すぐに靴をはいた。

「俊太郎が早く帰ってくるのだから、今日はどこにも出ないで家にいたらどう？」

と、母は言った。

「いや、ちょっと急いで人に会う用事があるんです。早く戻りますよ」

時計を見ると、四時半になっている。今からでは少し時間的に遅いかなと瀬川は思ったが、一時間でも早く大賀冴子の話を聞きたかった。

「どこにいらっしゃるの？」

と、嫂が訊いた。

「練馬区の関町です。電車で行けば四十分くらいでしょうから、わけありません。兄貴が戻ったら、いっしょに食事をするから待ってもらうよう言って下さい」

「帰る早々からお忙しいのね」

「よくくたびれもしないで歩き回れるもんだね」

瀬川は、うしろで母が嫂に今夜の支度を相談する声を聞きながら家を出た。

下北沢《しもきたざわ》の駅は変っていなかったが、ホームが大きくなっている。この電車に乗って吉祥寺に行くのも久しぶりだったが、乗客の数もふくれている。窓から見ると、以前は田圃《たんぼ》だった井《い》ノ頭《かしら》沿線がすっかり住宅地に変り、ほとんど田圃が眼につかないくらいだった。

吉祥寺駅で降りて関町行のバスに乗った。吉祥寺の街も見違えるように賑かになっている。前は駅前通りだけが商店街だったのに、現在はその横の公園通りが繁華街になっている。その街なかを通ってバスは北に向った。

前もって区分地図で大賀家の番地を調べたところ、青梅街道の交差点で降りたほうが便利だと分った。陽はすでに雑木林の中に落ちている。

この辺も変った。道路が広くなり、家がふえている。以前は武蔵野の名残りをとどめた地帯だったが、青梅街道沿いの特徴のある雑木林がかなり切開かれていた。瀬川がここに来たのは四年前だから、当時のイメージを抱いて道路に立つと、四国の田舎暮しの遅れが今さらのように感じられる。

目当ての家は分りにくかった。番地が広いのである。交番で訊いて、ようやくそれらしい道順に入ったが、この辺は新しく出来た道路とみえ、あたりは新築の家ばかりとなっている。

だが、少しはなれると、藁《わら》屋根の農家がところどころ残っていた。瀬川は、そんな静かな一画に大賀の標札のかかった家を見つけた。クヌギ林を背にして、竹垣を囲《めぐ》らした平屋だった。

瀬川は、その竹垣の門を入った。玄関までは五つ六つ、庭石を伝うようになっている。家は二十坪にも足りない小ぢんまりとした構えで、横にある草花の花壇めいた庭と共に、いかにも老弁護士が好みで建てたようにみえた。あたりには日没前の明りが残っている。

ベルを押してから、瀬川は格子戸の前でしばらく立っていた。家はしんと静まり返っている。近くの農家から籾殻《もみがら》を焼くらしい蒼い煙が立っていた。

格子戸のガラスの内側に人影が映った。

「どなたでしょうか?」

と、女の声が尋ねた。瀬川は、それが冴子だと思った。

彼は自分の名前を言った。

小さくあっという声がして、内側から錠をはずす音がした。戸があいて姿を見せたのは、白っぽいワンピースを着た若い女で、すらりとした背の、ややほそい顔だった。よく光る眼が少しきついくらいに瀬川を直視した。

「四国の瀬川です」

瀬川が頭を下げていると、彼女は戸惑いの中に当惑げな表情をみせた。

「突然お邪魔して済みません」

瀬川の言葉を聞くと、

「わたくし、大賀冴子でございます。……」

と、彼女はどこか咎めるような調子で答えた。それは、あの手紙で一切を絶ったのに瀬川が押しかけてくることはない、と言いたげに取れた。

「つい、ぶしつけとは思いながらご都合を伺わずに参りました」

冴子は、瀬川を改めるように見て、

「どうぞ」

と、仕方なさそうに玄関の中に招じた。

だが、彼を上げるのではなかった。格子戸を開いたままにし、瀬川をそこに立たせ、自分は奥へ行って座蒲団を抱えてきた。

「大へん失礼ですが、家の者がいませんので……」

その座蒲団を玄関の板敷の上に置いた。光線の凋《しぼ》んだ、その場所では夏座蒲団の麻の色がくっきりと浮んだ。

瀬川が、失礼します、と腰を下すと、冴子は白いワンピースの裾を翻《ひるがえ》して奥へ入った。

待っている間に、あけ放たれた戸口から道路を通っている人が見える。子供が三人、竿《さお》を担《かつ》いで門の前を過ぎた。竹垣の手前にあるトウモロコシの葉が夕風にふるえていた。

冴子は盆に氷の浮んだ麦茶を載せて戻った。灰皿も添えてある。

「どうぞ、お構いなく」

瀬川が言うと、

「いつ、ご上京なさいまして？」

と、冴子は瀬川から離れて畳に坐り軽く団扇《うちわ》の風を送った。

先ほどの当惑げな表情は消え、来客を丁寧に扱っている態度だったが、その顔は硬かった。

瀬川は冷い麦茶を口に入れたのちに言った。

「お父さまとは不思議なご縁でお手紙を戴きましたが、そのあとで間もなく亡《な》くなられたとは思いがけないことでした。さぞお力落しのことと存じます」

実際なら、瀬川は故大賀氏の霊前に線香を供えたかった。だが、そう頼めないものが大賀冴子の態度にあった。女ひとりしか居ないという家の中に、瀬川はたとえ弔問客としても上ることはできなかった。

冴子もそれが分ったとみえ、

「ほんとうに、こういうところで申しわけございません」

と詫びた。

「母が折悪《おりあ》しく外出しているものですから……間もなく帰ってくると存じます」

　その母が家に居れば、もちろん仏前に坐っていただけるのだが、という言葉が言外に出ていた。

　多少、窮屈な女性だと思わなくはない。だが、手紙の上ではともかくとして、全くの初対面だし、見たところ、この家の中の奥深いところに仏間があるようだった。

　瀬川は、まず、彼女の父の悔みを述べた。それは、しかし、瀬川の不幸でもあった。も早《はや》、大賀弁護士からは直接には何も聞けなくなっていた。

「先日のお手紙は大へん参考になりました」

　と、瀬川は大賀冴子の白く浮いた顔に言った。外の光線が凋《しぼ》んで、この玄関も蒼然《そうぜん》となっている。冴子はまだ気がつかないのか電灯をつけなかった。

「率直にお尋ねするのですが、あの中でお父さまが消されたメモの一部が最も知りたいところです。やはりあれが杉江支部の火事に関連があるように思われます。それで……」

　そこまで言ったとき、冴子は急に遮《さえぎ》った。

「あの、その前にお伺いしますが、その火事は、やはり放火の疑いが強いんですか？」

「判断のむずかしいところです」

と、瀬川は言った。

「一応、表向きには消防署も警察も失火と認めています。だが、あなただけにお話するのですが、ぼくは失火とするには大へん疑わしいと思うのです。お父さまにさし上げた手紙にも書いておきましたように、その晩当直した者がひとり焼死していることもあるし、現場は火の気のないところでした。殊に古い記録を格納している倉庫を狙っているところがないでもありません」

「そうしますと、父にお出し下すったお手紙の通りでございますわね」

大賀冴子は少し失望したようだった。彼女は、あの手紙以上に積極的な感想を瀬川がうち明けるものと考えていたようだった。

「ぼくの立場からいって、これ以上軽率な推定でものが言えないのです。そのへんは察していただけると思います」

「…………」

「それで、あなたがお父さまの抹消されたメモの一部を復元されて、そこにある有名な人が関連している殺人事件を知られましたね」

「…………」

「ぼくはそれが知りたくてならないのです。その知名の人というのはどういう方でしょうか？」

「…………」

「いや、これは決して口外しませんし、あなたにもご迷惑はかけません。また、それが分ったからといって、その人を捜査するとか内偵するとかいうことは、今のところ考えていないのです」

「…………」

大賀冴子は眼を伏せ、一言も返事を発しなかった。唇の端をきつく嚙《か》んでいるような表情にみえた。

大賀冴子は、その硬い表情でしばらく黙っていた。その唇がどう動くかと、瀬川は息を呑む思いでみつめた。

「あの……」

と、冴子は少し顔をあげて言葉を洩した。

「わたしにはどうしても、その方の名前が申せません。それはお手紙で申しあげた通りですわ」

光を湛《たた》えた眼が瀬川に向いて停止し、言葉だけが出ている。

「そうですか」

正面から断られたのである。

しかし、何か途《みち》はないものか。わざわざ東京に来たのも、彼女に会うのが目的だったようなものだ。このままで引退《ひきさが》る決断がつかなかった。

「実は東京に来たのも、あなたからあの手紙以外のお言葉を伺いたかったからです」

と、瀬川は切札を出した気で言った。

「四国からわざわざそれだけで?」

と、冴子は違った表情になって瀬川をみつめた。明らかに愕《おどろ》きがひろがっていた。

「申しあげたくなかったんですが、実はそうなんです」

瀬川は自分の言葉に多少気遅れがないでもなかった。果してそうか。それが主な目的だったとしても、相手にそれだけの用事で来たように受取らせたい作為に気がひけた。被疑者を調べるときの自分に比較した。

「それはほんとに申しわけありません」

冴子は坐ったワンピースの膝の上に頭を傾けた。

「いや、それはぼくの勝手ですから」

瀬川は早口に言った。

「どうか、それはあまり気にかけないでいただきたいのです。ただ、ぼくとしては欲というか、ご本人にお目にかかったら、もう少しはお話が聞けると思ったんです」

冴子は口を閉じていたが、言葉に詰ったという様子だった。

「あなたにご迷惑をかけないことは先ほどからも申しましたが、これ以上は無理でしょうか？」

「はい。父もそれは言いたくないとみえて、あの通りにお手紙を差上げたことだし、メモも抹消していますから……」

それが父の意志だと言いたそうだった。

「そうですか。それでは、その方の名前は伺いません。伺いませんが、せめて、それはどういう事件だったかお聞かせ願えませんか。殺人事件ということは分っていますが、殺された人の身分といったものです」

「……………」

「あるいは、それが四国のどの辺の土地で起ったかでも結構です。むろん、杉江支部の管内で発生したことは間違いないでしょうが、その地点はどこか、それだけを教えて下すってもずいぶん助ると思うんです」

大賀冴子は、膝に置いた指を握りしめていた。

瀬川が冴子の返事を待っていると、

「それでは、その事件の起った場所だけ申します」

と、彼女は決心したように言った。

「はあ、どうも。どこでしょうか？」

瀬川は息を吹返したようになった。

「島です」

「島？」

意表を衝《つ》かれた。だが、なるほど、島もどこかの県や郡に属している。

「何んという島でしょうか？」

「それはあなたのほうで調べていただけません？」

冴子は瀬川の前にまた戸を閉めた。せっかく前方が見えたと思ったのにすぐ遮断された。

「それ以上教えていただくことはご無理でしょうか？」

「具体的な地名は遠慮さしていただきます。わたくしとしてはこれが精いっぱいですわ」

冴子はきっぱりと言った。

「そうですか。しかし、せっかくそこまで言って下さったのですから、もう少し伺えたらと思うんです。これはぼくの欲ばりかも分りませんが」

「お気持はよく分ります」

と、冴子もうなずいた。

「わざわざ四国からいらしたんだし、わたくしとしても進んで申しあげたいくらいです。ですけれど、父の気持を考えると、どうもためらわれるんです」

「いま、お父さまの気持とおっしゃったけれど、それはお父さまが或る人に迷惑をかけるということからわたしに教えて下さらなかったのです。だが、わたしは検事のはしくれです。一般の者とは違います。お父さまが職務上知られた他人の秘密を口外されなかったように、ぼくも絶対にひとには洩しません。殊に、その事件が自分の管理している建物の放火に関係があるとすれば、ぜひ伺いたいのです」

「…………」

「それは、発生した場所が島と伺っただけでもずいぶん助ります。たしかに有力な手がかりですから。ですが、ご承知のように、その一件の書類は全部焼けてしまっているんです。のみならず、検察事務官が保管していた事件簿も紛失しています。ぼくは自分の労を厭《いと》うわけではないのですが、現在、あなたがぼくよりはたしかに多くのものを知っておられる。それなのに何も聞き得ないで帰るのが残念なのです」

「お気持は分りますわ」

「大賀さん、その事件に関連した知名の方というのは、どういう範囲で活躍されているのですか？　たとえば、学者だとか、文化人だとか、実業家だとか、いろいろありますね」

「…………」

「実業家ですか？　つまり、財界でいま相当重要な地位を占めておられる方なんですか？」

大賀冴子は黙ったまま首を振った。

「じゃ、学者だとか、文筆家だとか、社会運動家だとかいう、いわゆる文化人ですか？」

冴子はそれにも首を振った。

「では、政治家ですか？」

冴子は眼を伏せたまま、今度は首を横にも縦にも振らなかった。彼女は手で膝のワンピースの上をつかんでいた。

瀬川が政治家かと訊いたとき、冴子は否定しなかった。ただ、膝の手に力を入れてワンピースのはしを掴んだ。

瀬川は、もう一歩だと思った。今度は政治家の名前を訊くか、そこまで一気に押せなかったら、せめて、その輪郭をはっきりさせるかである。

「政治家ですね。……それじゃ知名の人に違いありません」

瀬川も懸命だった。

「ですが、ぼくは政治家と聞いていくらか安心しました。というと変に聞えるか分りませんが、これが学者だとか、文化人だとかいうのだったら、それを伺うのはもっと辛かったと思います。だが、政治家なら始終世間の毀誉褒貶《きよほうへん》にさらされている。また、こういう人たちは、過去も現在も多少なりとも垢《あか》を持っているし、攻撃されるにも馴れています。つまり、一般の人間よりひと回り大きいものと考えていいでしょう。大賀さんもそうお考えになりませんか？」

と、言ったが、冴子は黙っていた。

「その政治家は新人ではありませんね？」

冴子は微かに首を振った。それは、その程度なら構わないという答え方だった。

「そうでしょう。すると、かなりベテランとみえますが、これまで大臣の経験はあるのですか？」

冴子は首を振った。それも瀬川の想像を限定させた。

「大臣をしたことはないというと……それに準じるような実力者ですか？　たとえば、党の役員というような」

この質問に冴子の反応は微妙だった。彼女の顔は動かない。そうだともとれるし、そうでないようにもとれる。

「大賀さん」

瀬川は一歩迫った。

「ここまでうち明けて下すったんです。決してご迷惑はかけません。それはくどいほどぼくは申しあげてきたはずです。その人の名前を教えて下さい」

大賀冴子はうつむいたが、指の力は膝のワンピースを摑んでいた。布の皺が強く集っている。彼女の決心がいま崩れようとするのを瀬川は見た。

もう少しだ。――瀬川が息を詰めていると、突然、玄関に人影が射した。

瀬川が顔をあげると、五十年配の婦人が小さな荷物を抱えて入ってきた。その顔だちから、瀬川は冴子の母と知った。

「あら、お客さま？」

その婦人は冴子の顔から瀬川に視線を移して、挨拶をする姿勢をとった。瀬川も起ち上った。

「お帰りなさい」

冴子は母に言った。

「四国の杉江地検支部の検事さんで、瀬川さまとおっしゃる方です」

「あら、そうですか」

と、婦人の眼がおどろいた。

冴子の母親、つまり大賀弁護士の未亡人は、瀬川が四国の杉江の地検支部だと聞くと、懐しそうに、挨拶した。その様子からすると、未亡人は瀬川が亡夫に手紙を出したことを知っていないようだった。だから、娘の冴子だけが父親から聞かされていたことになる。

おそらく、それは、弁護士が妻にうち明けることもないと思い、かなりの教育を受けている冴子だけに話したのではあるまいか。

そんな気配が読取れたので瀬川は、ここにお寄りしたのは先輩の大賀氏の死亡を知って、東京出張を幸いに仏前に詣りにきたと言った。

「それは、それは」

と、未亡人は喜んで、

「冴子さん、どうしてお客さまをお父さまの前にお上げしなかったのですか？」

と、非難めいて言った。

冴子が苦笑し、何か言訳めいたことを言いかけるのを、

「いや、実はたった今ここに伺ったばかりですから」

と、瀬川が口を入れた。

「それは大へん失礼しました。杉江の検事さんなら仏もさぞ喜んでくれると思います。どうぞお上りあそばして」

と、未亡人は急《せ》き立《た》てるように言った。

瀬川は、冴子の案内で初めて座敷に通った。仏間は、廊下を少し進んで奥まった八畳にあった。冴子が電灯をつけた。

瀬川は、彼女が蠟燭《ろうそく》に灯をともすまで仏壇に向って待っていた。新仏らしく供物《そなえもの》が多い。線香を上げていると、いつの間にか横に未亡人と冴子とがならんで坐ってい た。瀬川は思わず胸の中で、

(大賀さん、今ここに伺いました。もう少し早くくればよかったと思います。あなたが生きていれば真相を話して下さったと思いますが、今となっては全力をあげて、その事件のことを知ることに努めます)

と呟いた。

礼拝が終ると、横の未亡人が、

「どうもわざわざありがとうございました」

と手をついた。冴子もそれに倣《なら》った。だが、彼女の顔はまた前のように硬い表情になっていた。

「まあ、どうぞこちらへ」

と、未亡人は瀬川を次の間に入れた。庭先には夏の草花が整頓《せいとん》された区劃《くかく》で植えられてある。さして広くはなかったが、老弁護士の丹精だと分った。

冴子は台所のほうに立っているらしく、そちらのほうで茶碗の音が微かに聞えていた。未亡人は向い側から団扇で風を瀬川に送りながら、

「杉江の町にはわたくしも住んだことがありますので、とても懐しゅうございます。今でも、あのころと町の様子は変らないでしょうか？」

と訊いた。それから、自分が住んでいた検事の公舎がまだそのままだという瀬川の答えを聞くと、その間取をいちいち言い当てて、小さな損傷箇所まで懐しげに口に出した。

瀬川は、あと一歩のところで冴子の返事を逸したのを知った。

――彼が大賀家を出たのは、その母親が戻って三十分と経っていなかった。大賀冴子は、瀬川が母親と話している間、ただ茶や菓子を運ぶだけで、すぐに引込み、そこに同席しなかった。

瀬川が玄関で靴をはくとき、冴子は姿を現して母親のうしろに坐った。それは隠れている場所から出てきたという感じだった。

「前橋にご転勤になるのでしたら、東京は近うございます。ときどきお遊びにいらして下さいませ」

と母親は言った。この話は冴子の居ないところで瀬川がしたのだが、むろん、狭い家の中だし、話声は冴子の耳に入っているにちがいなかった。

「はあ、ありがとうございます。伺わせていただきたいと思います」

冴子は、そこにきっちりと坐って、瀬川の視線を受けたが、その顔は何んの反応もなかった。

この娘は、何か刺戟《しげき》を受けると眼に光を放つようである。瀬川が初めて玄関で顔を合せたときも、あのことを聞いている途中でも、その眼はよく光った。

だが、今の彼女は普通の客を送出すときと同じに無表情で、眼から光を消していた。

瀬川は門から道に出た。外灯と家々の電灯とが輝きを増している。暑い夕方のことで、どの家も縁側の障子や窓をあけていた。

瀬川が、ゆっくりと歩いたのは、もし冴子があとから追って来ないかという微かな期待があったからである。

——あの話はまだ残っている。もう少しで、その事件に関連した政治家という人物の名前が聞けるところだった。母親が戻ったのは瀬川にとって不運だった。もし、冴子にその気持が積極的にあれば、ここまで彼を追って来てつづきを話してくれるはずである。

だが、四つ角にきて瀬川が振返ってみても、白っぽいワンピースの姿は見えなかった。彼女はやはり母親が戻ったのをしおにあとの話を打切ったのだろう。その後は、あの表情が沈黙の決心を見せている。

それでも別れるとき、兄の家の電話番号を名刺に書き入れて渡したのが、ただ一つの頼みだった。

青梅街道に出るまでの片側の木立は、黒々とした影になっていた。実際に武蔵野の入口に来たような感じがした。黒い森の中から灯がぽつんと洩れているのである。

(政治家というのは誰だろうか。それは大臣の経験こそ無いが相当なベテランであり、党の役員クラスだということだ。冴子がそれを自ら語ったのではないが、こちらから範囲を狭めて質問したときには彼女は否定しなかった)

瀬川は道を曲った。

島――そこに殺人事件があったという。

(当時の関連者がいま政治家になっている……)

下北沢の家に戻ったのが七時半だった。明るい玄関の灯が暗い道までこぼれている。なかで賑かな男の笑い声がしていた。

「お帰んなさい」

と、出てきた嫂《あによめ》が瀬川を迎えた。

「お待ちしてましたよ」

「遅くなりました」

男の靴が一足、揃えられてあった。

「宗方さんが見えてますわ」

いまの笑い声がそれだと分った。母が宗方を呼んだのであろう。瀬川は気が重くなった。

座敷には食卓が用意されてあった。額の禿上《はげあが》った宗方が兄と話合っていたが、入った。

てきた瀬川を見て、にこにこして顔をあげた。

「やあ、お帰り。しばらくですな」

瀬川は手を突いた。

「ご無沙汰《ぶさた》しています」

「それはお互いですよ。わたしは、こちらには、ときどきお邪魔をしているが、あなたは何しろ遠方に行ってしまったから。……何年になる？」

「二年です」

「二年。そんなになるかなあ。早いものだ」

兄の俊太郎が横の座をあけた。食卓には、ビールのほか、嫂の手製の料理がならんでいた。

「関町に行ってたんだって？」

と、俊太郎が訊いた。

「はあ」

「何ンだ、関町なんかに？」

「先輩の検事の家があるんです」

「そうか」

俊太郎はそれで納得した。そんな事よりも宗方をここに同席させていることが兄には重要だった。

「前橋地検に転勤だそうだな？」

と、兄は弟にビールを注いで訊いた。

「急にきまったもんで……」

「そういう人事は、前から分らないのかい？」

「近ごろは直前になって、いや応なしです」

「どこも同じだなあ。最近は一般の会社でもそういう傾向になっている」

母がビールを運んできた。

「良一、遅かったね」

「これでも、すぐにひき上げてきたんですが……」

「待っていたんですよ。あなたが明日きりしかないというもんだから、急に宗方さんにもきて頂いて……」

母は宗方の横に坐ってビールをコップに傾けた。

「お忙しいところを済みませんねえ」

「いや、わたしはどうせ暇な身体ですから」

宗方はコップに頭を下げて、瀬川を見た。

「良一さん。前橋転勤なら、ちょうど都合がいいじゃないか。東京に越してくるようなもんだから」

「はあ」

「良一、宗方さんは早速、ご先方に連絡をとって下さったんだよ。あなたは明日、さきさまにお目にかかってはどうだね。ご先方も、前橋転勤をとても喜んで下さったそうだし……」

畳の上に応接台と小机とをつなぎ、白布をかけての細長い食卓だった。宗方を中心に、瀬川、兄、母、嫂と居ならんだ。瀬川の歓迎会のようでもあり、見合の打合せのようでもあった。いや、あとの意味が強かった。

「ちょうど幸いなことに」

と、宗方は始終、笑顔で言った。

「先方のお父さん、つまり、青地久吉さんも明日だけは東京に居られるそうです。その次からはしばらく長野県のダム建設現場に出張されるそうです。だから、偶然、良一さんが帰ってこられたのも、何かの縁だろうといっておられました」

「ほんとうに、そうかもしれません」

と、母が笑った。

「そうおっしゃって頂くご先方のご好意はありがたいです」

と、兄が言った。

「まあ、ご縁が結ばれるかどうかはまだ分りませんが、わたしは大丈夫のような気がしますがな」

「それで、明日は何時ごろがよろしいんでしょうか？」

と、母が訊いた。

「午後一時ごろがいいんじゃないですか。場所も、これはまあ平凡だが、T荘あたりにして……」

宗方は庭園の広い料亭を言った。

「一時ごろ？　良一さんは、前橋から何時ごろ帰ってらっしゃるの？」

嫂が瀬川の顔を見た。

「そうですな」

前橋行はどっちでもいいと瀬川ははじめから思っていた。今度は出張ではなく、私用だし、事務打合せは着任の日にでもできる。嫂に前橋行を言ったのは、大賀冴子との話がうまくゆけば、その日を当てるつもりだった。

しかし、今日の様子ではそれも駄目になった。明日一《いち》ン日《ち》は空いていることになる。が、それを見合にふりむけるほどの気持もなかった。

瀬川が渋っているのを見た兄は、

「おまえ、前橋はどうしても行かなくてはならないのか?」

と、訊いた。

「ああ、そのつもりにしているけれど」

「いや、良一さん」

と、宗方が口を出した。

「もし都合がつけば、なるべく明日会ってもらいたいですな。先方の青地さんもいま大へん忙しいときで、走り回っておられる。ダム建設の担当役員です。いま長野県で進行中のものは大工事だそうでしてな。社運を賭けたようなものだと青地さんは言っておられた」

「ははあ。すると、青地さんは技術屋さんですか?」

と兄は訊いた。

「いや、業務担当の常務です。技術屋さんの常務がもう一人います。まあ、あのくらいの建設会社になれば、建築、道路、鉄道といったように、いろいろな部分を持っていて、それぞれに担当役員がいるらしいですな。……しかし、惜しいことです、明日が絶好のチャンスなんですがな」

「良一、どうにかならないかね？」

と、母が心配そうに訊いた。

「もし昼間の都合がどうしてもつかなければ、夜の六時ということにしても構いませんよ」

と、宗方は言った。

第四章

T荘は高台にあった。その広い庭から東京の街が一望に見下せた。もと、貴族の邸《やしき》が料亭になったのだが、その日本式の庭園のため外国人がよく客になってきた。

結局、午後一時がよいという先方の都合に合せることにして、瀬川は兄夫婦とそこに行った。本館とは別な茶室風な離れが借りられ、宗方がそこで青地家の三人を紹介した。

青地久吉は肥った男だった。頭が禿げ、濃い眉毛《まゆげ》の下った、細い眼の、好人物の顔だった。瀬川とあまり背が違わないから、横幅があるだけに堂々とした体軀《たいく》だった。それにひきかえて娘の洋子は細い身体だった。いっしょに来ている母親似かもしれない。青地夫人は小柄で、夫からみると十ぐらいは違いそうな若さだった。

青地洋子は、写真で見た通り可愛げだった。その少女めいた顔のせいか、彼女も実際の年齢よりは下にみえた。

話合いのときは、青地久吉と兄とが主に話を交した。話題は、青地の仕事のダムのことが多かった。その話が途切れると、青地久吉は瀬川に検事という仕事について訊いた。それには青地夫人も洋子もじっと耳を傾けていた。

青地久吉は、自分の学校の先輩にも元検事総長がいるなどと話した。宗方は、ここでも両方の話に仲介者として融《と》け入っていた。

嫂は青地夫人と洋子とに主に話しかけた。それは女だけの趣味のことだった。窮屈な会食が終った。当人同士も窮屈だが、周りの五人もあまり余裕のない空気のようにみえた。

「じゃ、そろそろ庭でも歩いて来ますかな」

と、宗方が頃合いを見計らって言った。

「このT荘も久しぶりですわね」

と、嫂が兄に言った。

「四十分ぐらいぶらぶらして、またここに集りますかな」

と、宗方が瀬川と洋子にも別なコースで庭を歩いてくるようにすすめた。

庭園は一万坪もあると思われる広さだから、谷もあり、丘もあり、池も滝もあった。

五人が出て行くと、瀬川は洋子と二人で残された。瀬川が趣味のことを訊くと、洋子はピンクのスーツの身体を硬くして、音楽と絵だと言った。

「絵？」

「ええ」

「それは洋画ですか？」

「いいえ、日本画ですの」

洋子は伏せた眼をときどき開いた。それはきれいな瞳だった。瀬川は大賀冴子のよく光る瞳と比べた。

「どなたか先生についていらっしゃるんですか？」

「ええ」

洋子はその名前を言ったが、瀬川にはあいにくと知らない画家だった。

瀬川は洋子と話したが、退屈した。話がすぐに切れるのである。話題に発展がなかった。洋子のほうからすすんで瀬川に訊くという風ではなかった。

二人で部屋に残っているのが窮屈になり、瀬川から誘って庭に出たが、話題が少いことは同じだった。立木と芝生が広いせいか、客が細い径《こみち》を何組も歩いていた。

宗方や、青地夫婦、兄夫婦の姿は見えなかった。

丘の間を下りると、藻の浮いた池に出る。路が狭いので、向うからくる人とすれ違うとき片方に避けねばならなかった。そのとき洋子が瀬川の腕にふれるくらいにならんだ。さっき茶室に漂っていた香水の匂いがまた強く来た。

小橋を渡ると、外国の婦人が池にカメラを向けていたが、洋子を見ると、写さしてくれないかと頼んだ。

洋子はちらりと瀬川のほうを見た。その眼もとは、夫に相談する妻のそれに似ていた。

瀬川は離れて立っていた。外国婦人は三人づれだったが、それぞれカメラを持っている。撮影に時間がかかった。洋子のスーツの淡紅色は、緑の植込みを背景にして可愛げに引立った。陽が輝いているせいだけでなく、皮膚の色も白いのである。

外人がカメラを向けている間、狭い路は両側から歩いてきた人で溜《たま》った。洋子の伴れの瀬川もじろじろと見られた。だが、まさか彼女だけを置いてもゆけないので、瀬川は仕方なくそこに立っていた。

すると、その向うの丘についた径に三、四人づれの人影が現れた。丁度、瀬川が立っているところから真向いに当る。斜面は草と短い松とに蔽《おお》われている場所である。

瀬川は、その中の一人を見てあっと思った。四人づれの女の中に大賀冴子がいた。

向うでは瀬川がそこに立っていると気づいたかどうか分らなかった。とにかく、その四人ともちょっと足を止めて、洋子が撮影されているのを見ていたのである。瀬川は声をかけるわけにはいかなかった。歩いてそこに挨拶に行くこともできない。間には洋子と、それを撮影する外国の婦人がいて、それでなくても通行が遮断されている。

瀬川は視線だけを、その遠い姿に向けていた。四人の女のうち、そのよく似た顔が、ふいとこちらに動いた。瀬川は、果してその女が大賀冴子だったかどうか確信はない。が、とにかく、その四人づれが路に従って木蔭に消えたあとも、よく光る眼をもった顔だけが視覚に残っていた。

瀬川は、いま見た四人づれの中の一人が大賀冴子に似ていたと思うが、あとで、冴子ではないと分った。彼女のことが気にかかっているので、真昼間の他人の顔を見ても錯覚したのかと思った。

青地洋子が外国婦人のカメラマンから解放されて瀬川とならんだ。事情は違っても、彼は洋子とならんで歩きながら、大賀冴子を意識しているのが悪いような気がした。

それからもひと回りしたが、特別に話はない。かなり広い庭園だが、もとの茶亭に戻った。

「あら、もうお帰り？」

と、嫂に言われたくらいだった。

父親の青地久吉は宗方と話しながら、笑っている眼で二人を迎えた。

「あの人は与党の陰の実力者といわれていますね？」

と、前の話のつづきを宗方が青地にしている。

大男の青地は卓の前に二人分を占めているような感じで、健康そうな白い歯をみせていた。

「絶対に表面には立たない人ですね。議会の中で委員会の委員長くらいがせいぜいですね」

と、青地は宗方の質問を受けて答えている。兄の俊太郎は横で聞いている恰好だった。

「いわゆる派閥の中に入っていないようですが？」

と、宗方が訊いている。

「そう、一応どこかに入っているようですが、まあ、そんなことをあんまり感じさせない人ですね。自分ひとりで闊歩《かっぽ》しているところがあります。あれでなかなか煩《うるさ》いんですからね」

「だそうですね。目立った子分もないようですが？」

「そりゃ隠れた子分はいるんじゃないですか。また、それでなければ発言にあれだけの威力はない。なにしろ、あの人が何か言えば一波瀾《ひとはらん》起きるのですからね」

「逆に言うと、波瀾のときに発言があるんじゃないですか？」

「まあ、そういうことも言えるか分りませんね」

「で、何時に面会にお出かけなんですか？」

「五時ということなんですが」

青地久吉は腕の袖をめくって時計をのぞいた。

「まだ時間は十分あります」

「あなた」

と、横の青地夫人が言った。

「こんなときに、そんなお話、どうかと思いますわ。みなさま、退屈してらっしゃるようですわ」

「どうも」

「どうも」

と、頭をかいたのは宗方だった。

「いや、面白く伺いました」

俊太郎が如才なく言った。

「殿がたはすぐに政治の話をなさいますのね。わたくしたち、つまりませんわ。もっと共通の話題を出して下さいな」

青地夫人が微笑して言った。

「どうです、良一さん、四国から戻られて、久しぶりにこういう庭園も悪くはないでしょう？」

席の真ん中に坐っている宗方は、そこから瀬川を探ろうとするかのようだった。

「はあ」

瀬川が曖昧に答えると、青地久吉は明るく笑った。

「まあ、なんですな、こういう名園もだんだんに観光化されて、しばらくぶりに来ても、どうも賑かすぎていけませんな」

洋子は、そうした大人たちの間に、やはり口数少く緊張した様子で坐っていた。

それから雑談が少しつづいて、みなは座を起った。あるいは近い将来親戚関係になるかもしれない両家の人々は互いに挨拶しながら茶亭から玄関のほうに歩いた。

瀬川は兄夫婦や宗方といっしょに、青地洋子と両親とが車に乗るのを見送った。彼女は中央に挟《はさ》まれて、せまく坐っていたが、車が動き出してから初めて見送りの瀬川たちに手を振った。それが彼女の初めて見せた積極的な態度であった。

「お疲れさまでした」

と、宗方が瀬川に笑いかけた。

「ほんとうにお世話になりました」

と、嫂が宗方に礼を言った。

「なかなかいいお嬢さんでしょう」

と、宗方が言った。

「ほんとうに、とても可愛らしくて素直なお方のようですわ。近ごろの若い方には珍しくおとなしい方のようですわね」

嫂の眼は満足していた。夫にその顔を向け、自分の感想に同意を求めた。

「うむ、いい家のお嬢さんといった感じだな」

兄はちらりと瀬川を見た。兄だけではなく、嫂も宗方もそれとなく瀬川の表情を見た。だが、誰もすぐには瀬川の意見を聴かなかった。

「どうです、宗方さん」

兄の俊太郎が言った。

「もし、お時間があいていたら、これから銀座へちょっと行きませんか？」

宗方は酒が好きである。兄は宗方の労を慰めるためバーに誘っていた。

「そうですな」

宗方は空を見た。まだ明るい光が残っていたが、陽は建物の向うに没していた。少しぐずぐずして銀座に出れば、街には灯が輝いているであろう。

「じゃ、ごいっしょしますかな」

宗方は瀬川に同行をすすめたが、瀬川は遠慮した。兄もすすめなかった。

二人が車で去ると、瀬川は嫂といっしょに乗る車を呼ばせた。

「どう、良一さん？」

と、嫂は座席に坐ってからすぐに訊いた。

「そうですな」

「わたしは、洋子さんという方、あなたにいいお嫁さんと思うんだけど……」

車は大久保《おおくぼ》のあたりを走っていた。

瀬川は、新宿にきて車を降りた。

「何かここでご用事？」

と、嫂が訊いた。

「いや、新宿も久しぶりですから、少しぶらついて帰ります」

瀬川が答えると、

「そうね、新宿も変ったでしょ。あなたにとっては二年ぶりだから、やはり懐しいわけね。ゆっくりしてらっしゃい」

嫂は、見合のすぐあとなので、瀬川が街をうろついて気持を整理しているように思っているらしい。半分は当らなくはない。瀬川は、このまま兄も居ない家に真直ぐ帰る気分にはなれなかった。母から様子をいろいろ訊かれるのも煩《わずらわ》しかった。

駅の前で降りたのだが、瀬川は、実はこれからタクシーに乗って青梅街道を走りたい気持が強く動いていた。もう一度大賀冴子のもとに行って、聞きそこなった話を聞きたいのである。

さっき、T荘の庭で見かけたのは、おそらく大賀冴子ではあるまい。だが、彼女と咄嗟《とっさ》に思い違いしたのも、話が聞けなかった未練が残っているせいかもしれなかった。今度の東京行は、これがただ一つの目的だったといってもいいのである。

しかし、一度戸を閉めた彼女のところにどんな理由で行ってよいのか。約束もなしに二度も押しかけるには、知合ってからあまりに新しすぎた。相手が女性ということも、この場合の行動を妨害している。男だったら、もっと無遠慮に振舞えるであろう。

どうせ一度四国に帰って上京することだが、瀬川はそれまでが待ちきれなかった。いや、大賀冴子の話を聞いて、現地での調べの参考にしたいと期待していた。それだから、無理をしてでも転勤の前に東京に来たのだ。

前橋地検に転勤してからでは再び四国に行くことが容易でなくなる。その意味で、冴子から肝心なことを聞けなかった今度の上京は全く意味がないことになった。明日の午前中の飛行機で東京を去るので、今度の滞在は今夜だけだった。

新宿駅前で降りたが、瀬川はまだ自分の行動を見失っていた。大賀冴子を訪ねる気持を捨て切れないでいる。といって、タクシーを拾って青梅街道を走る決断もつかなかった。だから、賑かな商店街のほうに歩いてゆく気もしなかった。

新宿の西口は、瀬川が知っている景色とは様相が一変していた。四国で時折り新聞の消息で知ってはいたが、このような大きな変貌が遂げられたとは思わなかった。ここでも田舎町暮しの落差があった。

空は光がうすれ、地上にはネオンや灯が輝きはじめている。夥《おびただ》しい人が群をなし流れ交うている。ヘッドライトをつけた車が光の河を流していた。

瀬川は、群衆のエネルギーに呑みこまれたように、足を伊勢丹の方角へ向けた。しかし、心はまだ安定していなかった。

青梅街道を走りたい迷いを持ちながら、瀬川は雑沓に巻込まれて電車通りを歩いた。駅前の変貌の影響を受けて、ここもひどく変ってきている。今まで知らなかった大きなレストランや喫茶店が出現しているし、前に小さかった家が見違えるほど大きくなったりしている。滄桑《そうそう》の変化とまでは言えないにしても、彼のように二年ぶりに帰った者には、道を間違えそうであった。空はすっかり暗くなって灯が輝いている。

瀬川は武蔵野館のほうへ足を向けた。

歩くだけで、その目的はなかった。いつか大賀冴子の訪問が失われていた。

すると、今度は、青地洋子のことが思い出されてきた。

今夜帰れば、早速母がその感想を訊くに違いない。今の瀬川は、青地洋子を妻に貰ってもいいし、貰わなくてもいいような気持だった。正直、母や嫂が大騒ぎをして何度も手紙を寄こしたほどの縁談ではなさそうに思える。前の騒ぎが大きかっただけに、実体が薄かった。

素直な女性には違いない。家庭を持って間違いはなさそうである。だが、それ以上積極的な期待は湧かなかった。こうして歩いていても、その縁談が自分から離れたところで起っているようで、四国に居たときと変らない気持だった。

瀬川は咽喉が渇いたので喫茶店に入った。ここも知らなかった店である。店内は若い客で満員だった。冷いものをとったが、こんなふうにのうのうとして茶を喫《の》んでいると、のんびりとした快適さを味わっているようでもあるし、上京の目的を失った苛立《いらだ》ちが気持を落ちつかせていないようでもあった。

これは大賀冴子の話を聞きたい未練が残っているなと、瀬川は思った。

大賀冴子はあの事件の手がかりをもっと知っているような気がした。そこから、この観念が具体化してくるかもしれないのである。たしかに冴子は何かを愬《うった》えようとした。それははっきりと瀬川の眼に見えていた。あの特徴のある眼が光り、顔も硬張っていたのだ。悪いときに母親が外から戻ったものである。

瀬川は、この次自分が上京したとき、彼女はもっと沈黙するような気がした。今だったら、冴子にはまだ余熱のようなものが残っていて、その決断を促せるかもしれない。しかし、来月の八月になってからの上京では冷めているに違いなかった。

瀬川は、明日羽田を発《た》つ前に、少し早目に起きて関町へ回ってみようかと思いついた。こちらがそれくらいの熱心を示せば、彼女だって少しは動かされぬはずはないと思われる。

瀬川は、そう考えつくと、いくらか気分がほぐれた。果してそれが明日の朝実行できるかどうかは、この際考えないことにした。

映画館の多い通りに出た。この辺も変っている。その裏通りに入ると、小さな飲屋や、喫茶店、中華料理店がひしめいていた。ここだけは以前のままである。ふえているのはバーとパチンコ屋の数だった。

通りの灯が一段と明るくなっているのは、けばけばしい絵看板の出ている小さな映画館の前だった。瀬川の足が停ったのは、その横にまた別な看板が出ている地下劇場の入口だった。看板の絵は、ヌードの女に一匹のヘビが巻きついている。「スネークダンスの女王朝風《あさかぜ》かおる」というのが、そのヌードダンサーの名前らしかった。看板の横手には、実演の写真が広い枠に何枚もピンで止めてある。

瀬川は、四国の道後温泉で興行したというヘビ使いの女を思い出した。この看板には「朝風かおる」以外に名前が見えなかった。写真の顔もみんな同一人間である。まるい顔に眼を釣上らせたメーキャップだった。

瀬川は、まだ四国のあの女の名前を知っていない。それは武藤検事がいずれ調べて教えると言ったままになっている。だから、果して道後温泉でヘビを使っていたストリッパーが、この「朝風かおる」と同一人かどうかは分らない。だが、ただ一つ、その興行を率いていたマネージャーの男の名を「花田」とおぼえていた。

瀬川は、他人の眼にうしろめたさを感じながら地下室の階段を降りた。入場券を買ってモギリ嬢の前を通るとき、

「スネークダンスは何時からはじまるの？」

と訊いた。

「八時からです。二回目が十時からあります」

若い女は無表情に答えた。

瀬川は奥に行きかけたが、そこに小屋関係の者がいないとみて、もう一度モギリ嬢のところに戻った。

瀬川はモギリの女に、

「花田さんはいませんか？」

と、何気ないふうに訊いた。

「花田さん？」

背の低い女は睡たげな眼を開いて瀬川を見た。

「花田さんて誰ですか？」

心当りのない顔だった。とぼけているとは思えない。

「こういう興行に関係のある人なんだがね。マネージャーをやってるんだけど……」

「知りません」

そっけない返事だった。

「そうか。……ところで、この朝風かおるさんというのは、この前四国のほうを回ってこなかったかね？」

「知りません」

実際に知らない顔だった。

瀬川は、そのまま行過ぎるのも変に取られると思い、

「そうかな。この前ぼくが四国を歩いたとき、たしか、この人が来ていたように思うけど」

モギリ嬢は返事をしなかった。別にうさん臭いと見たからではなく、全く彼を無視して、次に入ってきた青年の札を二つに裂いた。

突当りが昔の映画館にあるような黒いカーテンになっていて、それを開くと、すぐに客席と舞台だった。侘《わび》しい楽団がルンバを奏でている。それに合せて駝鳥《だちょう》のように羽根を腰に飾った女が踊っていた。曲が進むにつれて羽根を取り、下着を一枚ずつ剥《は》いでゆく所作になる。

瀬川は時計を見た。八時にはあと四十分あった。その間に三組の女たちが入替ったが、客からは疎《まば》らな拍手が送られただけだった。

見合のすぐあとでこんなものを見ている自分が他人にはどう取られるだろうかと、ふと思った。

激しい拍手が湧いたのは、司会者の紹介でヘビ使いの女が現れてからである。彼女は両手をひろげて一本の杖のように黒いヘビを捧げていた。頭と尻尾とがだらりと下っている。音楽がはじまるとヘビを玩具のように自由自在に女は自分の裸身に匍《は》わせた。

観客は固唾《かたず》を呑んでいた。女たちの中には顔を背けたり、大仰に手で眼を蔽《おお》ったりしていた。

ヘビを持った朝風かおるは、絶えず客に微笑をむけながら踊った。それはストリップと同じ所作だったが、ときどきヘビの頭をきわどいところに近づけた。そのたびに拍手と卑猥《ひわい》な野次が飛んだ。観客の眼も、今までの平凡なストリップを見ているときとはまるで違って熱を帯びていた。

朝風かおるは、エプロンステージに照明がつくと、ヘビを抱いたまま歩いてきた。そこで再び腰を下して坐ると、客を堪能《たんのう》させるようにヘビとの絡み合いをはじめた。

拍手と野次が一段とたかまった。

「やっぱりオモチャじゃないわね」

と、女客の中で言う者がいた。その声が耳に入ったのか、朝風かおるはそのほうを睨《にら》み、なに言ってやンだいと、啖呵《たんか》を切った。

ヘビを持ったストリッパーは気の強い女らしい。それでなくてはこのような小屋の雰囲気に耐えられないのであろう。ここでは野卑な応援がいつ侮辱の野次に変るか分らないのである。

朝風かおるは踊りがすむと舞台の袖に引込んだ。さすがに賑かな拍手と口笛が彼女の退場に送られた。

そのショーがトリで一回目は終った。観客はざわめきながら出口に向い、途中から入った者だけが残っている。立っていた者は空いた席に坐り、うしろに瀬川一人だけ佇《たたず》むことになった。

彼はあの女に事情を聞きたくてならなかった。が、楽屋に行って尋ねる勇気はない。検事の名刺を出す決断もつかなかった。捜査とはいっても、放火事件は世間に隠されている。松山地検検事がヘビ使いのストリッパーを訊問《じんもん》したとなると、ことが大げさに伝りそうだった。それでなくとも特殊な世界である。

瀬川は、よほど近くの警察に出向いて、それとなく刑事に頼んで質問を代行してもらおうかと考えたが、それもはばかられた。東京の検事ではないというひけ目がある。

彼は、劇場の者にそっと尋ねようかと思った。

使用人だし、直接に関係があるとは思えない。それだけに事情にはうといかもしれないが、大体の様子は分ると思った。

しかし、あいにくと、そういう人間も見当らなかった。瀬川は出口に足を向けた。そのあたりの溜りに関係者の誰かがいるような気がしたが、入ったときと同じように、睡たげな眼をしたモギリ嬢が一人いるだけだった。この女に訊いても無駄なことは前にためしてみて分っている。

瀬川は、何んとなくあとのショーがはじまるのを待つようなふりをして廊下をうろついた。幸いあとから入場者がつづくので、それほど目立たなかった。

このとき、横手から地味なワンピースを着た女が出て行くのが見えた。

朝風かおると知ったとき、瀬川の足は地上に向う階段をのぼっていた。

狭い通りは相変らず人が多かった。その中をワンピースの女は足早に歩いていた。うしろ姿は平凡で、誰がこの女をそんなストリッパーだと想像しようか。近所の喫茶店か大衆食堂の女の子が使いにでも行くようなふうにしかとれない。

瀬川は彼女の背中に追いついた。

「もしもし」

女の子は振返った。丁度、狭い洋菓子屋の明るい照明が彼女の顔の真正面に当っている位置だった。白粉《おしろい》を落しているせいか、遠くから見たときとは違い、色は黒く、皮膚の荒れが目立った。

その女はきつい眼をして瀬川を睨むようにした。初めから警戒している姿勢である。

「ぼくは今、あなたのショーを見ましたよ」

と、瀬川はできるだけおだやかに話した。

「そう」

女はにこりともしなかった。

「いや、初めて見ましたが、おどろきましたね。あなたのような若い女性があいうことをなさるとは意外です。だが、ずいぶん客席は湧いていましたね」

瀬川は、通りすがりに入った一観客に見せかけて話した。女は、はじめて唇の端をほころばしたが、眼は笑っていなかった。

「ぼくは四国の道後温泉で、三週間くらい前に同じショーの看板だけを見たことがありますよ。もしかすると、あなたじゃなかったですかね？」

「いいえ、違います」

朝風かおるは首を振った。その返事の早さと表情とで、瀬川は彼女が嘘を言っているのではないと分った。失望した。

「ぼくはてっきりそうだと思っていたんですが……あなたのようなショーをやっている人はほかにもありますか？」

「ええ」

「それはなん人くらいですかね……いや、これは珍しいから、ただお尋ねしているだけですが……」

「そうね、東京だと、わたしのほかに二、三人いるだけですわ。大阪のほうのは三人くらいいると聞きましたけれど」

「やっぱりそんなにいるもんですかね」

「けど、ほかの方は、ただヘビを持ってるだけです。わたしのように工夫してヘビを自在に動かしている者は、ほかにはそうありませんわ」

朝風かおるは多少誇らしげに言った。

「なるほどね。あなたもときどき地方を回ることがあるんですか？」

「それはあります」

「そんなときはほかのショーと一しょですか？」

瀬川の頭には四人づれの女が離れなかった。

「いいえ、そんな必要はないんですの。こんなふうに刺戟が強いですから、一人で十分です。地方の興行主もわたしだけを目当てに買いにくるんですの」

「なるほどね。……で、そんなとき、やっぱりマネージャーみたいな人も一緒ですか？」

「いちいち付いてくるとは限りませんわ。こちらからわたしが先方に出かけて行って、連絡のあった先で世話役が付くこともあります」

「そうですか。……四国の道後温泉で見た女の人は、東京の人でしょうかね？」

「わたしは聞いてません」

「そいじゃ、大阪にいるという三人の中の一人が出向いたんですかね？」

「さあ、大阪のことだとなお分りませんわ」

朝風かおるは、そのまま歩き出しそうになった。

「ちょっと待って下さい。……あなたは増田組という興行主を知っていますか？」

「増田組？　聞いたことはあるけど、まだお世話になったことはありません」

彼女が無表情に答えたので、瀬川は二度失望した。

この女は大阪の増田組を知っていない。だが、直接に関係がないにしても、その大きな組織の名前くらいは聞いているはずだ、と瀬川は思った。

そのうち、だんだん彼を見る朝風かおるの眼が変になってきた。明らかに疑いはじめたのである。

「あなたはどういう方ですか？」

今までと違って、素人のファンとは思っていない表情だった。

「いや、ちょっと、そちらにいくらか縁のある者でね」

と、瀬川は言った。

「そうですか。やっぱり増田組とかいうほうの身内の方ですか？」

「いやいや、そんなんじゃない」

と、瀬川はあわてて打消した。

「そうではないが、ちょっとあんたの演技を見て思い出したことがあるんでね。あんたは花田という人を知りませんか？」

「花田？」

女はやはり知らないといった眼をした。

「あんたに関係がないかもしれないが、この人もヘビを使うストリッパーのマネージャーをしているんだがね。知らない？」

「知らないわ」

と、女は乱暴に一言吐いて、瀬川を残してさっさと歩き出した。それは忽ち雑沓の中にまぎれて消えた。

瀬川は、そのあとからゆっくりと歩いた。路地の町は、あと三〇メートル行くと賑かな電車通りに出る。その手前にまだ一本の横丁があった。

そのせまい四つ辻に出たとき、横の通りから三人のシャツだけの男がこちらに顔を向けて歩いてきていた。別に関心も持たないで行きすぎようとすると、

「もしもし」

と、その中の一人が瀬川を呼止めた。

一人は髪が長く、あとの二人は五分刈で前だけを伸ばしている。シャツの色はそれぞれ違うが、ズボンは揃って紺色だった。三人とも二十六、七ぐらいに見えた。

「ぼくですか？」

「そうです。……あんた、いま、朝風かおるに何か話をしかけていたね？」

「ええ」

瀬川は、この三人がどういう種類の人間かすぐ分った。

「何んのことだか知らないが、ぼくのほうで聞こうじゃありませんか」

三人で瀬川の前と左右に立った。

「ここではちょっと煩くて話ができないな」

と、一人がわざとらしくあたりを見て言った。

「君たちは？」

瀬川は訊返した。

「朝風かおるの一座の者ですよ」

髪の長い年かさの男はへらへらと笑った。

「話をするには、喫茶店はテレビやステレオの音楽が煩いんでね。旦那、すいませんが、そこまでついて来て下さい」

瀬川は、困ったことになったと思った。この三人の若者は朝風かおるの一座の者だと言っているが、彼女は一座を持つほどの女ではないから、多分、興行関係の連中であろう。新宿にはやくざの組織がいくつかあると聞いている。その組の若い者だろうが、瀬川をうさん臭い奴と睨んで取巻いたのだろう。むろん、朝風かおるが瀬川と別れて、この連中に話したからだ。

瀬川は、ここで人だかりがしてもみっともないと思い、彼らの言うままに横の通りを歩いた。年かさの男は彼とならび、そのうしろを二人の男がぶらぶらと従っている。

五分も歩くと、飲屋などの街が切れて小さな神社の横手に出た。その辺には電車の車庫があったりして暗くなっている。ここは人通りも絶えていた。

「この辺でよかろう」

と、その男は瀬川に言うともなく連れの二人に合図するともなく言った。

「あんた、どういう人ですか？」

と、髪を無精に伸ばした男が瀬川の正面からのぞきこんだ。

「どういう人間て、ただのサラリーマンだがね」

瀬川は、左右の男の身構えを警戒しながら答えた。

「ふん、どこの会社にお勤めかね？」

「それは君たちに言う必要はなかろう。君たちこそ朝風かおるの一座の者と言っていたが、本当はどこかの組にいるんだろう？」

「余計なことだ。そう言うあんたこそどこの組の人だね？」

「ぼくが君たちと同じ仲間に見えるかね？」

「近ごろはいろいろな恰好をする人間がふえてきたからね。見かけだけではあんまりアテにならない。言葉つきからして大阪の人ではないようだが」

「東京生れだよ」

「大阪の増田組を女に訊きなすったそうだが、どういうことで訊いたのかね？」

「いや、四国のほうで朝風さんと似た人を見たからね」

「その女が増田組の世話で興行していたというんだね？」

「まあ、そうだな。あんたは花田という男を知ってるのかね？」

「知らないな。どうして花田のことを朝風かおるに訊いたのかね？」

「花田という人が、いま言った四国のストリップのマネージャーだということを聞いたからね、それでちょっと尋ねてみた」

「それだけで花田のことを訊くのは少しおかしいな。あんたには何んにも関係のないことだろう」

「関係はないが……まあ、ついでだから訊いてみたまでさ」

「あんたは匿《かく》しているようだが、本当は北海道の組の人間だろう？」

「北海道などまだ行ったことがないね」

「ふん、あんたの名前は何んというんだね？」

「君たちから言わない限り、別にこちらから言う必要もない。また、君たちが先に言ったところで答えるかどうか分らないよ」

「なめてやアがるな」

と、横の男が瀬川の襟《えり》をつかんだ。

「何をするんだ？」

と、瀬川は摑まれた襟から相手の腕をはずそうとした。が、その隙に横の男が素早く内ポケットの黒い名刺入れを抜取った。

瀬川は争うのをやめた。ここで事故を起してはならなかった。黙って見ていると、抜取った男は、それを兄貴分の男に渡している。

「あんた、名前を言わないから、これで見るよりほかに仕方がねえ。拝見しますよ」

と、サックの蓋《ふた》をあけた。

二つ折りになっている蓋の裏側に瀬川の名刺が挿《さ》しこんである。ビニールで透して、身分証明を兼ねていた。

ニヤニヤしていた男の顔から微笑が消えた。眼をまるくした彼は、改めて瀬川をのぞきこんだ。

「旦那は検事さんですか？」

その声に、横にいた二人もおどろいて瀬川をみつめた。

「そうだよ」

瀬川は仕方なくうなずいた。

「本当にご本人なんですね？」

言葉づかいが違ってきていた。瀬川は、胸のバッジをはずしてきたのがせめてものことだったと思った。

「当人が持っていた名刺だ。間違いはあるまい」

男は、もう一度活字に見入っている。

二人の男が兄貴分の横に寄ってのぞきこんだ。

「松山検察庁の方だ」

と、その男が暗くて読めない字を説明した。

「君、早くそれを返せよ」

瀬川は手を出した。

「どうも大へん失礼しました」

と、男は急におとなしくなり、名刺入れの蓋を閉じた。

「なに、つい、よその組の人かと思いましたのでね。いろいろ、あの子に訊かれたというので」

傍にいる若い男二人は、

「ホンモノかな？」

と言い合っていた。まだ疑っているらしく、聞えよがしの声だった。それとも、この場の引っこみがつかずに、わざと言っているのかもしれない。

「名刺を一枚戴いておいたほうがよくはないかな」

と、若いのが厭《いや》がらせに言った。

「それがいい。旦那、一枚だけ頂戴しときますよ」

と、正面の男がまた名刺入れに指を入れた。あっという間もなかった。抜取られた名刺は、彼の色のついたシャツのポケットに入っている。

「どうも済みません」

と、男は名刺入れを返した。

「おまえたちも失礼を詫びるんだ」

兄貴分に言われて、若い二人もぺこりとお辞儀をした。

「しかし、旦那、検察庁のほうでは何か問題が起って、増田組や花田を調べていなさるんですか？」

瀬川は家に帰った。玄関には嫂が迎えに出た。

「お帰んなさい。どこに行ってらしたの？」

新宿の駅前で別れてから三時間ばかり過ぎている。

「映画を見てきました」

「まあ、珍しいのね。四国の田舎にいらっしゃると、東京の映画が珍しいんでしょうか？」

「向うはくるのが遅いですからね。……兄さんは？」

「まだ、帰ってませんわ。宗方さんと飲んでるから、今夜は遅くなるでしょう」

靴を脱いで上ると、座敷に行くまで、

「お母さんに早速、いろいろと訊かれましたよ」

と、嫂は微笑しながら言った。

「いいお嬢さんだったと報告すると、とてもお喜びですわ」

「そうですか」

「そうですかって、あなたはお母さんにどう言うの？」

「そうですね……」

「あら、もう、話をまとめるようにお決めになってるんじゃないですか？」

「大体、そのつもりですが、明日、四国に帰るまでに返事します」

「そう」

嫂は瀬川を見上げ、含み笑いをしていた。どうせ瀬川が承諾するだろうと思っている。

「お母さんは？」

「何だか安心なさった様子で、床の中に入ってらっしゃいますよ」

「夜は早いんですね。明日の朝話します」

瀬川は部屋に入った。ここは四国に転勤するまで使っていた部屋である。

着物を着更えてワイシャツを調べたが、襟のところが少し皺《しわ》が寄っていた。あのとき摑まれた跡である。

瀬川は、名刺を取られたのはまずかったと思った。しかし、あの場合、どうにも仕方がない。それを取返《とりかえ》すなら、争いになりかねなかった。相手は、瀬川が本当に検事かどうかを半分疑っていたのだ。

彼は煙草を吸ってぼんやりした。名刺の一枚が気になる。普通の人間ではなく、ああいう連中の手に渡ったのだ。まさか悪用はしないだろうと思うが、不安でないこともない。何かのことで問題になったとき、どういういきさつでその名刺が渡ったかが変に思われるかもしれない。

朝風かおるに訊いたことが、早速、このような結果になった。相手は敏感なのである。問題は、大阪の増田組を口に出したことではないと思う。増田組の名は一般に知れているから、それを訊いたところで特殊な人間とは考えないであろう。彼らを刺激したのは、多分、マネージャーの花田という名が出たからだ。

してみると、花田という男は、たとえそれが本名でないにしても、その名前で通っている実在の人物だった。そして、その男は、今夜瀬川を取巻いた組には何んらかのことで密接な関係がありそうである。……

階下では兄が戻ったらしく、その声が聞えていた。しばらくすると、嫂が襖の外から、

「もう、お寝みになっていらっしゃる?」

と訊いた。

「いや、今から床に入ろうかと思ってるところです」

「そんなら、兄さんが呼んでますわ。よかったら、出てらっしゃいませんか?」

いていた。

瀬川は着物を着更えて、兄の部屋に行った。兄の俊太郎は赤い顔をしてあぐらをかいていた。

「どうだ、いま、これから聞いたが、明日の朝、お母さんに返事をするそうだな？」

「どうせ訊かれるだろうから、何とか言わなきゃならないからね」

「そりゃそうだ。返事をするからには、もう決めたんだな？」

「どうも、決定的なことが返事できないでいる。とにかく、この次に転勤になって来てから、少しおつき合いということにしてもらおうか」

「それはいいが、それには、おまえのほうで十中八九分通り結婚の意志があるということが前提になっていなきゃ駄目だ。ふらふらしていては、交際も何もあったもんではないだろう」

「だから、本当は、もう二、三ヵ月先に延してもらうといいんだけどな」

「だが、なかなかいいお嬢さんじゃないか。宗方さんも、これは仲人口《なこうどぐち》でなしにそう言っていた」

このとき兄の土産の鮓《すし》を持ってきた嫂が、あっ、と声を出した。

「どうしたんだ？」

「いけなかったわ。良一さんに電話がかかってきたことをすっかり忘れていたの。ご免なさい」

「じゃ、夕方ですね？」

「そうなの。わたくしが帰ってすぐだわ。大賀さんという女の方でしたわ」

今度は瀬川が、あっ、と言うところだった。

大賀冴子から電話がかかってきた。思いも寄らないことである。瀬川は、なぜ嫂と一緒に車で帰らなかったのかと思った。新宿をぶらついたばかりに余計な災難にまで遭っている。

「お留守だと申しあげたら、じゃ、また、と言ってらっしゃいましたわ。それで、八時すぎまでには良一さんも帰りましょうと言っておきましたの」

「知ってる人か？」

と、兄がじろりと見た。

大賀冴子は何を思い出して電話をかけてきたのだろう。考えられるのは、彼女が思い返して瀬川に言い残したことを告げようとしたことだ。

今夜はもう電話もかかってこないだろう。明日は早い出発になるから関町に行く余裕はない。瀬川は、嫂が先方の電話番号を聞いてくれなかったことが残念だった。

瀬川は兄夫婦の部屋から戻って、こっそり電話帳を調べた。大賀庸平の電話番号を手帳に控えたが、時刻から考えて、今夜すぐ電話するのを遠慮した。一つは、まだ寝ないでいる兄夫婦の耳を憚《はばか》ったからでもある。

その晩、なかなか寝つかれなかった。普通だと見合をした相手のことが残っているはずだが、それが心に浮んでこないというのも大賀冴子のことがあまりに強いからだろう。彼女は何を言いたいために電話を寄こしたのだろうか。嫂がもう少し早くその電話のことを思い出してくれたら、早速にもかけたものをと少々残念だった。

もっとも、今日T荘で会った青地洋子のことも、彼女本人よりも、その父親の地位が頭にひっかかっていないではなかった。日本で有数な大建設会社の重役だということである。もしかすると、兄夫婦も、母も、そういう妻の父を持つことが瀬川の将来にプラスだと思っているかもしれない。検事の給料は安い。結婚しても生活に追われて、読みたい本もろくに買えない始末である。

女房の父親が金を持っていれば、当人はゆったりとした気持で勉強に専念できる。それが瀬川の将来のためになると、兄たちは考えているようであった。現に、あの父親の青地久吉は、あの見合の席のあとともどこかの政治家に会いに行くと言っていた。顔のつながりは広いのだ。

瀬川は、そういう家から妻を貰《もら》いたくはなかった。経済的にあまり窮している家庭も困るが、平凡な反撥《はんぱつ》だが、金のある家から女房を貰いたくない。

どうも、この縁談に気が乗らないのは、そのせいかと考えてみた。しかし、一方では、青地洋子はそれほど悪い印象ではなかった。おとなしすぎるくらいである。第一に受けた感じでは、実家の援助を夫にひけらかす女とは思えない。顔立ちも可愛い。ただ、彼の印象がうすいくらいに、個性がみられなかった。当人よりも、性格的には強烈な父親のほうが先に浮んでくるのも、そのせいであろう。

――そのうち睡りに就いた。夢の中で、新宿の街をあのヤクザ三人と一緒に歩いているような場面をみた。

眼が醒《さ》めたのが八時前だった。早速に手帳に控えた大賀冴子の家に電話をした。信号は鳴っているが、先方は容易に出てこない。勢いこんでいた瀬川は、留守で肩すかしを喰《く》った思いでいると、

「もしもし、どちらにお掛けですか？」

という声が聞えた。局の交換と分った。瀬川が電話番号を言うと、

「その番号は持主なしとなっています」

と告げた。

「そんなはずはありませんがね」

と言いかけたが、

（あ、そうか。大賀弁護士が死んでから、冴子が電話を手放したのだ）

と気づいた。

途端に瀬川は大賀家の現状がぱっと眼の前にひらいてきた。うす暗い家の中に母娘だけひっそりと生活している様子が。――

飛行機は羽田発十一時だった。これは大阪行で、伊丹《いたみ》から松山行に連絡することになっている。

瀬川は、大賀冴子の家に行くなら、もう家を出なければならないと思った。ここから関町に行き、彼女と会って話し、それから羽田に回るには相当な時間がかかる。

だが、大賀弁護士歿《ぼつ》後の家庭を想像した今、そこを訪問するのが気遅れしてきた。電話の取外しを聞かなかった前ならともかく、足が鈍った。しかし、全く行かないという意志もなかった。冴子が昨夜かけてきたのは、おそらく公衆電話からであろう。そうまで積極的になってくれた冴子にはやはり会ってみたかった。

要するに瀬川は迷っていた。心の決らないままにぐずぐずしていると、廊下にある電話が鳴り、嫂がかかっていた。

瀬川は冴子からではないかと思い、自分の部屋の襖をあけて、いつでもそこに行けるようにした。

「それはわたくしのほうでございますけれど……」

嫂が答えている。瀬川は聞耳を立てた。

「いいえ……あ、失礼ですが、どちらさまでしょうか？　……はあ……はあ」

瀬川は、自分のことだと思って廊下に踏み出た。

「はあ、左様でございますが……いいえ、こちらの主人の弟になります。……はい、間違いございません」

瀬川は大股で電話のある場所に行った。電話は、玄関を上って廊下の隅に台を立てて載っている。

「嫂《ねえ》さん」

瀬川が、受話器を渡してくれという動作をしたので、

「少々お待ち下さいまし」

と、嫂は相手に断った。とたんに、

「あら」

と、彼女は言った。

「電話が切れたわ」

と、受話器を持ったまま瀬川の顔を見ている。

「誰からです？」

「山田《やまだ》という方でした」

「どんなことを訊いたんです？」

「こちらに瀬川良一さんという人がいるかと言うんです。それで、いると言ったら、お宅の何に当るのかとたずねていたわ」

「どんな声です？」

「そうね、野太いような男の声だったわ。心当りないの？」

心当りはあった。昨夜新宿で彼を取巻いたヤクザの三人が胸に浮んでくる。あの名刺で確かめてきたのだと思った。

「心当りがないこともないけれど……」

「そう。変ね。待って下さいと言うのに向うから切っちゃって」

「なに、いいですよ」

瀬川は部屋に戻りかけたが、待てよ、あの名刺には東京の兄の住所など書いてないのにと思った。すると、相手は電話帳を見たのだ。電話帳には瀬川俊太郎と載っている。名刺の瀬川良一から見当をつけたに違いない。

彼は、昨夜考えていたことが現実に現れたような気がした。

午前十一時までに羽田に行くには、少くとも一時間ぐらい早く下北沢の兄の家を出発しなければならなかった。もし、関町に回るとすれば、二時間くらい余裕をみなければならないから、八時前には家を出ることになる。

だが、時計を見ると九時に近かった。ぐずぐずしているうちに時間ばかり経ってしまった。大賀冴子に会う決心がつかないまま躊躇《ちゅうちょ》していたのが、決定的に不可能な段階に追込まれてきた。

瀬川は、もう諦めた。この次転勤になって来たときに接触を図るほかはない。彼女から話を聞いて四国に帰り、向うでの調査に役立てたいと思っていた理想は、これで崩れてしまった。瀬川は、自分の優柔不断が残念だった。

トランクに簡単な荷物を詰めた。新しくふえたのは、ほとんど松山地検の人に持って帰る土産ものだった。

母親と話したり、茶を飲んだりしているうちに、出発前三十分になった。

母は、もう瀬川がその気になっていると思いこんで上機嫌だった。

「これでわたしもほっとしたよ」

と、母は言っている。

だが、細かなことを母親に言っても分らないので、彼は、あとのことは全部兄夫婦から母に言ってもらうことにした。

「良一さん、車がきましたよ」

瀬川は、トランクと、風呂敷包みの土産ものを提げて起った。

そのとき電話が鳴った。嫂が忙しそうに聞いていたが、

「良一さん、大賀さんからよ」

と伝えた。

瀬川は、トランクを抛《ほう》り出して電話に近づいた。

「瀬川です。……昨日お電話をいただいたそうですが」

彼の声は思わずはずんでいた。

「この前から、どうも失礼をいたしました。あのことでいろいろ考えましたけれど、どうも心残りでございますので、たった一つだけ申上げたかったんですの」

冴子の声を聞くと、その光っている眼がすぐ前に見えそうだった。

「どうもありがとう。どういうことでしょうか？　いや、実はわたくしが伺わなければならないんですが、丁度、今から四国に帰るところなので、お寄りする時間がなくて残念です」

「いいえ、わざわざいらっしゃるほどのことではございませんの」

「…………」

瀬川は、冴子からまた戸をぴたりと閉められたような気がした。

「お尋ねの事件で、いま社会的に地位のある方のお名前は、どうしても全部が申しあげられませんの。これだけは了解していただきとうございます」

「はあ」

「でも、それでは、せっかくお越しになったあなたに済みませんから、その方の頭文字……イニシャルだけ申しあげますわ」

「はあ、結構です」

瀬川は、そういうより仕方がなかった。とにかく何んでも聞いておきたい一心だった。

「その方の頭文字はSです」

「S?」

瀬川はあわてて電話に訊返した。

「そうです。Sです」

大賀冴子は平板な調子で答えた。

「S……それは姓のほうでしょうね？」

「はい、そうです」

「名前のほうは何んというんですか？」

「これだけしか申しあげられませんわ。どうか、それで堪忍《かんにん》して下さい」

「しかし、大賀さん……せっかくそこまで言って下さったんですから、せめてもう一つの頭文字を教えていただけませんか」

「わたくしの今の気持からは、ここまでしか申しあげられないんです。でも、瀬川さんが調べてらっしゃる途中で、それだけでもお分りになると思います。あのとき母が帰ってこなくても、わたくしはこれくらいしか言えなかったと思います」

大賀冴子は瀬川が冴子の母の帰宅を残念がっていたのを見抜いている。この電話の言葉のあとからの付足しとは思えなかった。つまり、あのとき言い残したことを彼女は補足してきたのだ。

瀬川は、夕方のうす暗いところで見た面長な、仄白《ほのじろ》い顔をまた浮べた。

「分りました。どうもありがとう」

と、瀬川は諦めて礼を言った。それ以上言っても無駄だと分った。殊にこれは電話の上のことだった。

「ぼくはお話ししたように、来月、四国から前橋に転勤します。その際、もう一度お目にかかれるでしょうか？」

「この件でしたら、どうか諦めていただきたいんです。お目にかかっても無駄だと思いますわ」

冴子は、さようなら、と言って電話を切った。

瀬川は受話器を置いた。無意識に取出したメモの上には「S」の字が二、三度なぞってあった。

「良一さん、時間がありませんわよ」

と、嫂が注意した。

「じゃ、行ってきます」

「今度はほんとうに電報を下さいな。前橋に行く前に二晩ぐらいはこちらで泊られるでしょ？」

「はあ、そうします」

慌《あわただ》しく車に乗った。嫂が玄関に立って手を振った。

車は新しく出来た広い道路を快適に進んだ。

――S。

Sという字の付くのはサ行だ。サ、シ、ス、セ、ソである。佐藤、佐伯、佐々木、柴田、重岡、篠田、鈴木、須賀、瀬沼、瀬川、関、曾田、園田……ちょっと浮んだだけでもなかなかの広範囲だ。

そのほか、清水だとか、重田、進藤などというのもある。

しかし、有力な政治家となれば、Sの頭文字だけで十分だった。――瀬川は前から流れてくる道を見ていた。

瀬川は松山に戻った。

検事正に会って挨拶をし、前橋地検には寄れなかったと述べた。はじめから一身上の理由で私用旅行にしてもらったから、時間がなかったという言訳で通った。天野検事正の機嫌も悪くはなかった。瀬川が縁談のことで帰ったとは、うすうす察しているようだった。

山川次席の部屋に寄ると、

「どうだね、向うの結果は？」

と、その縁談の意味を言って笑った。

「はあ、まだ、どうなるか分りません」

「前橋転勤はちょうど幸いだったな」

「ご迷惑をかけたまま、こっちを去るのが心残りでなりません」

「うむ、そりゃ仕方がないさ」

山川は気軽げに言って、

「そうだ。武藤君とここで打合せしないか。実際の事務引継は、武藤君をどうせ明後日あたり杉江支部にやらせるから、その準備の話合いにしたらいいだろう」

「はあ、そうします」

検事室に行くと、武藤の背中が机の前にみえた。

「やあ、お帰り」

と、武藤が椅子から起ち上った。

「どうも」

武藤検事は、やはり瀬川の顔を見て意味ありげに笑った。

「お茶でも飲みましょうか？」

武藤は先に立って庁舎を出た。暑い陽が上から照っている。城のほうへ上ってゆくバスの屋根にも強い陽がはじいていた。二人は並木の蔭《かげ》を拾って近くのレストランに入った。丁度午後四時ごろで席はすいている。

「あなたはこれからどうせ杉江に帰っても遅くなるでしょうから、ここで何か腹に詰めませんか？」

「そうですな」

「ぼくも相伴《しょうばん》しますよ」

この辺は官庁街で、県庁や市役所の庁舎もある。この小さなレストランではわりとうまいものを食べさした。

「そうそう、あなたが帰るまでに、例のヘビの女のことを聞いておこうと思ったんですがね」

と、武藤は言った。

「はあ？」

「やっと足どりだけは分りましたよ」

「それはどうも」

「いや、あんまり礼を言われるのも早いです。実は八幡浜のほうから聞えた話ですがね。ある一軒の宿の女中がヘビを見て寝込んだということなんです」

「ほほう、それは宿の中にでもヘビが匍っていたんですか？」

「そうなんです。そこは、まあ、二流どころの旅館ですが、女ひとりが泊ったというんですね。その翌《あく》る日の昼すぎに女客が外出したので、女中が掃除か何かをするために何気なく部屋の襖をあけたわけです。すると、とぐろを巻いている青大将を見たものだから、びっくり仰天して階段から転げ落ち、そのまま熱を出したというんです」

瀬川は、ヘビを使う女が八幡浜の宿にいたと聞いて、小洲に近いことといい、あの映画館主尾形巳之吉がいる土地といい、すぐにぴんとくるものがあった。

「それはいつのことですか？」

と、訊くと、武藤検事は、

「五月二十三日ごろだったというんですがね」

と答えた。五月二十三日といえば、道後での一行の公演が終った翌る日だ。

「で、その女は八幡浜の宿に一晩だけ泊ったんですか？」

「ええ、その晩だけで、翌る日の夕方には発って行ったというんです。……なんでも、本人は、バスケットの中に入れておいたヘビが留守中に匍い出し、女中さんをおどろかして済まなかったと謝り、いくらかの見舞金まで置いて出て行ったそうですよ」

「宿帳には何んと書いてあったんでしょうね？」

「ぼくもそれが気になって訊いたんですがね。ところが、それは一緒にきた男が、田《た》中正夫《なかまさお》という自分の名前を書いて済せたそうです。これも偽名でしょう」

「えっ、じゃ、男と二人で泊ったんですか？」

「と、最初は宿でも思ったそうですが、二人で晩飯を食うと、男のほうはさっさと帰って行ったそうです」

花田と田中——よく似ている。その田中と名乗った男が花田ではなかろうか。

それには武藤検事も同感だった。

「それからどうなったんでしょうか？」

「それから先が分らないんです。なにしろ、宿でもそんなことがあったもんですから、バスケットを提げて出てゆく女をうす気味の悪い気持で見送ったというんです」

「女が出てゆくとき、その田中という名前を名乗った男は現れなかったんですか？」

「誰もこなかったそうです。つまり、女は前の晩に飯を食っただけで男を帰し、あとは一人だったわけです」

だが、彼女は泊った翌る日外出している。その留守中に女中がヘビを見てびっくりしているのだ。

「その外出は、どこに行くとも言ってなかったんですか？」

「それは聞かなかったそうです。……これも八幡浜の警察署員に頼んで聞込みをやらせたんで、どうも十分とはいえませんな」

その外出は、あるいは、尾形巳之吉のところへ行っていたのではないだろうか。その晩だけ八幡浜に泊ったというのも何か意味がありそうだった。

瀬川は、松山空港から、三人の女が尾形巳之吉に送られて大阪行の飛行機で発ったのを知っている。それはヘビ使いの女が八幡浜の宿に泊った日より三日あとになる。つまり、彼女たち四人は組となって道後でショーをやっていたが、それが済むとばらばらになっていたことがここでも分った。

瀬川が杉江に帰ったときは暗くなっていた。ばあやは残っていた。

「お帰んなさいまし」

彼の留守中、なんだか家の中がきれいになった感じだった。それを言うと、ばあやは、

「ほかにすることもありませんので、毎日拭いたり磨いたりしとりました」

と答えた。瀬川が転勤になって、そのあとの人を迎えるために家の掃除をしていたのだ。

「旦那さま、東京のほうではお変りありませんか？」

「ああ、別になかったよ」

瀬川は土産の浅草海苔《のり》を出した。ばあやはおし戴いた。

「わたくしは、この海苔が大好物でして。子供のころ、よく兄に連れられて、海岸の岩に付いた海苔を取りに行ったもんです。もう、腰の上まで潮に漬《つか》りましてのう」

「ばあやは海岸生れだったのか？」

瀬川は、今まで彼女の詳しい身の上を聞いていなかった。この人を紹介してくれたのも杉江支部の事務員だった。

「はい、島でございます」

「島？」

「神島ちゅうて、豊後《ぶんご》水道のほうに近うございます。天気のええときは、九州の山が佐田岬《さだみさき》の山と同じぐらいに見えます」

「その島は、人口どれくらいあるの？」

「小さい島ですから、人間がふえたんでは食ってゆけませんので、二三男はたいてい島を離れてよそで生活します。ですけん、明治からずっと人口二百人くらいで、ふえもせず減りもしません」

「むろん、漁業だな？」

「男は漁業で、女が猫の額みたいな土地を耕しとります。わたくしももう大ぶん長い間帰っとりません。なにせい、不便なところですけん帰っても仕方がないし、つい、先祖のお墓参りもおっくうになります」

「その島に、今から十四、五年前に何か事件でも起っていなかったかね？」

「事件ですかえ」

ばあやは妙なことを訊かれたという顔をしたが、

「いいえ、そないなことは聞いとりません。今も申しました通り、長い間そこいは帰っとりませんが、島の者がやっぱりこの近くに来とりますので、何か変ったことがあれば、必ず話に伝わるもんでございます。そりゃもう、ほとんどが昔からずっとつづいた家ばかりですけん、平和なもんでございます。よそ者が入るちゅうこともありませんし……」

瀬川はばあやを帰したあと、県の地図をひろげた。

それから彼は、佐田岬を境にして内海に散っている島と、豊予《ほうよ》海峡に散在している島とを片っぱしからメモした。別な書類では警察の行政管轄《かんかつ》を調べた。

瀬川が次にしたことは、各島の管轄警察署長に宛て、昭和二十五年十月十五日に管下の島で起った殺人事件——その内容は不明だが、そのなかにSという頭文字のつく関係者があり、しかも事件は不起訴になっている。——以上について心当りがあれば一報してほしいという内容の問合せ状を書いたことである。

それには、五日以内ならば杉江支部の自分宛、それが過ぎれば前橋地検の自分宛に回答してほしいと付加えた。

彼は各島の管轄警察署長を調べて、五人の署長宛に同文を書いたのだが、この作業に二時間以上かかった。


翌日、瀬川は、杉江支部の事務官や事務員、そのほか関係者を集めて、内定した転勤の挨拶をした。

一ばん古い検察事務官が一同を代表してとりあえず惜別の辞を言ってくれた。

「検事さん、みんなで相談したんですが、明日の晩、お時間がありますか？」

と、あとでその事務官が言ってきた。

「あいていますが、何ですか？」

「いや、ささやかですけれど、送別会をさせていただきます」

「そりゃ恐縮だな」

「どこか会場にご希望がありますか？」

「どこでも構いませんよ」

「では、万帆荘《ばんぱんそう》はいかがでしょうか？」

「無理をしましたね」

瀬川は微笑した。

万帆荘というのは、この杉江の旧城主だった人の旧宅を料亭に改造したもので、この市では最高級だった。広い遊歩式の庭園は江戸時代の中期に築かれ、まだ、その面影を遺している。市民のために入園料を取って一部を開放してあった。

瀬川は、午後から車で杉江警察署に行き、署長に会い、内定した転勤の挨拶を述べた。

「後任は松山地検の武藤検事ですが、発令になりましたら、いずれ正式に武藤検事と一緒に伺います」

「噂は承っていますが、おめでとうございます」

と、肥えた署長はにこにこして言った。

「いや、めでたいかどうか……なにしろ、地検を焼いた懲罰かもしれませんよ」

瀬川は冗談のように言った。

「いやいや、東京に近いだけに、こんな田舎よりも、まあ、栄転ですよ。……またこちらにいらしたときは、ぜひお立寄り下さい」

瀬川が在任中には、あまり協力してくれた署長ではなかったが、別れとなると、人間の良さをその童顔にみせた。

次に、市長と市会議長とを訪問し、消防署長を最後に終ると、午後三時近くになっていた。

「検事さん、まっすぐお帰りになりますか？」

運転手が訊いた。

「そうだな」

瀬川の頭に、病気で休んでいる竹内事務員のことがふいと浮んだ。

車を回させて瀬川は竹内の家に向った。

市営住宅地の中までは車が入らないので、瀬川は近くに降りて歩いた。

「あ」

と、竹内の妻は瀬川を見てあわてたように、狭い玄関先に膝をついた。

「こんな恰好をして……」

竹内の妻は、乱れた髪を手で撫《な》で上げた。化粧もしていない素顔は汗が流れ、陽に焼けた皮膚には雀斑《そばかす》が浮いていた。簡単服もかたちが崩れ、ところどころにシミがついている。瀬川は、ふいに訪ねたのが気の毒になった。

「ご主人のその後の容体はどうです?」

と、彼はそこに立ったまま訊いた。

「はあ、ありがとうございます。……とり散らかしとりますけれど、まあ、どうぞ」

と、妻はあわてた様子で奥座敷に腰を浮しかけた。

「いや、どうぞ構わないで下さい。ここで失礼しますから。……竹内君はいますか?」

「はあ」

妻は落ちつかなげに、

「あいにくと今日は……外に出て留守をしとります」

と、少しきまり悪そうに言った。

「ほう、外が歩けるようだったら、大ぶん気分がよくなったんですな」

「はあ……」

竹内の妻の様子には動揺が去っていなかった。

「それが、まだ、すっかり元通りというわけには参らないようでございます」

「するとまだ、快くなったところまではゆかないんですか?」

「その辺がちょっと分らないんでございます。元通りになったかと思っとりますと、また訳の分らんことを言うたり、頭を抱えこんだりしとります」

妻は困った顔をしている。瀬川も竹内のショックの根強さが意外だった。

「医者はどう言ってます？」

「はあ、近ごろはお医者さんにもあまり行きたがらないんです。向うに行くと、気違い扱いにされるからと言うて嫌がるんです」

「今日は散歩ですか？」

妻は言いにくそうにしていたが、

「実は思い切って申し上げますけど、高知に出かけとります」

「高知？」

瀬川はおどろいた。

「はい、休ませていただいとるのに、勝手なことをして申しわけありませんが、高知に親戚がおりますけん、魚釣りをしてくると申しまして。なんともお恥しい次第ですが、わたしとしては、そういうことで少しでも主人の神経衰弱が癒《なお》ればと思って、強く止められんかったんです」

瀬川も魚釣りなら仕方がないと思った。

「いつ、高知へ行かれたのですか？」

「一昨日《おととい》、バスで行ったんでございます」

瀬川が竹内の家から役所に戻って三十分くらいしてからだった。土地の図書館に勤めている鈴木《すずき》という司書が訪ねてきた。鈴木は市の図書館で主任をしていて、郷土史を研究している。

「今度、いよいよご転勤だそうですね」

と、鈴木は小さな眼をぱちぱちさせた。小肥りの彼は、まだ若いのに髪の毛がうすくなっている。

「いや、どうもお世話になりました」

と、瀬川が言った。この死んだような町では、この男くらいが友人といえばいえた。初めのころ瀬川が図書館に本を借りに行って知合いになったのである。

「ところで、お頼みをうけていた新聞の一件ですが」

鈴木は言い出した。

「ああ、そう。何か分りましたか？」

瀬川は、この鈴木に古い新聞を取出させて、二十五年十月十五日に起った殺人事件というのを捜させている。もっとも、そのときはまだ「島」が関連しているとは分らなかった。これは今度の上京で大賀冴子から聞いたことである。

「どうも古いことなので、分らなくて弱りました」

と、鈴木司書は言った。

これも、そのことを依頼して以来彼から一、二度、電話で報らせをうけたことだ。図書館では地方紙の保存がされてあるはずだが、丁度、二十五、六、七年といったところが、前任者の管理が悪かったためか、ばらばらになって揃っていなかった。

瀬川としては、図書館に頼む前に土地の新聞社に尋ねる方法もないではなかった。検察庁には毎日、土地の新聞記者が警察、裁判所を回ってやってきている。

この連中にそれとなく訊いてみたところ、十五年も前の新聞を引っぱり出すのは厄介だと言った。それでも強《た》って頼めば、新聞記者の嗅覚は何を嗅《か》ぎつけてくるか分らない。瀬川は、この件だけは秘密にしておきたかった。

そんなことで思いついたのが図書館の鈴木である。

「検事さん、それでも、やっとどうにかそれらしいのを見つけました」

「ほう」

瀬川は、鈴木がごそごそとポケットから取出す四、五枚折りの新聞紙に身体を乗出した。

「これと違いますか？」

鈴木がひろげた新聞紙は赤茶けて隅のほうが裂けたりなどしている。

「ぼくから新聞社にいって頼んだこともありますが、どこも面倒臭がってなかなか出さないのです。仕方がないので、知合いの県立図書館の人に言ってやって取寄せました。初めは、そこだけ抜書きしてくれてもいいと言ったんですが、古新聞がうんと余っているとかで、関連の記事のついたのを捜し出して送ってくれましたよ」

鈴木が指を押えた記事の見出しは、

「信用金庫理事殺さる　大島町（南可部郡）で　犯人逃走」と、四段抜きだった。

南可部郡というのはこの県の南部に当り、大島は県下で最大の広い面積をもつ島で、豊予海峡に近い海上にある。瀬川は貪《むさぼ》るように記事を読んだ。

「昨十月十五日未明、南可部郡大島町の目抜き通りにある大島信用金庫事務所内に盗賊が忍びこみ、金庫から現金を盗もうとした。物音で、二階八畳の間に寝ていた同金庫理事米谷忠三《よねたにちゆうぞう》さん（四八）が目をさまし、事務所に降りて行った途端、賊は金具様のもので米谷理事の頭をめった打ちにして侵入口から逃走した。同理事がその場に昏倒したところをあとから駆けつけた妻ふくさん（三八）が抱え起し、直ちに町立病院に収容されたが、同理事は頭蓋骨折のため、意識不明のまま三十分後に絶命した。所轄高森警察署では直ちに特別ランチを仕立て同島に向い、捜査本部を設けたが、米谷理事の死体解剖は今夕になる見込み。犯人はほかの部屋を荒していないところから、相当事務所の中を知った者のようで、目下は内部の者の犯行説が強い。(註。大島は高森から海上二キロのところにあり、県下第一の島で、大島町はその中心である。人口約一万。近海漁業の基地としても知られている)」

鈴木は、もう一枚を出した。それは事件から四日後の報道だった。

「大島信用金庫理事米谷忠三さんを殺した犯人については今のところ容疑者は三名にのぼっているので、捜査本部では、この線を追い聞込みに全力を集中している。本部では、同信用金庫に元勤めていた職員の中に犯人がいると推定、同信用金庫が発足以来の不良職員を追及している。なお、犯人は逃走後同島の中央部にある山に隠れ、同日午前十時発の巡航船で島を立去ったものとみられ、乗客についても調査を進めている。本部では、犯人は五日以内に逮捕できるといっている」

鈴木はもう一枚をめくった。

「新聞にはこう出ていますが、犯人の割出しがなかなかできなかったようですな。しばらくは難航中という記事がつづいていますが、そこは略すとして、やっと警察は容疑者を捕えています。これがそれです」

と、見出しを見せた。

「信用金庫理事殺し容疑者捕る　元職員を広島より連行――去る十月一日未明、大島町の大島信用金庫事務所に侵入し、同金庫理事米谷忠三さんを殺害した犯人について、このほど広島よりそれらしい容疑者が職務質問にかかったという連絡が入ったので、直ちに捜査員を派遣、身柄引取りに向った。――

……容疑者は原籍広島県沼隈郡松永町《ぬまくまぐんまつながちょう》、広島市××町保険外交員、山口重太郎《やまぐちじゅうたろう》(三二)で、一年前まで大島信用金庫に職員として勤めていたが、使いこみがばれて解雇されている。山口は事件発生の三日前、四国地方に旅行するといって出かけているが、事件当日のアリバイに不明な点があり、捜査本部では十中八九まで犯人に間違いないとみている。理由は、犯行が同金庫の屋内を知っている者のしわざとみられることと、理事米谷忠三さん(四八)に誰何《すいか》されてすぐに襲いかかって殺しているので顔見知りの者と推定されることなど。

なお、捜査本部では金庫その他について指紋を調べたが、犯人は手袋をはめていた模様で検出はできなかった。また兇器も現場に見当らないので、犯人が逃走中に海にでも棄てたとみられている」

瀬川は、山口重太郎の姓がSと一致していないのを知った。

ただし、大賀冴子は、Sは単に事件の関係者とだけ言って、犯人とも容疑者とも説明したわけではない。

「これには続報がのっています」

と、鈴木は次の一枚を見せた。

「容疑者山口自白せず　大島信用金庫理事殺し——広島署より身柄を連行されて捜査本部に移された、大島信用金庫理事米谷忠三さん殺しの容疑者山口重太郎は、係官の追及にもかかわらず、まだ自白するにいたっていない。山口は捜査本部に到着すると、支給のカツ丼をきれいに平らげ、その夜は留置場で熟睡するという大胆ぶりをみせている。当局では山口のデタラメな供述とみており、山口の犯行に間違いないと自信を持っている。

捜査本部では同金庫に勤めていた元職員の中で不法行為があったため解雇された者について調べているが、山口重太郎のほかにTとKの二人の不良職員が線上に浮んでおり、この二人の足取りについても捜査している……」

事件関係の新聞紙はまだ残っていた。——

そのあとの新聞記事を要約すると、次の通りになる。——

容疑者の山口重太郎は、遂に捜査本部で犯行を自供した。それによると、彼は十月十二日に四国にきて道後温泉に泊ったが、十四日早朝、汽車で高森まで行き、午後の巡航船で大島に渡った。彼は一年前まで、その大島の信用金庫で職員として働いていて、使いこみがバレて米谷忠三理事に解雇されたのであるが、広島で保険の勧誘員をしているうち金に困り、同信用金庫を襲うことを思い立ったのである。それで、その晩、彼は背後の山の中に入って時刻を待ち、時刻を見計らって同信用金庫の事務所内に表戸をこじあけて入ったが、その物音に目をさました米谷理事が二階から降りてきた。

山口は金庫をいじる前に足音でおどろき、米谷理事と直感し顔を見られては困ると思い、かねて持っていた鉄棒で出合頭《であいがしら》に同理事の頭をめった打ちにして逃走した。犯行後再び背後の山中に隠れ、午前の巡航船に乗って高森に着いたが、鉄棒は船からそっと海に棄てた。――という供述である。

山口重太郎は松山地検杉江支部に送検された。杉江支部の大賀庸平検事は警察から送致された一件書類によって取調べたが、山口は俄然《がぜん》警察での自供を翻《ひるがえ》して、自分は犯行をやっていないと言い出した。警察では刑事たちに責められて心にもない自白をしたというのである。

山口重太郎にはアリバイがなかった。その代り、物的証拠もなかった。第一、兇器の鉄棒は船から海中に棄てたというが、潜水夫をもぐらせてそれらしい場所をさがしても発見できないでいる。

次に、現場には山口の指紋は出ないにしても、侵入口の表戸や事務所からも検出できない。

警察では山口が手袋をはめてやったものと推定し、彼を責めた結果、彼は鉄棒と同じく、その軍手《ぐんて》も海に棄てたと言ったので、証拠品として検事に提出することができなかった。

第三に、金庫から金を盗まれていず、犯行後山口が金を使うことができないので、その方面からの証拠がとれなかった。山口には大金を持っていたとか、派手な遊興をしたとかいうことがないのである。

大賀検事の取調べに対し、山口は自分の無実を主張しつづけた。

この事件は、結局、不起訴になった。それは物的証拠が全くないからで、大賀検事は公判維持の自信を喪失したためと思われた。

刑事訴訟法が新しいものに変って間もなくのころである。いうまでもなく、旧刑訴法では自白が証拠となったため、警察や予審ではともすると拷問や誘導訊問が行われ、容疑者や被告の人権を侵害することが少くなかった。また、自白は王者なり、という言葉がある通り自白に合せて無理に他の証拠品を揃えようとすることもあった。

新刑訴法は、これを改めて証拠第一主義とした。本人の自白はアテにならないというわけで、物証や他の第三者の証言のみが起訴の唯一資料となった。これまでの弊害になっていた情況証拠は排撃された。

以前なら立派に殺人罪として起訴できるものを、証拠皆無ということで大賀検事は山口重太郎を起訴せずに釈放して了《しま》った。これは、新刑事訴訟法改正直後だったので、おそらく大賀検事はその取扱いに慣熟《かんじゅく》していなかったためもあったと思われる。

——新聞記事による限り、これだけの事実しかなかった。大島信用金庫理事の殺人事件は、こうして迷宮入りとなり、いま、やがて時効の成立を迎えようとしているのである。

「どうもありがとう」

と、瀬川は新聞の全部を閉じた。

「これはぼくがみんな戴いていていいのですか?」

「どうぞ。そのつもりで送らせたんですから」

と、鈴木図書館員は言った。

「わたしもこれを読んで初めて詳しく分ったんですが、こういうような容疑者は起訴できないもんですか？」

「さあ」

瀬川は、自分が現職の検事なので意見が言えなかった。殊にこれは先輩の大賀検事が扱った事件なのである。

「わたしはどう考えても、この山口という男が犯人らしいと思うんですがね。第一、いくら混んでいたからといって、犯行当夜泊った道後の宿の名前が分らないという法はありませんよ」

「うむ」

瀬川もそう思う。どうも、この容疑者が起訴できなかったのは大賀検事が躊躇《ちゅうちょ》に過ぎたような気がするのだ。むろん、目の前の鈴木に向って言う意見ではなかった。

「いま、これをご覧になって、何か参考になることがありますか？」

鈴木は訊いた。

「さあ、もう一度よく読んでみないとね」

瀬川は言ったが、彼にはこれだけでは皆目見当がつかなかった。だが、Sという頭文字のつく人名は新聞記事に関する限り見当らない。ほかの条件は合っているのだ。

「島」に起った殺人事件といい、日時も昭和二十五年十月十五日といい、この事件以外に考えようはない。

だが、大賀冴子が教えてくれたSという人物はどうしたのだろう。

瀬川は考えた。

この殺人事件は、要するに元信用金庫職員が理事を殺したという疑いで逮捕され、送検されたが、証拠不十分で起訴までには至らなかったというだけである。新聞記事に関するかぎり、現在活躍しているという知名人の片鱗《へんりん》も、Sという頭文字も出ていない。

だが、瀬川は、大賀庸平と、その娘の冴子の言葉を信用していた。これには何かがある。新聞記事には出ないが、事件そのものの中に何かが隠されている。

とすれば、それは事件の捜査記録や、検事の取調べ調書の中にあるとしか思えない。それらは地検の倉庫の中で悉く灰燼《かいじん》に帰した。瀬川はそれを見る手がかりを永久に失っている。

当時の高森署の捜査員に訊いてみる手段は残っている。だが、どこまでそれが期待できるか分らなかった。瀬川はすでに五つの警察署の署長宛に手紙を書いて出しているので、今度、高森署とはっきり出た以上、とりあえず高森署に電話した。

署長が電話口に出た。

「お手紙は昨日拝見しました」

瀬川は、その後事件が大島信用金庫に関する殺人事件だと分ったので、その捜査記録などの有無について問合せた。

「いや、わたしもお手紙を戴いたとき、多分、あの事件ではないかと思いました」

と、署長は言った。

「それで、昨日の午後から残っている書類を捜させているんですが、どうしても見当らないのです。当時の者に訊いてみると、一件書類は全部松山地検杉江支部のほうに送付したらしいですな。何んにも残っていません」

署長は答えた。

「当時主任となって調べていた警察官の方がおられますか？」

「斎藤《さいとう》という警部補でしたが、一昨年停年となって辞めました。惜しいことに去年の暮に病気で亡くなりましたよ。その男がいたら、よく分ったんですがね」

捜査主任がいないとなれば、十五年も前のことだし、ほかの刑事にも分るまいと思われる。それでも瀬川が念のために訊いてみると、署長の返事はやはり同じだった。

「あのころの古い刑事はどんどん辞めて行ってしまったし、今ではちょっと分らないでしょうね。それに、あれは不起訴になっているので、こちらもその後の捜査を投げてしまったようです」

署長の口ぶりには検察庁に対する警察の不信が思わず表れていた。せっかく有力な容疑者を逮捕して送検したのに、検事はあっさりと釈放してしまった。本ボシに間違いないと信じたのに、証拠が足りないから公判維持に自信がないという理由で、検事は警察の努力を潰《つぶ》してしまったのだ。検事からいえば、警察の努力の足りなさを責めたことになる。だから警察もあとの捜査をやる気が起らず、そのままこの事件を放棄してしまったというのであろう。これも警察側の検察に対する不信の現れであり、その反抗を想わせる。

それが今でも高森署に尾を曳《ひ》いているらしいのである。

瀬川は高森署にかけた電話のあと、ふと、この事件の容疑者とされた山口重太郎はどこに居るだろうかと思った。当時彼は三十一歳だったから、現在四十五、六である。死亡してるとは思えない。

この山口を発見できたら、彼の口から事件の内容が聞ける。むろん、山口は今でも犯行を否定するに違いないが、それはそれとして、瀬川の知りたいことが山口の言葉から分るかもしれないのである。

しかし、どこで彼の現在をたしかめたらいいか。

　このとき思いついたのが山口重太郎の原籍地への照会だった。新聞では彼の本籍は広島県沼隈郡松永町にある。その町役場に訊いてみたら、あるいは戸籍係で山口の手がかりが得られるかもしれない。山口が現在ちゃんとした生活を送っていれば、居住証明の必要から戸籍謄本を要求したりするだろうし、あるいは本籍を便利上現住地に移したりしているかもしれない。また、家庭に婚姻とか死亡とかいう事実があれば、戸籍面に当然記入される。

　瀬川はやってみることにした。だが、ここに残る日数の少いのを思うと、手紙の上の往復では間に合わなかった。

　瀬川は、検察庁の名前ですれば、松永町役場もそれほど面倒がらずに調べて回答してくれるのではないかと思った。

　市外の電話番号問合せに訊くと、松永町は現在市制を布《し》いていた。

　急報の電話は、一時間ぐらいで通じた。

　瀬川は、戸籍係の主任を呼んでもらい、身分をうち明け、捜査の必要上山口重太郎の現住地を知りたいから、戸籍簿で分ることがあれば教えてもらいたいと言った。

　先方の戸籍主任は承知し、調べるまでに少し手間がかかるかもしれないから、あとで自分のほうから電話すると言ってくれた。

瀬川は多忙だった。後任者にあまり迷惑をかけたくないので、転勤の期日までに片付けられるものは全部完了しておきたかった。電話を待つ間も、山と積まれた書類と取組んでいた。

先方から電話がかかったのは二時間後だった。

「お尋ねの件で山口重太郎さんの戸籍面を調べましたが、こういうことになっています」

松永市役所戸籍係の声に、瀬川は鉛筆を握った。

「山口さんは去年奥さんを亡くされまして、死亡届が出ております。死亡場所としては広島県福山《ふくやま》市半坂××番地となっております」

瀬川は厚く礼を述べて電話を切った。

一年前だといえば、山口はまだそこから動いていないであろう。

福山なら、今治《いまばり》から尾道《おのみち》に船で渡り、汽車で三十分足らずのところだ。瀬川は、前橋赴任をこの経路で行くことにきめた。

瀬川は、八月一日付の前橋地検転勤の辞令をうけて、その日の朝、今治から尾道行の連絡船に乗った。

武藤検事との引継ぎは、杉江支部で七月二十九日の土曜日に済せ、その晩は支部の職員の送別会をうけた。三十一日の晩は松山に行き、検事正以下検察庁職員の送別会に出席した。

「君は高松経由にしないで尾道に行くそうだが、尾道に何かあるのかね？」

と、検事正が訊いた。

「はあ、ちょっと訪ねる人がありますので、向うの着任は一日だけ遅らせていただきます」

そのことは前橋地検の検事正宛に速達で申送《もうしおく》ってあった。尾道から福山に寄る用事は誰にも話していない。福山で山口重太郎に会えるかどうか、彼には分っていなかった。会えても自分の聞出したいことが得られるかどうかも不明だった。

今治から尾道までは二時間ちょっとの船旅だった。朝八時の出港でおだやかな海面にひろがった靄《もや》を船が裂いて行くのである。別子《べっし》銅山のあたりが遠ざかって分らなくなると、最後に四国山脈の輪郭が白い靄の中に消えた。瀬川にとって二年間の思い出の土地が視界から没した。新しい任地に赴く覚悟にたものを改めて起させた。

その白い靄に閉じこめられた海上に島が現れたり消えたりした。どの島にも漁村があり、段々畠があり、小さな波止場があった。

十五年前起った大島信用金庫の殺人事件には、果してどんなことが隠されていたのか。新聞の記事の限りでは瀬川の知りたいことは分らなかった。しかしその事件の中に、古い書類を収めていた地検の倉庫が焼けた秘密が埋没しているように思える。これから訪ねてゆく山口重太郎という男が果してそれを発掘してくれるだろうか。

だが、この事件は山口にとって愉快な思い出ではあるまい。いわば古疵《ふるきず》にさわられるようなもので、殊に現職の検事が訪問してきたとなれば、山口の心理状態からいって拒絶されそうな気がする。

漁船が靄の中から次々と現れてはうしろに逃げた。やがて晴れあがると、中国地方の山が無数の島影を置いて舳《へさき》にひらけた。ここにも段々畠がのびていた。

別府通いの船が眼の前をよぎった。

船が向島《むかいしま》の端を回って尾道水道に入ったのは十時ごろだった。向島の造船所と、山の上にせり上った尾道の古い家なみとは対照的な景色であった。

船着場に降りると、前はだだっ広い場所だった。歩く人の言葉が広島訛に変っている。福山行のバスの中で聞く声がみんなそうだった。

瀬川は山口の住所を見せたが、車掌では分らなかった。だが、とにかく半坂というところは福山市内に入る橋の手前で、停留所があるということだった。

雑駁《ざっぱく》とした尾道の細長い街を抜けてしばらく走ると、やがてバスの正面にその橋が見えてきた。

瀬川は橋のところで降された。この川の河口は鞆《とも》の津《つ》へ行く方向になっている。両方の川土手には夏草が河床まで蔽い茂り、涸《か》れた水が心細く中央を流れていた。

瀬川は鞆行の観光バスの埃《ほこり》を浴びながら、近くの寂しい家で山口重太郎の居所を訊いた。

「山口さんなら、はあ、今は鞆のほうに移って土産物屋をやっとりなさるけん、そっちに行って尋ねてみてつかあさい」

そこから鞆までは乗合バスで三十分くらいだった。終点は仙酔島《せんすいじま》行の船着場となっている。船も島もギラギラする陽の下に白っぽかった。

土産物屋は、その船着場の前に四、五軒ならんでいた。看板を見たが、屋号ばかりで、どの家が山口か分らなかった。

瀬川は、あまり間口の広くない、不景気そうな一軒を択《えら》んで入ると、

「山口はうちらです」

と、十七、八の女の子がとぼけたような眼で瀬川を見た。多分、山口重太郎の長女に違いなかった。

「お父さんはいますか」

と訊くと、

「いま、裏で昼寝をしとります」

と答えた。瀬川は名刺を出さないで名前だけ告げると、娘は暗い奥に入って行った。

その間、瀬川は内側から店の様子を見たが、台にならんだ貝細工や、羊かん、飴《あめ》などの土産物は数が少なかった。

店と奥とを仕分けている竹の簾《すだれ》の間から、不精髭《ぶしょうひげ》を生やした、四十五、六くらいの瘠《や》せた男が瀬川をのぞきこむように首を出した。

「わしが山口ですが、あんたは誰ですか？」

と、彼は嗄《しやが》れた声で訊いた。

「初めまして……わたしは東京からきた瀬川という者ですが」

彼は四国からきたとはわざと言わなかった。それだけでも山口に警戒されそうだったからである。

その山口は昼寝が足りないように眼の端が赤くなっていたが、

「東京からどういうご用でわしに会いに来んさったんですか？」

と、訝《いぶか》しそうな顔つきをした。

「少しお願いがありまして」

さっきの女の子は店番の位置に立って、じろじろと瀬川を見ていた。

「どういうことな？」

と、山口は用事を聞かないうちは安心できないといった表情だった。

「申しわけありませんが、ほんの十分ばかりお話できる場所はありませんか？」

「…………」

山口重太郎は瀬川の身体に眼を動かしていたが、娘がそこに立ってこちらの様子を見まもっているのに気がつくと、

「何か知らんけど、そんなら、とにかくこっちへ上ってつかあさい」

と、首をひっこめた。

瀬川は靴を脱いで土間から框《かまち》に上ったが、奥の突当りには明るい光線が落ちていた。

第五章

瀬川は、福山発午後三時五十八分の急行に乗った。これは朝の六時少し前に東京に着く。

——汽車は倉敷《くらしき》を過ぎていた。

山口重太郎の話は、瀬川に一つの収穫を与えた。やはり福山を迂回《うかい》してきてよかったのだ。

山口は初め容易に口を開かなかった。瀬川が名刺を出してからはなおさらである。彼は十五年近く経っている過去にふれられるのを嫌っていた。検事の職に在《あ》る瀬川を怖れている様子さえみえた。

説得するのに瀬川は骨が折れた。決してあなたのことを調べにきたのではないと、何度も丁寧に断り、自分の知りたいその事件の関係者が大賀検事の取調べの中に出てきている、その心当りについてぜひあなたの話から探ってみたい、と言った。これは別に犯罪を摘発しようなどというのではなく、全然関係のない別なことで自分に必要があるのだと、説いた。

幸いなことに、山口重太郎にとって十数年前の大賀庸平検事の印象はよかった。むしろ恩人かもしれないのだ。警察でさんざん虐《いじ》められて、当時の検察庁に送られた彼は、大賀検事の決断で釈放となったのだ。山口は大賀に感謝こそすれ、彼を恨《うら》む道理はなかった。

山口重太郎にもし実際の犯行があったとすればなおさらのことだし、無実としても、それを証明してくれた大賀である。彼の言葉の端にも大賀検事に感謝する表現がみえた。

当然、山口は警察に極度の嫌悪を示した。瀬川の聞きたい話は、そのことからほぐれていったのである。

山口重太郎は重い言葉で語った。

「あの事件のときは、わたしばかりでなく、信用金庫関係の人間がずいぶん調べられましてな。なんでも、警察では辞めた職員に片っぱしから嫌疑をかけたということです。わたしも自分に落度があったから、そう疑われても仕方のないところがありますが、わたしのほかにも、そういう落度で辞めた人間は四、五人いましたよ。あの事件の起る三、四年前あたりからですがね。……」

夏の陽がささやかな庭の隅に伸びたヘチマの青葉に当って洩れている。暑苦しい裏座敷での話で、焼けたトタン板のひさしの照返しがワイシャツの下に汗をにじませた。

「それというのも、殺された米谷理事にもうしろ暗いところがありましてな。簡単に言うと、米谷さんは土地の網元などに浮貸《うきがし》をしていたんです。それで大ぶん裏利を稼いだようですがね。それを職員は知ってるもんだから、まあ、親方がやってるのだからという気分が流れていたんですな。……」

「なるほど」

瀬川は、相手の自尊心をなるべく傷つけないように気づかいながら、話の先を促した。

「そうすると、そういうことで信用金庫を辞めて行った人たちは、一応全部警察で調書を取られたというわけですね？」

「そうです。……」

「それはどういう名前の人たちですか？」

大島信用金庫に何か不始末なことをして退職した元職員は、警察に一応調べられた。彼らは、そんな前歴があるので追及された。

　信用金庫では職員に使込みや公金費消の事実があっても、体面に関るので警察には届けていない。だが、創立当時から勤めている古い職員がいて、その口から彼らの名前と不正事実が警察に告げられたのである。

「その人たちの名前は分っていますか？」

　と、瀬川は訊いた。

「はい、わたしもその一人でしたが、ほかに滝井泰造《たきいたいぞう》という人間と、河島菊治郎《かわしまきくじろう》というのがいました。どちらも使込みをしたかどで米谷理事から馘首《くび》になったのです」

　山口重太郎は答えた。瀬川は、それが新聞記事に出たTとKの頭文字に当る人物だと合点した。

「そのほかに、どういう人がいましたか？」

「そのほかには山岸正雄《やまぎしまさお》と、小川徳次郎《おがわとくじろう》というのが警察で調べられました」

　小川と山岸――Sではない。

「その二人は、どういうことをしたんですか？」

「山岸は少々悪質でして、使込みというよりも詐欺をやったのです。つまり、理事長の判を盗み出して、信用金庫の増資をやるということで募集して歩いたんですね。なんでも、そのときは県下一帯で約二十数万円集めたといいます。これもその辺でバレて、もちろん馘首です」

「なるほど」

「もう一人の小川は、これは入金伝票の胡麻化《ごまか》しをして、その差額を着服していたそうです。わたしが知ってるのは、自分を除いて、以上四人でした」

「ほかにはありませんか?」

「ほかにもあったか分りませんが、わたしには分っていません」

瀬川は、滝井、河島、山岸、小川とならべたが、いずれもSのイニシャルに当らなかった。

今度は苗字ではなく、名前のほうを見た。泰造、菊治郎、正雄、徳次郎――これにもSはつかない。

「それで、結局、あなただけが警察に強く疑われたのですね?」

「そうです」

山口重太郎はしょんぼりと答えた。

「ほかの人には、全然疑いがかからなかったのですか?」

「まあ、そうですな。けど、ほかの人のことはあんまり言いたくありません」

それは一応分るが、山口の答えかたは歯切れが悪かった。

瀬川は、それで、ふとある疑問に当った。

「ほかの人のことですが、警察では疑わなかったが、あなたが大賀検事に調べられたときに、検事が、あなたよりも別人に嫌疑をむけた。それで、あなたを早く釈放する気になった。しかも、嫌疑をかけた人物もどうすることもできなかった……そういう様子はありませんでしたか？」

列車は姫路《ひめじ》駅を通過していた。駅の構内はまだ明るく、城の白い輪郭が浮上っていた。

瀬川は、それからの山口重太郎の言葉を思い返した。

――山口は瀬川の起した疑問にうなずいたのだ。つまり、山口のほかに警察で取調べをうけた元職員の中に、真犯人らしいのがいることに大賀検事は気がついた様子であった。大賀検事がその男について山口にいろいろと訊いたので、山口も、これはおかしいと思ったそうである。

「それは誰ですか？」

と、瀬川が訊くと、山口は、どうも他人のことを言うのは悪いからと、容易に打明けなかったが、瀬川がまたも、これは参考程度におききするだけで、あなたからそれを聞いたからといって、その人をどうするというわけではない、また、この話があなたから出たということも絶対に秘密を守る、と説いた挙句、やっと山口の重い口からその名が洩れた。

「山岸正雄です」

山岸——この男のことを、特に大賀検事はいろいろと山口に訊いたというのである。

山岸正雄は大島信用金庫に在職中、米谷理事の実印を盗んで詐欺を働き、馘首になっている男だ。

「あなたは山岸についてよく知っているのですか?」

と、瀬川は質問した。

「あんまり知っているというわけではありません。わたしが信用金庫に入ってからすぐ、その事件を起して辞めましたからね。そうですな、あれで三週間ぐらいは一緒になっていましたかな」

「個人的に往来していたということもありませんね?」

「なかったです」

「それでは、大賀検事は、その山岸さんについてどんなことをあなたに訊いたのですか？」

「いろいろ訊いていましたな。もう大ぶん前のことで小さなことは忘れてしまいましたが、要するに本人の性格といったもんでした。それから、在職中に女はいなかったかとか、日ごろの金使いはどうだったかとか、そんなことでした」

だが、山岸正雄なら、大賀冴子から聞いたSの男とは違う。Sは山岸以外の別人の名である。しかし、とにかく、大賀検事が、その山岸を怪しいとみて山口に訊いたのなら、彼は当然警察に命じて山岸の捜査を進めたのではなかろうか。

だが、この事件が山口の不起訴に終っている通り、警察では何んらその後の継続捜査をおこなっていない。これは前にも考えた通り、警察側では本ボシとして送った山口を検事が起訴しなかったものだから、自ら事件を潰してしまったのであろう。それは一種の検察庁に対する警察の抵抗ともみられる。

もし、この観測が当っていたら、大賀検事が警察に山岸を捜査してみてくれと依頼しても警察側は相手にならなかったかもしれない。と、すると、そのとき大賀検事はどういう態度をとっただろうか。

警察官が自分の意のままに動かないとなれば、検事は当然検察事務官を使うことになろう。

（もしかすると、そのときに捜査を命ぜられたのが焼死した平田事務官ではなかったか）

神戸を過ぎると、さすがに長い夏の日も暮れた。

大阪駅ではどやどやと客が入ってしばらくざわめいたが、京都を過ぎてからは車内も落ちついた。旋律的な動揺の中に瀬川は身を任せていた。

――大賀庸平検事は山口重太郎を取調べているうちに山岸正雄という男に疑問を発見した。その疑問は、大島信用金庫の米谷理事が殺された十月十五日を中心にした前後の行動にも及んだのではなかろうか。

もとより、山岸も警察で一応の取調べをうけているから、この辺は警察も彼の説明に納得したに違いない。それに、警察は初めから山口重太郎を真犯人と考えていた。よくあることである。真犯人を山口だと思いこんでいれば、その他の参考人はそれほど深く追及はしない。ひと通りの弁明が立てば、それで納得したのではあるまいか。

大賀検事が山口を真犯人でないと考えたとき、山岸が頭に浮んできたものと思う。そこで警察に彼の再捜査を連絡したが、警察は山口の犯行に間違いなしとして過剰な自信を持っていたため、検事の言うことを相手にしなかった。

殊に検察庁のほうで山口を証拠不十分として不起訴にするとみえたとき、警察は憤《ふん》慨《がい》したに違いない。

　これが旧刑事訴訟法だと検事が司法警察官を指揮できるので、警察も検事の方針通りに従わざるをえないが、新刑訴法では警察に自主的な捜査権を与えている。検事は警察の捜査を事後になってせいぜい書類の上で読む程度である。以前のように事件の捜査指揮権を回復したいというのが検事たちの現在の一つの夢となっている。

　こうして警察のほうで大賀検事の方針に気乗りがしなくなったとき、大賀としては平田検察事務官に捜査を命じたということは十分に考えられる。なぜ平田がその捜査を命じられたかといえば、彼が奇怪な倉庫の放火事件で焼死していることからの推定である。

　大賀検事は平田の捜査報告を聞いて、山岸を二回か三回は召喚して事情を聴取していると思う。しかし、これも起訴に至るまでの十分な証拠は得られなかった。その原因の一つは、警察と違って検察事務官の孤独な捜査能力では十分な成果が得られなかったことが挙げられよう。

　また、警察から釈放された山岸が真犯人なら、彼は事後の再取調べに備えて証拠の湮滅《いんめつ》や、アリバイ工作を固めていたとも推定される。

　いずれにしても、山岸正雄に対する警察の取調調書や、大賀検事の同人に対する訊問調書などが、あの焼けた倉庫の中に入っていたことは間違いない。警察の取調調書は山岸の大島信用金庫職員時代における不正行為が記録されているであろうし、大賀検事の訊問調書の中には山岸に対する数々の不審がならべられてあるに違いなかった。

寝台車の中は声が絶えている。瀬川の前の席からはいびきが聞えていた。汽車は関《せき》ケ原《はら》のあたりにかかっているらしく、いくらか速度が落ちてきた。

（その書類は火事によって消滅した。そして、山岸正雄の過去を詳しく知っている二人の男は死んだ。……）

前橋は、山が平野に降りたところにある地方都市だった。四国の杉江よりは大きい。海の代りに、地平線の涯《はて》まで南にひろがった関東平野があった。

瀬川は、東京に着くと、兄夫婦の家には電話だけを入れた。福山に迂回してきたので、それ以上赴任を遅らせることはできなかった。電話には嫂が出た。

午前中に、前橋地方検察庁に着き、検事正に挨拶した。検事正は田山《たやま》という人で、次席は山本《やまもと》といった。

検事正から先輩や同僚検事に紹介があり、退庁時刻に近かったが、その日は疲れているだろうといわれて検察庁の公舎に入った。公舎は杉江よりいくらか手狭な家だった。ここにも独身の彼のために地検のほうで世話してくれた派出婦がいた。五十ぐらいの人で、眼鏡をかけた、ぎすぎすした感じの女だった。

風呂に入って、初めての夕食を食い終ったときが八時ごろになっていた。家政婦はそれから帰った。

公舎のあるところは暗かったが、街に散歩に出ると、さすがに東京に近いだけ商店街も杉江とは較《くら》べものにならぬくらい賑かだった。近代的な建物も多かった。四国と違って東京まで二時間ぐらいだと、瀬川は地方に転勤してきたという気がしなかった。

十時ごろに家に戻ると、兄から電話がかかってきた。

「こっちに寄れなかったそうだが、今度いつこっちにこられるかい？」

「次の日曜にはそっちへ行こうと思っている。それに、まだいろいろな道具を整えなければならないし、当分は何んとなく落ちつかないな」

「なんだったら、お母さんをそちらにやろうか。お母さんも一ヵ月ばかり行ってみたいようなことを言ってるよ」

二年間四国にいた瀬川のために、母は久しぶりに末の子と何日間かを暮したいふうだった。

だが、それ以外に母が出向いてきたい気持の裏には、縁談の催促が含まれていた。

瀬川が生返事をしていると、

「四国だとどうにもならなかったが、前橋だと近いし、お母さんもおまえが落ちつくまで世帯の世話をしたがっている。年寄の希望を叶《かな》えてやれよ」

と、兄は言った。

「そうだな」

縁談のことはともかく、母と暮してみたい気持は起った。

「じゃ、今度の日曜日にそちらに行って、お母さんと一緒に帰ろうかな」

兄は、ぜひ、そうしろ、と言って電話を切った。縁談のその後のことを言わないのは、日曜日にじっくりと話合うつもりでいるらしい。

瀬川は、その晩、松山地検や杉江支部の人々に宛て礼状を書いた。そして、特に後任の武藤検事には、大島信用金庫事件で警察の取調べをうけた「山岸正雄」の原籍を何んとか調べてもらえないか、と依頼した。

翌朝、瀬川は前橋地検へ出勤するとすぐ、紳士録をめくった。

もちろん、山岸正雄の名前はなかった。山岸の姓は五十一人出ている。みんな履歴に疑問のない人物ばかりだった。

瀬川には、Sが現在社会的に相当な地位にある人だという冴子の言葉が頭から拭いきれないでいる。

山口重太郎に聞いた話では、Sに当る人物というのはこの山岸正雄しかないように思われる。今から僅か十七、八年前、四国の一信用金庫の職員だった男が、そのように「出世」を遂げるとは思われないが、現在は一種の乱世でもある。常識で割切れないところもあるのだ。

瀬川は、検察庁備えつけの厚い紳士録を暇々に繰って、「正雄」という名前を拾ってみた。

山岸で出ていないとすれば、あるいは、その後養子などに行って姓を変えたかもしれないのである。その場合は、名はそのままになっていると思ったからだ。

「正雄」は夥《おびただ》しく発見された。平凡な名前だから数も多いわけである。その中から瀬川の考えている状況——漠然としたものだが、一つの基準を設けて拾い上げた。

結局、それらしく思われるのは次の五例だった。

「山木正雄　山梨県出代議士　不二観光（株）専務　東京都菊司の息（生）山口県・大3 10 30（趣味）観劇・スポーツ（住）東京都文京区駒込曙町××。

田中正雄　三宝産業（株）社長　岡山県茂造の長男（生）岡山県・大2　1　7（学）R大経済学部卒（趣味）読書（住）東京都品川区大井元芝町××。
江藤正雄　茨城県出代議士　江藤興業（株）取締役　東京都浩平の息（生）山口県・大7　7　25（趣味）スポーツ・読書（住）東京都渋谷区神泉町×。
岡本正雄　旭産業（株）社長　東京都潔の長男（生）東京都・明42　7　13（学）F大政経済学部卒（趣味）狩猟（住）東京都中野区鷺宮一ノ×××。
石光正雄　関東土地形成（株）専務　東都証券取締役　愛知県定一の息（生）愛知県・大5　4　22（学）B大商学部卒（趣味）小唄（住）東京都港区赤坂青山北町六ノ××。」

——こうしてならべてみると、年齢的に四十六歳から五十五歳の間になっている。これは、山口重太郎のいう「山岸正雄」が大体彼と同年配だったということから、このようになったのである。

次に出身大学だが、いずれも一流大学ではない。これは二名が大学卒でないのを含めて、何んとなく山岸正雄に当てはめたのだ。

次には次男や三男は書き入れてない。養子となれば、それが考えられないからだ。この中で代議士が二名いる。これも大賀冴子が暗示した「政治家」にひっかけて取上げた。

次には親譲りのいわゆる一流会社にいる者をはずした。山岸の出身から考えて除外したのだ。

瀬川は、前任者から引継ぎをうけた事件で忙しい毎日を迎えた。どこの検察庁に移っても仕事は山積している。前任者は、ここから金沢地検に転出したのであった。ここに来て、四国の五つの警察署長からの回答が杉江支部の付箋《ふせん》つきで回送されてきた。瀬川が前に島に関する殺人事件として内容を問合せたものに対する回答だ。

「貴翰拝誦《きかんはいしよう》。お問合せにより管下にわたって調査いたしましたところ、該当の件については残念ながら目下のところ心当りこれ無く、今後も再調査をいたしますが、取敢《とりあえ》ずこの段ご回答申上げます」

これが代表的な回答文で、表現に多少の違いはあったが、要旨はこれに尽きた。肝心の高森警察署長からして同文の趣旨なのである。

瀬川は、腹を立てても仕方がないと思った。ほかの署はともかく、高森署にはこれからも何んらかのかたちで依頼しなければならないことが起きるだろう。いま感情的な手紙を書くことはできなかった。

瀬川は、紳士録を摘記《てつき》した結果、およその当りがついた。しかし、これをたしかめるにはまだ別な方法を試みなければならない。これにはあと二、三日乃至《ないし》一週間ぐらいはかかりそうだった。

赴任してきた四日目が日曜日だった。

瀬川は、朝前橋を発《た》って東京に着いた。電話で前の晩に予告してあったので、兄もゴルフをやめて家にいた。

「どうだ、こっちの様子は？」

と、兄は漫然と訊いた。検事の仕事のことなど何も分らない人だった。

「どうも忙しい。いま前任者の仕事を引継いで眼が回りそうだ」

と、瀬川は言った。

「やっぱり夜も公舎に持って帰ってまでやってるのかい？」

「そうしなければとても片付かない」

「やれやれ。公務員というのは割が合わないな。給料は安いし、仕事は過重だし……」

「それに人間のことを裁くのだからな、間違いということが赦《ゆる》されない。兄貴のように品物を扱ってるほうがよっぽど楽だ」

「それはそうだな。神経を使うだろうな」

兄は屈託のない顔をし、ビールのコップを傾けた。

「そりゃそうと、おふくろが大ぶん心配しているが、あっちのほうはどうする？」

「正直なところ、まだ決心がつかない」

「いい娘さんだと思うがな。まあ、縁談などというのは、初めのほうがわりと素直に受入れられるものだ。あとで考えて、やっぱり前のほうがよかったということになりかねないよ。あとになるほど、こっちも必要以上に考えるようになるからな。どうだ。仲人の宗方さんもすっかりその気になっているし、今度おまえがこっちに帰ったので、先方も具体化すると思って待ってるそうだよ」

「待ってもらわなくてもいいんだが……」

瀬川は口先だけでなく、実際、そう思っていた。

兄とビールを飲んでいるときに、母親も嫂も話の中に入った。

母親は、瀬川としばらくでもいっしょに暮せることで声に力が入り、動作まで若々しくなっていた。

「前橋でおまえの世話をしている間に、今度くるお嫁さんに世帯を渡したいものだね」

と言っていた。

「そんなに早く決るもんですか」

と、瀬川も兄も笑った。

「そいじゃ、ふた月ぐらいのうちにはどうかね？」

「ふた月でも決りませんよ」

「じゃ、今年うちにはどうだね？」

「さあ……決っても、まだそこまでは行かないでしょうな」

母は心細い顔をし、ぶつぶつ言ったが、当分息子といっしょに居られるので、さほど淋しそうな顔はしなかった。

「良一さん、あのお嬢さん、ほんとにいいと思うわ。お母さんもああおっしゃるし、早いとこお決めになったほうがいいわ。宗方さんだって、すっかりそのつもりでいらっしゃるわ」

嫂が言った。

「まあ、もう少し考えさして下さい」

「考えるって……」

と、嫂は口もとを綻《ほころ》ばしたまま、じっと瀬川をみた。

「それとも、ほかに心当りの方があるんですか？」

兄はビールに眼を落したまま、コップを呷《あお》っていた。

「そんなものは居ませんよ」

「そう」

嫂が黙ると、兄が替った。

「おれもそれを言い出そうとしていたところだ。おい、ほんとにそんな相手が居なかったら、今度のことは、ひとつ真剣に考えたほうがいいぞ」

「真剣のつもりだけどな」

「どうも煮え切らないやつだ」

「先方はどうです？」

「自分の方がはっきりしないで、向うの様子を訊くやつがあるか」

「良一さん、ご先方はとても乗気なんですって。宗方さんがそのつもりでいらっしゃるのも、それをお聞きになってるからだわ」

「この話は一応なかったことにしてもらおうかな」

「あら、どうして？」

嫂は真顔になって瀬川をみつめた。

「あんまり長引かしていちゃ悪いですよ」

瀬川は、まだ気持の決らないままに話を曳《ひ》きずっていると、そのうち自分がどうにもあがきがつかないことになりそうだった。

「惜しいわ」

と、嫂は嘆息した。

「そりゃ宗方さんに言って半年くらいは待っていただくことはできるわ。わたし、どうしても、あのお嬢さんをあなたのお嫁さんにしたいわ」

午後三時ごろ、瀬川は兄の家を出た。

この行動は、兄夫婦や母と話している間にも心に疼《うず》いていたものだ。兄はビールを飲んで睡くなったと二階に上った。嫂は母と一緒に食卓を片付けている。狭い庭から入ってくる風は、隣の屋根の照返しを運んでいた。

「ちょっと友人を訪ねてきます」

「そう、何時ごろお帰りになるの？」

嫂が訊いた。前橋には今夜母を連れて帰ることになっている。八時までには帰ると言い、瀬川は下北沢の駅から電車に乗った。

吉祥寺で降りると、駅前から関町行のバスが発車するところだった。

八月の暑い沿道の風景を見ながら、瀬川は冴子に会う口実を捜した。四国から引揚げて挨拶にきたというのも変だし、散歩のついでに寄ったというのもさらにおかしい。やはりいやな顔をされても、例の事件のことを正面から訊くほかはないと思った。

四つ角で降りると、青梅街道沿いの欅《けやき》が真夏の陽の下にけだるげに葉をひろげていた。

道を歩いて大賀弁護士が交通事故に遭った場所にさしかかると、また当時のことを想像した。前の菓子屋では子供にアイスクリームを渡している。

瀬川は大賀家の前に出た。表の格子はあいて、簾《すだれ》が下っている。横手の庭に面した部屋も障子はあけ放ってあった。だが、玄関との境目は低い塀で視野が遮られていた。玄関には、女もののサンダルが一足、隅にきちんと揃えられてあった。

内側からは声も聞えなかった。

瀬川は思い切って、

「ご免下さい」

と言った。

すぐに奥から畳を踏む足音がして、白いものが翻《ひるがえ》ったと思うと、それがワンピースを着た冴子だった。

「あら」

彼女は瀬川を見るなり、そこでちょっと立止った。外の眩《まぶ》しい光線に比べて家の中はうす暗い。冴子の顔の表情はよく分らなかった。

白いワンピースは折れるようにそこに坐った。

「いらっしゃいませ」

冴子は畳に両手をついた。

「先日は突然お邪魔しまして」

瀬川は唾《つば》を飲みこむ思いで言った。

「どういたしまして。こちらこそ失礼いたしました」

顔をあげた冴子は、そこから瀬川を見上げたが、いくぶん緊張しているように思えた。瀬川は、久しぶりに彼女の光を湛《たた》えた眼を見て、あの問題でしつこく来たのを非難されているようで辛かった。しかし、これはどうしてもこなければならないことだった。彼は勇気をふるった。

「実は、ぼく、四国から四、五日前、前橋に赴任して参りました……」

彼の挨拶はぎごちないものになった。

「ああ、そうでございますか。それはおめでとうございます」

冴子の声は淡々としていた。

二人の声を聞きつけて、奥から冴子の母親が出てきた。母親は、瀬川に座敷に上るようにしきりとすすめた。瀬川は、冴子との会話がまた遮断されてがっかりした。

すると、冴子が自分から母親に言った。

「お母さま、瀬川さんはお忙しいんですって。上におあがりになるお時間はないらしいわ」

「おや、そうですか。それは残念でございますね」

「ですから、わたくし、バスの停留所まで瀬川さんをお送りしてきますわ」

冴子は、そのまま起って玄関から降りた。先ほど隅に見えていた白いサンダルに彼女の足先がついた。

瀬川は冴子の機転に感謝した。同時に、これなら彼女の話が聞けると思うと喜びが湧《わ》いた。

二人は肩をならべて狭い路を歩いた。家から少し遠ざかったところで、瀬川は冴子に、

「済みません」

と言った。

それは彼女の見送りに対して言っているのではなく、彼女が話のできる機会を作ってくれたことに礼を言ったのだが、冴子にもそれは分っているようであった。

狭い通りから、やや広い道に出た。その道を歩けば、忽ち青梅街道のバス停留所に出る。時間がないな、と瀬川が思ったとき、

「こちらから行きましょう」

と、冴子のほうから方角を変えた。それは中学校の裏側の道で、バスの停留所に出るには遠回りに当っていた。瀬川は、彼女のその心遣《こころづか》いがうれしかった。

校庭と木立を背負った寂しい家並みの間についた道を二人はゆっくりと足を運んだ。まだ眩《まぶ》しい陽の当っている校庭には子供が五、六人、ボール遊びをしているだけであった。

「やっぱりいらしたのね」

と、冴子はほほえんで言った。衿《えり》を抉《えぐ》ったワンピースのせいか、彼女の頸《くび》はやや長くみえた。

やっぱりいらしたのね、という彼女の言葉には、瀬川に挑んでくる調子がなくはなかった。

「Sというイニシャルが、どうしても分らないんです」

瀬川は、乾いた道を運ぶ靴先に眼を落して言った。

「そうですか」

冴子の微笑は変らなかった。

「あなたが嘘を教えてくれたと思いませんが」

「嘘ではありませんわ。……お調べになりましたの？」

「調べました。できるだけやってみたんです。そして、二十五年十月十五日の事件というのは、大島という島に起った、ある信用金庫の理事殺しだと分りました。当時嫌疑の最も濃かった人に、広島県まで行って聞きました。……あなたのお父さんが、真犯人ではないと判断して起訴しなかった人です」

瀬川は冴子の横顔を窺った。

冴子は黙っていた。だが、そのかたちのいい唇の端には、もう微笑は上っていなかった。

路はまだつづいた。歩くにつれて家が少くなり、木立がふえてくる。この路は青梅街道と平行しているようだった。

瀬川は、山口重太郎の名前を出したとき冴子の表情が違ってきたことに気づき、彼女がその名前を知っていると思った。父親の大賀弁護士の遺した手記にその名があったのである。

すると、当然のことに、当時の大賀検事が真犯人と考えた人物の名前はもとより、その不審な点も詳細に書かれているのではなかろうか、と瀬川は思った。

冴子は、すぐには言葉を出さなかった。

「それで、山口さんはあなたに真犯人と思われる人のことを言ったんですか？」

彼女は、ようやく瀬川にそう訊いた。

「いや、それははっきりと口に出しませんでした。但し、その男が大島信用金庫に曾《かつ》て在職し、不正を働いて退職になった中の一人だということは見当がつきましたが」

瀬川は答えてから冴子の反応を窺ったが、彼女の眼は空の一角に向いて落日の光をたたえていた。しかし、瀬川は、その顔つきで彼女がそれを肯定していると思った。

「しかしですね」

と、瀬川はつづけた。

「その名前の中に、あなたの教えたSというイニシャルの該当者がないんです。Sは本当でしょうね？」

「本当です」

冴子はきっぱり言った。

「では、姓を違えたということになりますね。そうすると、その男は、他家に養子に行ったか、あるいは何んらかの理由で法的な手つづきをふみ姓を違えたか……まさかペンネームではないでしょうね？」

「さあ」

冴子は、そこで曖昧な微笑を浮べた。もちろん、この微笑は文字通り瀬川に謎だった。

「もう、これ以上訊かないで下さい。瀬川さんは、だんだん父の気持を侵害なさるようですわ」

彼女は半ば冗談のように言ったが、もとより、それが彼女の冗談であるはずはなかった。

「この問題に、わたくしは、これ以上タッチしたくないんです。瀬川さんは現職の検事さんですわ。あなたには捜査権もあれば召喚する権利もあります。その職権でおやりになると、何んでも出来るんじゃありませんか」

彼女の言葉には、その権力というものへの反発が感じられた。これはどういうことだろう。彼女自身も検事の子ではないか。

「わたくしは一介の市民です。自分に関係のないことに、これ以上関りたくございません」

冴子は、次に見える四つ角を曲った。前方の家と家との狭い間に車が走る道が見えた。青梅街道らしかった。

街道に出た。バスの停留所からはるかに離れていた。

トラックや乗用車の通る道の端を、二人は黙って歩いた。

瀬川は、今はこれ以上訊《たず》ねても冴子は何も言わないだろうと判断した。しかし、彼はそれほど失望はしなかった。四国と違い、今度はいつでも東京に出てこられる。機会はまだあった。

「ほんとにご免なさい」

冴子は突然言った。

「少し言葉が過ぎたようで、申しわけありません」

「いや、とんでもありません。もともと、ぼくのほうが無理なことをお願いしたんです」

瀬川は軽く頭を下げた。

彼はよほど、近いうちにまたお目にかかりたいと言いたかったが、それは口の中に呑んだ。

激しい自動車の通行を避けるために、二人は自然と近くならんだ。ときどき、その肩がふれ合い、瀬川をうしろに退らせた。

彼はこの激しい車の通行をみて、冴子の父親大賀弁護士の死をまた考えずにはいられなかった。だが、それも今は口に出す勇気はなかった。

やがて、また中学校の前に出た。さっき歩いたのは裏側だったから、ひと回りしたことになった。

冴子は歩きながら、誰もいない夕方の校舎を眺めていた。瀬川は、その様子が通りいっぺんのものでなく、彼女に特に関心をひくものがあるように思われた。だが、陽が落ちて、屋根の一部にだけ夕陽の当っている中学校の建物には別に変ったものは見当らなかった。

冴子も瀬川のその不審が分ったのか、彼のほうを見て、

「わたくし、九月から学校の先生になりますの」

と微笑して言った。

「えっ、学校の先生に？」

「ええ。女子大を出るとき教職課程を取っていたのが役に立ったんです。高等学校ですけれど、定時制ですわ」

高校の夜間部のことである。昼間働く生徒がほとんどだった。

「びっくりなさったでしょ？」

「意外です。あなたが先生になられるとは……どこの学校ですか？」

「荻窪《おぎくぼ》ですわ。荻窪高校といいます。……わたくし、父が年取っていたものですから、そんなことも考えて、一年ほど前に都の試験を受けて資格だけは取っていたんです。それが今度役に立ちましたわ。父の知合いの紹介で、運よく欠員のできた荻窪高校に就職することができました。……父がこういうことになってみると、資格を取っててほんとうによかったと思います」

都立高校に就職するのは非常に困難だとは瀬川も聞いていた。冴子を紹介した人は相当な有力者なのかもしれない。

瀬川は、一家の主人が死んだあとに起った家庭の変化を考えた。だが、冴子は結婚をどうするのだろうと彼はひそかに思った。

瀬川が家に戻ったのは七時ごろだった。

玄関に入ったとき宗方の笑い声がしていたので、気が重くなった。瀬川が赴任してきたのを報らせたらしい。兄ではあるまい。母と嫂の相談のように思えた。

「やあ、お帰り」

と、宗方はテーブルの前でビールを片手に笑った。彼はもう赤い顔をしていた。

「いよいよ、前橋にお母さんを伴れて行かれるそうですな」

「はあ。当分、家の中を片付けてもらうことにしています」

「そりゃ丁度都合がいい。いま伺ったのだが、お母さんも久しぶりであんたと一緒になれると喜んでおられる」

その母は宗方の前に坐り、傍に嫂がいた。兄の姿はなかった。

「おまえが戻るまで、宗方さんをお引留めしていたんだよ」

母が瀬川に言った。

「兄さんは？」

「あなたが出てからすぐに、ゴルフに行くといって……」

嫂は少し具合悪そうに言った。

「なあ、良一さん」

宗方は顔いっぱいに笑いをたたえて、

「お母さんと一緒も結構だが、奥さんを早く決めたほうがいいですな」

「これはぐずぐずしてるから、宗方さんから言っていただいたほうがいいようです」

と、母がそのあとにつづいた。

「良一さんも検事さんをやっているだけに、なかなか慎重ですな」

「そういうわけではありませんが」

「しかし、肚《はら》の中ではもう決っているんでしょう。こちらのお母さんのお話でも、大体、あんたに異論はないようにみえると聞いたものだから、わたしも、その意向を青地さんにそれとなしに伝えているんです。青地さんはやっぱり大乗気ですよ。期待しておられます」

瀬川は、勝手に動き出しているこの縁談を制《と》めなければならないと思った。冴子に会ってから、その縁談がよけいに荷になって感じられた。

夜間部の教師になるといって、誰も居ない中学校の校舎を眺めていた彼女の姿が鮮かに浮んだ。

「青地さんのお父さんも、ダムの大工事がいよいよ本格的になったので、少し先になると現場から離れられなくなるということです。その前に話だけでもまとめたいといわれるんですがね」

瀬川はきっぱりと言った。

「宗方さん、申しわけありませんが、もし青地さんにほかからのご縁談があれば、ぼくのほうがご迷惑をかけていることになると思います。それで、一応、今度は、見送らせていただけないでしょうか」

母と嫂とが、はっとした顔になって瀬川を見た。

「それは弱りましたね」

と、宗方は老練な表情を変えなかった。

「この前あんたにお会いしたときは、そういうようには見えませんでしたがな。何か心境の変化でも起ったのですか？」

と、にこにこと笑っていた。


前橋検察庁でも瀬川を待っている担当事件は多かった。地方は地方なりに犯罪にもローカルカラーがある。瀬川が赴任早々に受持ったのは、酒の密造を密告するといって酒と現金を恐喝《きょうかつ》した事件だ。

警察から送られた書類によると、県内の或る村で麴《こうじ》の製造業をしている上野《うえの》という家に、土地で札つきの中田《なかた》というグレン隊がきて、主人が居ないのを奇貨として、妻にお前の家では焼酎を造っているだろう、一升ばかりあったら譲ってほしいと申入れた。

被害者が今日はないと返事をすると、その中田は、それではお前の家では酒の密造をしているから税務署に訴えてやるとおどした。外にも連れがいるらしいので、被害者は恐怖のあまりやむなく焼酎一升を中田に渡した。

二日おいて、中田は同家の前を通りかかり、たまたま前にいた被害者に、この前の代金を払うと言って内に連れこみ、今度は金銭を要求した。被害者が拒むと中田は、この家では前々から酒の密造をしていることをおれはよく知っているから、訴えれば一ぺんだと暴言を吐き、短刀をちらつかしておどし、現金二千円を恐喝奪取した、という内容である。

瀬川が被疑者の中田を拘置所から呼出してみると、まだ子供々々した顔をしている。しかし、すでに窃盗で懲役前科二犯があるのには少しおどろいた。供述のときの態度もおどおどしていた。

「わたくしは麴屋のおかみさんから酒を貰ったことがありますから、そのことについて申述べます。二ヵ月前、土地の青年団の会合があって二十五、六人で焼酎を飲みましたが、少し足りないので、それを貰いに麴屋さんに行ったのであります。ところが、主人が不在でおかみさんがひとりいましたから、わたくしはそのおかみさんに対し、いま若い者たちが集って焼酎を飲んでいるが、少し足りないので一升ほど貸してくれと言ったところ、おかみさんは快く貸してくれました。

その後二日ほどして前を通りかかったのですが、わたくしはまた焼酎が飲みたくなったので、おかみさんに、この前の焼酎は借りたまま金を払わないで申しわけないが、月末には必ず払うから、あと二升ほど貸してくれと言いました。おかみさんは何を勘違いしたか、真蒼《まつさお》な顔になって奥から二千円持ってきて貸してあげるといってくれました。決して警察に密告するとか、短刀を出して現金を強要したとかいう事実はありません」

この書類には麴屋の夫の参考人としての供述や、中田と一緒に飲んだという青年団の連中の参考供述が付けられているが、最も厄介なのは、二回とも加害者の中田と被害者の麴屋の妻がいただけで、ほかに居合せた者がいないことだった。

警察では、中田が日ごろからグレン隊とつき合い、その性格も粗暴であり、かつ前科があるので、被害者の申立てを信じて送検した。

だが、要するに被害者はおどかされたと言い、被疑者は焼酎も金も借りたのだという水掛論であった。それを立証する証人はいなかった。

麴屋の恐喝というような些細《ささい》な事件は、新任の瀬川のところに集中してくる。もっとも、一つには大きな事件がないからでもあろう。

瀬川は、家に帰ってからでも受持の事件の記録を調べなければならなかった。それは四国にいたときと変りはない。いや、こちらのほうが件数としては多いのである。杉江支部は検事一人だったが、ここには同僚検事が五名もいる。しかし、一人当りの分担は杉江支部のときより過重だった。

瀬川は、麴屋の恐喝事件を起訴にしたものか、不起訴にしたものか迷った。警察の捜査も少し不備なところがあり、証拠の点で薄弱である。おそらく、警察では中田が前科二犯で愚連隊に入っているところから、被害者の申立てを鵜《う》呑《の》みに信じたものと思える。

被害者のほうも酒の密造をしていることは隠していない。ただ、中田によって早晩密告されるであろうことを予知し、現在は密造を中止しているところから、進んでこれを明るみに出したというところがないでもない。したがって、必要以上に恐喝の点を強調したところがみえる。

検事はあくまでも事実について審理しなければならない。この場合、中田が前科二犯であろうが、愚連隊とつき合っていようが、それは参考にはなり得るが、まず、事実を把握しなければならぬ。しかし、警察の捜査は積極的に有罪とするに足る証拠を得たとはいえない。

やっぱり不起訴かなと、瀬川は思った。

不起訴問題に直接ぶつかってくると、彼は大賀検事の大島信用金庫理事殺人事件の不起訴が強く意識に働いてくる。

その晩も瀬川は記録をひと通り読んだあと、無罪判決に関する参考書を読み耽《ふけ》った。

それに出ている実例の一つに、手斧様《ちような》の兇器で一家八人を殴殺《おうさつ》した事件がある。昭和二十六年某県に起ったことで、現場は水田に囲まれた一軒家。しかも近隣では一ばん貧弱な構えであった。兇器は炭坑用の手斧と認められたが、現金を物色した跡が認められることで附近の素行不良者が捜査の対象になった。

そのうち聞込みによって、或る青年がその日の午前七時ごろ被害者方の裏から何か物を捜すような恰好で歩いていた事実と、彼が被害者の隣の家に、被害者宅では誰もいないが、どこに行ったか知らないかと話していたという事実が分った。

このような情況は、被害者乙野《おとの》の親友である被疑者が現場を確認しない点など不審なところが多く、同人を逮捕取調べるに至ったが、被疑者は全く否認していた。

これには犯行当夜の被告の行動を証明する参考人五名の供述調書や、被疑者がその日つけていた手袋、シャツ並びに血痕附着の雨合羽《あまがつぱ》などの鑑定書が出ている。

ところが、事件の裁判は被告を無罪にしている。

この一家八人の皆殺し事件を無罪にした判決理由は次の通りだった。

乙野方では、戸外が明るい間は遅くまで仕事をして、手もとが見えなくなってから家に戻って食事をし、食事を済ますと間もなく寝るが、食事も寝るのも近所に比べると一時間くらい遅れると思うという旨の参考人の供述、乙野方では七時を過ぎて夕食を食べる習慣があるという別な参考人の供述、並びに死体解剖の鑑定による食物の消化状態からみた夕食時間の推定などを綜合して、一家八人が夕食後殺害されるまでの時間は八時間乃至九時間である。従って、被告が被害者宅に行ったのはその翌日の午前七時ごろであるから、被告の犯行とは認めがたい。

また、押収した雨合羽についても、その血痕は色調極めてうすく、かつ飛沫《ひまつ》程度の量であるから、犯行の際に返り血を浴びたものとは思われない。押収した軍用手袋にしても血痕が極めて微量であるうえ、その附着の部位程度等からみても本件犯罪事実認定の資料となしがたい。

被告人の生活はあまり楽でなく、かつ犯行数日前に、馬を買うためと、賭博《とばく》に負けたための借金が合計二万五百円あったことが認められるが、その内の一万八千五百円は被告人の親戚から借受けたものであるばかりでなく、そのころまでに返済の請求をうけた事実は認められない。そのほか差当って現金の必要に迫られていたことを認めるべき証拠がなく、かつ被告人は被害者乙野一郎《いちろう》との間に、経済上の問題や、感情上の対立等によって紛争を生じたことを認めるに足る証拠もない。以上の通り本件公訴事実は犯罪の証明が十分でない。……

瀬川は、このような不起訴例を読んでゆく。

彼はこれまで起訴された事件例ばかりを読んでいたが、大島信用金庫事件以来、無罪事件に興味が旺然《おうぜん》として湧いたのである。

無罪事件には、「罪とならないもの」と「犯罪の証明がないもの」という二通りがある。後者はいわゆる「証拠不十分」だ。

証拠不十分による無罪判決の場合は警察の言い分として、この本にはいろいろ書かれているが、「警察官が有罪と信じた事案が犯罪の証明なしとして無罪とされるのは、証拠の量において欠けるか、又はその価値において欠けるかのいずれかによるものであり、しかも、多くの場合、その証拠の価値判断についてわれわれと裁判官との間に相違を生ずることが原因であると思われる」というような文章が目につく。さらに警察側の言い分としては次のような文句もある。

「もとより、証拠価値（証拠の証明力）は裁判官の自由な判断にゆだねられることではあるが、しかし、その判断が合理的・経済的法則に従って行われ、普遍妥当性をもつことが要求される限り、それは裁判官だけに許される判断ではない」

この書物には警察の言い分として、多くの場合、証拠の価値判断については警察官と裁判官との間に主観的な相違を生ずるとあり、証拠の価値判断は裁判官だけに許されるものではないと反駁《はんばく》が述べられてある。

しかし、いうまでもなく、司法警察官は事件を捜査して証拠を挙げ、被疑者を逮捕し取調べた上で送検するだけで、その被疑者を有罪にするか無罪にするかは裁判官だけに許される権利であり、自分たちは、その権限の外にある。ここに警察官は、有罪と信じて逮捕した被疑者を無罪にした裁判官に対しての不満が生じる。

たとえば、実例の一家八人の皆殺し事件でも、警察官の眼には、被疑者の素行や経済状態からみて犯罪を犯す可能性は十分だと思っている。証拠の雨合羽についた血痕も鑑定では血色がうすく、附着している部分が不自然であるとして裁判官は犯罪関係から除外しているが、この鑑定採用も不満であろう。また、夕食をとったのちの時間経過にしても、その消化状態から八時間乃至九時間としているが、被告が午前七時ごろ被害者宅を訪れたことは目撃者によって認定されており、したがって、この時間の差は僅か二、三時間にすぎない。さらに、人間は起きているときと寝ているときの胃の消化状態は、起きているときのほうが就寝時よりも二倍早いということも考慮に入れなければなるまい。

　この実例の事件を担当した警察官はこんなふうに考えているのではなかろうか。

　これは警察官の裁判官に対する不満だが、同じく無罪にした事件について検事側は警察官にどのような苦情を持っているのか。

　瀬川は、次に「無罪事件における警察官の捜査」という書物を開いた。これを書いているのは先輩の検事であった。

　母が入ってきて茶を運んだ。

「まだ寝んでなかったんですか？」

　瀬川は訊いた。母は寝巻の上にちゃんと帯を締めてきている。

「おまえが遅くまで勉強しているから」

　母は遠慮そうにもじもじしながら坐った。

「われわれの仕事は、役所だけでは捌《さば》き切れません。四国でもそうでしたが、こうして毎晩のように家に持って帰っています」

「ほんとに犯罪がふえているんだね」

「犯罪がふえた上に検事の数が少いんです」

「でも、いいかげんにしないと、身体をこわしますよ。……こうしておまえにお茶を運んでいると、受験勉強のときを思い出すね」

「そうですな。まだあの地獄から脱けきれませんね」

母は、それにつけて何か言いたそうだった。それは瀬川に分っている。早くお嫁さんに世話させるようになさい、というに決っている。

瀬川は面倒なことになりそうなので、

「お母さん、もうお寝みになったらどうです？」

とすすめた。

瀬川は、まだ話したがっている母の前で、本の頁《ページ》を開いた。

その「無罪事件における警察官の捜査」という書物には、捜査上反省すべき点として次のように挙げていた。

「殺傷事件に限らず、われわれが警察からの送致記録を見て感じさせられることは、一般に共犯関係の捜査が拙《つたな》く、そして不十分であるということである。数人共犯の殺傷事犯の捜査については、あらかじめ謀議があった場合は、その内容を具体的に明らかにしておくことはもちろんであるが、何よりもまず各人の実行行為を明らかにし、それとともに、その際の各人の範囲を確定しておく必要がある。

次に、事件現場、あるいは、その附近にいた参考人の取調べを入念に行わなければならないことは、犯罪の捜査一般に共通する事柄であるが、なかんずく殺傷事犯にあっては、事件現場にいた目撃者、参考人等を全部調べておくことが特に肝要である。それをしておかないと、あとで必ず公判で弁護人によりその者が証人に申請され、被害者でない限り被告人に有利な証言をする者が多く、しかも、それに対し検察側にはそれを反撃する手持の資料がないため、公判で事件が揉《も》め、あるいは事件が潰されてしまう結果になる。

前掲（実例四〇）の事件では、被告人は兇器のナイフは犯行後友人に渡しておいたと自白しているので、兇器の犯行後の処分情況、処分経路を詳しく取調べ、被疑者、第三者についてその点を明確にしておけば、この事件は有罪になったと思われるのである。

（第七例）は、兇器の鉈《なた》はあったが、それを誰がどこから持出したかについては明らかでないまま不起訴になった事件であった。その点の捜査が不十分である場合には、それだけ事件に弱い点がある。そのほか、第一審においては検察官の公訴事実通り有罪の認定がなされたが、控訴審において証明不十分であるとされたケースは多い。

（実例四一）は、被疑者Aが某日の夜酒に酔って同僚のBを殴打したうえ、ある川の崖《がけ》の上から友人を川に突落して死に至らしめたということで傷害致死罪として送検されてきた。Aは捜査当初から終始、竹棒で被害者を殴りはしたが、川に突落したことはないと事実を否認し、『友人の肩に手をかけて抱くようにして歩かせているうち、崖の上まできたとき友人が石につまずいて川に転落したのである』と弁解したが、乙という有力な目撃者があって、そのときの模様を詳細に述べ、Aが被害者を故意に川に突落したことに間違いないと供述したので、係検事はAを起訴しようとした。

しかし、その目撃人である証人をして現場検証の結果、犯行当時証人がいた地点からAや被害者の様子を目撃しうることはありうるが、その証言のように詳細にAや被害者の態度を目撃できないことがたしかめられ、証人の証言に信憑性《しんぴょうせい》の疑いを生じて不起訴処分に附した。

これなどは、警察官の捜査が現場においてもう少し科学的に行われていたら、Aを起訴し、有罪にすることができたであろう……」

瀬川は昼休みに検察庁を出て近くを歩いた。

前橋検察庁は県庁などといっしょに旧城趾《じょうし》の内にあり、現に横手の松のおい茂った小高いところには城趾の碑が立っている。城下町の官庁街はほとんど城趾の中に包含されているようである。松山地検もそうだった。

検察庁の裏手には利根川が流れていた。川土手は夏草に蔽われ、間に桑畑がある。土手で子供がキャッチボールをし、川の中には大人が膝まで入って竿《さお》を握っていた。

送検されてきた事件について、警察と検察官とが対立するのはしばしばである。昨夜読んだ書物の中でも警察側の著書は、

「証拠価値は裁判官の自由な判断にゆだねられることではあるが、それは裁判官だけに許される判断ではない」

と、暗に判検事の独善を非難し、警察側の判断の正しさを主張している。

これに対し、検察側の著書は、

「事件が証拠不十分として無罪になったケースをみると、警察の捜査がもう少し着実に行われていたら、必ず有罪になったであろうことが多い」

と、捜査官の不手際を嗟歎《さたん》している。

検察庁と警察との相互不信感はかくて成立する。

検察庁は特殊な事件、たとえば、汚職、選挙違反などは警察にまかしておくと、政界のボスとの絡み合いで途中挫折するきらいがあるので見ていられないと言い、警察は検察庁の捜査能力の不十分さを嗤うことになる。

警察は、検察庁は人手が少い上に仕事が溜るばかりだから、捜査は全部こちらにま

かしておくべきだ、警察の捜査に検事がとかくタッチしたがるのは、旧刑訴法時代の独善的な夢を忘れかねているからだ、と非難する。

ところで、大賀検事が大島信用金庫の被疑者山口重太郎を不起訴にしたのは、高森警察署の捜査の不手際から証拠能力に疑いを持ったからに違いない。おそらく、大賀検事は警察に対し、これでは公判の維持ができないと山口を斥《しりぞ》け、同時に、山口を取調べているうちに浮んだ他の疑わしい人間について再捜査をするよう勧告したのではあるまいか。

これも高森署のほうでは大賀検事の処置に不満を持ち、検事の勧告を事実上黙殺してしまった。その証拠に、瀬川が高森署に事件を訊合せても、署長は「今となっては全く不詳《ふしょう》」と回答してきている。

もし、あのとき高森署にやる気があったら、その疑わしい男を逮捕するに至らないでも十分に捜査し、その記録が現在も残されて瀬川に回答されるはずだ。

瀬川は、自分の僅かな経験でも、警察側の捜査にもう少し検事が発言してもいいような気がする。指揮とまでゆかなくとも、捜査中に次々と報告をうけ、こちらから助言しても悪くはないと考える。現在の制度のように、捜査が終ったあとの書類を見せられたのでは、やはりその不手際が眼につく場合がある。

――こう考えるのも、自分が検事という職にある偏見だろうかと瀬川は思った。

八月に入って検事たちの中に暑中休暇をとる者が多かった。たいてい五日間乃至一週間で、そのため人数が半減となった。

そのぶんだけ仕事がふえてくる。休暇の前に担当検事はなるべく手がけているものを片付けるのだが、どうしても延ばせないものは、その間だけ同僚に頼んでみてもらうことにした。

瀬川は赴任早々だから、この夏は休暇をとらないつもりにしている。もっとも、権利を放棄したわけではなく、先に延ばして有効に使いたいと考えた。近い将来四国に行かなければならないような予感が浮んでいる。年次休暇は、そのときに振当てようと思った。

同僚たちは土地だけに山に出かける者が多く、すでに黒くなって帰った者もいた。

田山検事正は東京に出張して不在である。

そんな暑い日、瀬川は山本次席に呼ばれた。横に桜内《さくらうち》検察事務官が書類を持って立っていた。

「やあ。少しは落ちついたかね?」

と、山本は笑いながら訊いた。

「はあ。東京が近いせいか、さっぱり地方にいるという気がしません」

瀬川も微笑して答えた。

「そうかな。しかし、ぼくらなんか、この街から一歩出て一面の桑畑を見ると、やっぱり田舎にきているという実感がするよ。一度、君、月のある晩に市外を歩いてみるんだね」

「はあ……」

「真暗な桑畑の上に蒼白い月が耿々《こうこう》と照っている。桑の葉のふちは、その月光の細い糸で縫取られている……」

「なかなか詩がありますね」

「その代り、早く東京に戻してもらいたいという焦躁を感じるよ。だが、まあ、ほかの田舎から比べると、まだいいほうかもしれないな」

「…………」

「なんだそうだね、お母さんがご一緒だそうじゃないか」

「はあ。ひとりでは大へんだろうというので押しかけてきたのです」

「おいくつ？」

「六十二です」

「結構じゃないですか。まあ、孝行してあげて下さい」

山本次席は、ちょっと桜内事務官のほうを見た。

「今度、ちょっとした告訴事件を持ちこまれてね。暑中休暇で手不足のところ済まないが、これを、君、ひとつ担当してくれませんか」

「承知いたしました」

「詳しいことは桜内君から聞いてくれたまえ。実は一昨日、その婦人が弁護士といっしょにきて、桜内君の手もとに告訴手続きの書類を出したそうです」

「婦人？」

「告訴人は女性です。いや、奥さんではなく、何んというのかな……愛人というのか、まあ、その相手を財産横領で訴えたわけだ」

「分りました」

単純な事件である。桜内事務官が瀬川のうしろからついてきた。

瀬川は、桜内事務官が受付けた告訴状をもらった。

告訴したのは高崎市××町栗山《くりやま》ゆり子で、四十一歳。市内で「成田屋《なりたや》」という割烹《かっぽう》料理屋を経営している未亡人だった。訴えられたのは東京都大田区田園調布《でんえんちょうふ》、代議士佐々木信明《ささきのぶあき》、大正六年生となっている。

佐々木信明？

瀬川は、煙草を一服つけて、土地の弁護士が書いた告訴状を読んだ。

その告訴状によれば、栗山ゆり子は、今から三年前に被告訴人と恋愛関係に陥《おちい》り、爾後《じご》、その交際をつづけていたが、たまたま約六ヵ月前、被告訴人は告訴人の実印を無断で持出し、告訴人の知らぬ間に告訴人所有に関わる前橋市××町の土地千二百坪並びに家屋三百坪を恰《あたか》も告訴人から譲渡されたごとくに登記し、時価約六千万円の不動産を横領したというのである。

瀬川がひと通り読み終ったところで桜内事務官が補足的な説明をした。

「この成田屋というのは高崎市内では一流の割烹料理屋でして、今から五年前に経営者栗山ゆり子の夫は死亡しております。その夫はなかなかの腕達者で、一代で現在の資産は約二億円といわれるものを作ったのですが、未亡人のゆり子もやり手で、現在でも成田屋は大へん繁昌《はんじょう》しています」

「なるほど」

「もともと、ゆり子の亡夫は土地の保守党に食入って伸びてきただけに、噂では保守党のボスの斡旋《あっせん》でうまい汁を吸ってきたというのですが、そんな関係で、成田屋は現在でも土地の保守党の人がよく使っています。小さな会合から大きな宴会に至るまで、この成田屋が使用されています。世間では保守党のクラブだと陰口をしている者もあるくらいです。土地の上層部の出入りもあることだから、成田屋も格式が上ったわけです」

桜内事務官は茶を飲みながら話した。

「そんなわけで、東京からくる保守党の代議士も成田屋にくることが多く、その中に今度訴えられた佐々木信明さんも入っていたのです。そのうち成田屋のおかみと佐々木代議士とが出来てしまいましてね。もともと、佐々木というのは女のほうにかけては相当の達人という評判で、世間では佐々木が初めから成田屋の財産を乗取るつもりでおかみを籠絡《ろうらく》したと言っています」

「うむ……」

「事実、三年間というものは大へん睦まじく行っていて、成田屋のおかみもかなり貢《みつ》いだようです。ですから、代議士仲間では佐々木はうまいことをした、これで選挙資金に困ることはないなどと羨《うらやま》しがったり、嫉《そね》んだりして、評判を立てていました」

「うむ、それで？」

「ところが佐々木代議士は成田屋のおかみだけでなく、前から二人ほど女がいて、それが一年ほど前からおかみに分ったんです……」

桜内事務官は、財産横領で佐々木代議士を訴えた成田屋の経営者栗山ゆり子について瀬川に説明をつづけた。

「……そんなことから成田屋のおかみは佐々木代議士を責めたのですが、佐々木さんは相手の女と別れると言っていながら、一人を整理しただけで、残っている女とは相変らず関係をつづけていたそうです。なにしろ、女は東京にいるものですから、おかみも興信所や秘密探偵社に頼んで大ぶん洗ったりなどしたそうです。そういうごたごたがありましたが、おかみのほうでは、すっかり佐々木さんに惚《ほ》れているので、なんといいますか、かえってそれが刺戟となって、よけいに深くなったらしいです。ところが、佐々木代議士には、最近また東京に新しい女が出来たのですね。それは赤坂近くの高級バーの経営者で、これも未亡人ですが、佐々木さんはその女と妹と両方に関係をつけたのです。つまり、姉妹を共有したわけですね」

「ははあ」

「そういう事情が分っていないと、今度の財産横領の実体がつかめないわけです。そのバーの姉妹のことが成田屋のおかみの耳に入ったものだから、今度は痴話喧嘩だけでは済まずに、大ぶん揉《も》めたようです。これも噂ですからよく分りませんが、成田屋のおかみは佐々木さんを一室に押しこめて、荒縄で縛り、殴ったり蹴ったりしたそうです」

むろん、そういうようなことは告訴状からは読み取れない。

「なにしろ、佐々木さんは一ヵ月のうち一週間くらいは成田屋に寝泊りしているのですから、今度の実印盗用の問題も簡単にできるわけですね。もっとも、これには佐々木さんのほうにも言い分があるようです。というのは、今までも栗山ゆり子の承諾を得て、その所有の不動産を何回か処分し、選挙費用として提供してもらったことがある。しかも、赤の他人ではなく、三年間もつづいた内縁関係同様だから、今度の登記に使った実印にしてもゆり子の許しを得ているというのです。それが、赤坂のバーの姉妹のことでゆり子の頭にきて、今回の騒ぎになったというんですがね」

「なるほど」

「だから、こういう告訴になる前にも、そのことでゆり子と何度か相談したと言ってるそうです」

「佐々木代議士は、この件で事情説明にここへ出頭したことがありますか？」

「いや、それはまだありません。だが、そういうことは、なにしろ狭い土地ですから耳に入ります」

と桜内事務官はうす笑いした。

「それから?」

「もっとも、今度弁護士同道できた成田屋のおかみに聴いてみると、相談というのではなく、佐々木さんに横領された、あの土地家屋の返還を迫ったというのです。佐々木さんはそれには、いま政治活動に資金がいるので、もう少し待ってくれと答えたそうですが、全然誠意をみせない。そこでたまりかねてこの告訴に及んだというのです」

こういう問題はかなり微妙である。というのは、告訴人と被告訴人との間には愛情関係があり、三年間もつづいている。取りようによっては、栗山ゆり子が問題の土地家屋を佐々木に提供したあと、あれは横領だと告訴したともとれる。

告訴状によれば、私文書偽造・公文書不実記載・実印盗用並びに詐欺罪に該当するので告訴に及んだとある。

「この佐々木信明という代議士は、当選二回ですが……」

と、桜内事務官は瀬川に話した。

「なかなかのやり手でして、衆院予算委員になっています。派閥からいうと、R氏ですがね」

と、桜内は実力者の一人の名前を挙げた。

「この県の第×区から出ていますが、最初の当選は五年前の総選挙のときです」

「この県に地盤を持っているのはどういうわけですか？」

佐々木は岡山県生れと告訴状には記載されてある。

「それが、実は養子でしてね。ご存じかもしれませんが、古い政党人で、佐々木信輔というのが当県の選出代議士におりました」

「ああ、知っています。たしか、戦後、大臣をやったことがあるでしょう？」

「あります。二度ほど勤めています」

「たしか、亡くなりましたね？」

「今から十年前に死亡していますが、この佐々木信明というのは、その人の養子なんです」

「なるほど。すると、佐々木信輔氏のお嬢さんか何かを貰ったのですか？」

「いや、ところが、そうではありません」

と、桜内はやや意味ありげな微笑を浮べた。

「信輔氏には子供はなかったんです。もっとも、以前には親戚から来たこともありますが、これは十五、六年前に事情があって離籍されています」

「では、男の子もいないんですね？」

「ええ、ご夫婦二人だけです」

「すると、信明さんというのは親戚に当る人ですか？」

「全然、そういう縁故関係はありません。実は、この人は信輔氏が十二年前選挙に出たときの参謀を勤めましてね。それからずっと信輔氏に可愛がられ、とうとう、七年前に養子として入ったわけです」

「しかし、信輔氏は十年前に亡くなっているが……」

「そうです。ですから、あとは夫人に信用を得たわけですね。……照子《てるこ》というのは、信輔氏が十年前に死んだ翌年衆院の解散があって、総選挙が行われたとき出馬してます。つまり、亡夫の身代り当選ですね」

「なるほど」

「そのとき信明氏が選挙参謀格になって懸命にやったものですから、いよいよ夫人の信頼をかち得たわけです。ですから、二年経って養子に直っています」

「すると、照子未亡人のお婿《むこ》さんになったんですか？」

「まさか」

　と、事務官は笑った。

「照子さんが自分の後継ぎとしたわけです。これには世間でいろいろ言う者がいますが、真相は分りません」

「その噂というのは？」

「信明という人は女性を口説くのがうまいという評判でしてね。この告訴状にも出ているような具合です。だから、養母との間も普通ではないという評判が立っています。未亡人の可愛がりようがちょっと異常なもんですから」

「ちょっと待って」

と、瀬川は桜内事務官の説明の途中で言った。

「佐々木信明氏には奥さんはいないのかね？」

「はあ、まだ独身です。……どういうものか、佐々木代議士は相当な年齢ですが、正式な奥さんを貰うつもりはないようですな。それというのが、これも世間の噂ですが、信輔未亡人、つまり養母に当る照子さんと妙な関係になっているので、奥さんを迎えるにもちょっと困るんじゃないかということです。しかし、まあ、信明氏も女好きで、外にいろいろと遊んでるようですから、自分は独身だと言って通したほうがいいのかもしれませんね」

桜内事務官の口ぶりは佐々木代議士に甚だ好意的でなかった。事務官は世間の評判に相当影響されているようだった。

「そんなわけで、成田屋のおかみも信明氏が独身だというところから熱を上げたんでしょうね、こちらも未亡人だし、きっと信明氏が結婚すると言ったので一生懸命になったんじゃないでしょうか。いや、信明氏はほかの女にもそんなことをよく言ってるそうです。なんといっても、女はいつまで経っても結婚というのは魅力のようですね。その点、妻子のある男は分が悪いわけです」

「信明氏は、そんなに女のことで評判を立てられているんですか？」

「相当なものらしいですね。実際、いろいろなことが伝えられています。選挙のときも、彼の票の半分近くは女性だということです。笑い話ですが、独身ということが有利なんです。それに弁舌もうまい。選挙の街頭演説でも、聴衆の中に小さな子を連れている女を見かけると、すぐ駆け寄って、その子を抱上げたり、あやしたりするそうですからね。ちょっとほかの候補者には恥しくてできないことを平気でやるんだそうです」

「ははあ」

「自分の選挙事務所に手伝いに来ている若い女事務員にもちょいちょい手を出してるそうです。そんなことで、事務所に働いている女性たちも佐々木先生のためならというので、欲得を離れて一生懸命運動するわけですね」

「なるほどね。相当きびしいな」

「いや、これは県内の政界ではもっぱらの評判ですからね」

「で、代議士としての彼は相当なやり手かね？」

「それはかなりな手腕家です。予算委員になっていますが、政府への質問も非常に鋭いです。もっとも、与党ですから、自然とそこには限界がありますがね。だが、質問が政府側の痛いところを衝《つ》いているので、なかなか油断のならない若手議員だという評判です。まず、青年将校の錚々《そうそう》たるところでしょうな」

「ははあ」

「一ばん有名なのは、彼が追及した××公団の汚職問題です。これは爆弾演説でしたが、一躍彼の名を轟《とどろ》かせたものです」

瀬川は、それを聞いて二年くらい前に新聞でみた記事を思い出した。

瀬川がずっと以前に見た新聞記事というのは、佐々木信明代議士が予算委員会で、××公団汚職について華々しく追及した報道だった。そのため当局はかなり追込まれていたが、いかなるわけか、その質問も途中で腰砕けとなり、公団汚職も下級の者が一人か二人犠牲となっただけで竜頭蛇尾《りゅうとうだび》に終っている。

「あれも佐々木代議士が公団側からつかまされた、という噂《うわさ》がしきりと伝わっていました」

と、桜内事務官は笑って言った。

「佐々木代議士は、そんな人です。若いし、頭も悪くはないが、相当に悪達者ですね。また一面では、そこを頼もしがられているわけです。現在では予算委員長の高村《たかむら》忠一《ただかず》に望まれて、二人は今とても親密な仲だそうです」

「高村忠一とね」

「ええ。この高村さんもなかなかの凄腕《すごうで》ですがね。今は保守党内の或る実力者についてはいますが、いわば一匹狼的な存在です。いや、こんなことを検事さんに申しあげるまでもなくご存じでしょうが……」

「いや、ぼくはまだ詳しいことは何んにも知りませんよ。ただ、高村代議士が君の言うようにやり手だとは聞いていますがね」

「予算委員長も長いですね。この人もいろいろと悪評がありますが、なんといってもアクが強いし、長い間の予算委員長として、相当ほかの人間の痛いところも握っているようです」

「なるほど」

「それから、高村代議士は暴力団組織と接触を持っていますからね。これがうす気味悪いので、正面から彼に刃向う者はいないということです」

「なに、暴力団?」

瀬川は眼《む》を剝いて訊返《ききかえ》した。

「それは事実ですか?」

「ということですがね。もう定評になっているから、間違いはないでしょう」

「その暴力団の組織は何ンというんですか?」

「主として関西系だそうですがね。わたしは、その方面のことに詳しくないのでよく分りませんが」

「では、その中に大阪の増田組というのも入ってるのでしょうね?」

「増田組ですか。増田組は、高村代議士の握っている暴力団組織の中で一ばん彼に近いんじゃないですか」

「なるほど」

瀬川は、高村代議士が増田組と接触があれば、当然、高村と密接な関係を持っている佐々木代議士も増田組と交渉があるのではないかと考えた。

瀬川は、佐々木信明という名の頭文字がSではじまっていることに気がついた。忽ち大賀冴子の言葉が脳裏に鮮かに出てきた。

Sの頭文字ではじまる姓……社会的に地位のある人……政治家。

しかも、この佐々木信明氏は養子に行って姓を変えている。それは今から七年前だった。だから、冴子が父の大賀弁護士から聞いた大島信用金庫事件の最も疑わしい人物も、その後の養子先のイニシャルで彼女は告げたのであろう。

瀬川は、佐々木代議士の養子前の名前は何んだったのだろうと思った。

「佐々木の旧姓ですか。それは山岸というのです」

と、桜内事務官はあっさり答えた。

「なに、山岸?」

瀬川は思わず叫びそうになった。

「君、そりゃ間違いないでしょうな?」

「間違うものですか。なにしろ、この土地から出ている代議士さんですからね。今でも、彼を前から知っている者は佐々木さんとは言わないで、山岸さんと言っています」

瀬川は「山岸正雄」をここで捉えたと思った。

しかし、名前の「信明」というのはどうしたのだろう?

「その人は、初めから信明さんでしたか?」

「そうです。この土地の者が知ってる限りでは信明さんでしたね」

それでは、山岸正雄が本名で、通称「信明」といったのかもしれない。

だが、それでは少々不都合だと気がついた。なぜなら、彼は代議士という公職に就いている。これは普通、通称でなく本名で行われている。もっとも、現在の選挙法では通称でも構わないことになっているが、果して彼の場合どうだろうか。

もし、山岸正雄が「正雄」という名前を名乗りたくなかったら、そういう通称を用いることは考えられる。それに養子となって苗字まで変えたとすると、完全に「山岸正雄」は姓名の変身を遂げたことになる。

山岸信明について、もっと詳しく調べなければならない。

「大体、君の説明で分りました。それを予備知識として、この告訴状を読むことにしましょう」

瀬川は桜内事務官を退らせた。

彼は事務員を呼び、佐々木信明の戸籍謄本《とうほん》を館林《たてばやし》市役所から取寄せるように言った。館林は佐々木信輔の生れたところで、そこが本籍地だから、養子縁組した信明も、当然そこに本籍を移しているはずだった。

だが、瀬川は考え直して、郵送させるよりも、その事務員を館林市に直行させて、膳本を明日の午前中までに持ってこさせるようにした。郵便では時間がかかる。彼は一刻も早くそれを見たかった。

明日の午前中に膳本が見られれば、告訴人栗山ゆり子の弁護士には明日の午後に会えばよい。瀬川はそれも事務員に伝えて、栗山の弁護士には明日の午後三時に当検察庁へ出頭してもらうよう電話させた。

そんな手配を一切終って、瀬川は窓に歩き、外を見た。部屋の位置は建物の裏側になっている。

遠い桑畑の上に、白い雲が湧立《わきた》ったかたちで静止していた。利根川の水が懶《ものう》く光っている。

Sをつかまえましたよ……瀬川は、その雲の中の、冴子の顔に呼びかけた。

翌日のひるすぎ、館林から帰った事務員が瀬川に、佐々木信明の戸籍膳本を届けてきた。

「ご苦労さん」

瀬川は、朝から待ち兼ねていたので、心臓を高鳴らせて封筒をひらいた。

信輔氏の関係はあと回しにして、信明の欄にすぐ眼を落した。

○岡山県吉備《きび》郡足守町《あしもりちょう》××番地

父　春三《しゅんぞう》（昭和二年三月六日死亡）
母　クミ（昭和九年一月八日死亡）
長男　山岸　正雄
大正六年十一月二十七日生
○入籍　本籍群馬県館林市××町　佐々木照子ト養子縁組　昭和三十年六月十三日届出
○昭和三十一年一月二十八日届出ニヨリ「正雄」ヲ「信明」ト改名ス

予期した通りだった。あまりに当りすぎて、読んだあとかえって気持が落ちついた。

これによると、昭和三十年六月十三日に佐々木家に入籍するまでの信明は、まだ正雄だったのだ。桜内事務官によると、土地では山岸信明といっていたそうだが、それは当人が自分で名乗っていた通称で、正式には「正雄」であった。

それが法律上にも「信明」となったのは、入籍した半年後で、館林市役所戸籍係に届出になってからだ。

しかし、改名届はそう簡単に出来るものではなく、これには家庭裁判所の許可が必要である。すなわち、改名の理由を妥当としなければ家裁は許可を与えない。この場合、まず前科を有する者は適用から除外される。市役所が受けつけるのは、家裁の許可証をとってからだ。

佐々木正雄は、どういう理由で改名を申請したのだろうか。近ごろ流行の姓名判断だけでは単純に家裁は許可しないはずであった。

家裁なら、検察庁から連絡は簡単だった。瀬川は、すぐに館林の家裁に電話を申込んだ。

出たのは先方の事務官で、瀬川が身分をいうと、早速、綴込《とじこ》みを調べてくれた。

「理由としては、こうなっています。正雄という名は非常に多く、将来、国会議員選挙に立った場合、同名の他の候補者があると、まぎらわしい、というのです」

「なるほど」

「そういう理由では、改名の許可がすぐに出るのですね？」

「はあ。……当時はそれで許可になっていますから」

家裁の事務官は答えた。

電話を切ったあと瀬川は考えた。選挙に出る上で支障があるといえば、改名の理由は立つのであろう。とにかく、これはすぐに許可されたに違いない。

なぜなら、正雄はすでに佐々木信輔という土地で名望のある政治家の養子になっているからである。

　それにしても——と瀬川は考えた。

　山岸正雄が十数年前に来たときは、すでに信明という名前を使っていた。これは偶然だろうか。つまり、その土地に高名な政治家佐々木信輔がいることを知って、将来彼に近づきたいと考え、手回しよく信明という一字の譲り名を白らつけたのだろうか、という疑問だ。

　それとも、全くの偶然だろうかと考える。

　信明が佐々木信輔の選挙手伝いをしたのは十二年前だから、それ以前に彼はすでに信輔に取入っていたと考えなければならない。目先の利く彼が「信明」を通称としたのは、この選挙の手伝いを第一歩としての接触の準備だったのだろうか。

　だが、彼の改名の根本は、山岸正雄という名前を変えたい希望にあったのだろう。それなら、山岸の姓そのものも変えてよさそうなものだが、そこは彼も将来法律的な手続きをふむ時機がくると漠然とだが予想していたのではあるまいか。もし、そうだとすると、姓も名も全部通称とあっては、人々に疑いを持たれることになる。彼はその不自然を避けて名前だけの改名にとどめたものと思える。

　問題は、山岸正雄がいつごろ館林市に現れたかだ。

それは、告訴人栗山ゆり子の弁護士と会ったときに教えられるかもしれない。

瀬川は食堂で飯を食っている間も、この興味から放たれなかった。おそらく自分の手がけている事件にこれほど強い興味を持ったのは、彼が一本立ちの検事になって初めて担当させられた仕事以来であろう。

向うから、ライスカレーを食べ終った桜内検察事務官が歩いてきた。

「今日の三時に告訴人の弁護士がくるそうですね？」

「そう。君も立会って下さい」

「承知しました」

「その弁護士は何んとかいいましたな？」

「大坪直夫《おおつぼすぐお》といいます。当市で開業してから、もう二十年ぐらいになるベテランです」

「性格は？」

「わりあい正直な人ですよ」

「成田屋のおかみが弁護を依頼するくらいだから、弁護士には政党色がついてるでしょうな？」

「いや、それはあまりないいんじゃないですか。そのへんは成田屋も考えていると思います。同じ与党系の弁護士だと佐々木信明に通じられそうだし、といって野党色の濃い弁護士だと内情が筒抜けに分っていやでしょうからね」

三時まで、ほかの小さな仕事にかかった。できるだけ栗山ゆり子の告訴状に専念したいので、その態勢にしておきたかった。

午後三時かっきり、給仕が大坪弁護士の名刺を運んできた。

「君、弁護士さん一人かね？」

「いいえ、中年のご婦人の方がご一緒です」

弁護士は告訴人栗山ゆり子を同道してきた。

大坪弁護士は、顴骨《ほおぼね》の突出た眉のうすい、四十五、六の男であった。

栗山ゆり子は四十一歳というが、年より若くみえる。彼女は、背はやや低かったが、艶のいい、豊かな感じのまる顔だった。髪をアップにし、眉を少し吊上《つりあが》ったような感じで描き、眼の端に墨を差していた。白っぽい塩沢に、水草の淡彩を柄にした夏帯を締めていたが、その顔は渋い服装から勝手に離れたように派手だった。

桜内事務官が瀬川を両人に紹介した。

「この告訴状は、わたしが受理して担当することにします」

と、瀬川は二人に告げた。

弁護士は黙って頭を下げ、栗山ゆり子は、

「どうぞよろしくお願いします」

と、慎《つつま》しげにお辞儀をした。

「そこで、早速お尋ねしたいのですが、どちらにお訊きしたらいいでしょう？」

と、瀬川は微笑で目の前の二人を見比べた。

「それは、栗山さんから話を聞いていただきましょう。ご本人も検事さんにお話がしたいと希望されているので」

弁護人は成田屋のおかみに横顔を向けた。

栗山ゆり子は瀬川の顔をすくい上げるように見た。いくぶん上眼使いの気味で、まるい瞳が下瞼《したまぶた》からはなれて停止し、瀬川をみつめた。魅力をこめた眼の表情だった。

「では、栗山さんにお尋ねします。大体の要旨は告訴状で了解しましたが、補足的な質問をしますから、率直にお答え下さい」

「かしこまりました」

と、栗山ゆり子は澄んだ声で応えた。まるい顎は少し二重に括《くく》れていた。

「告訴状によると、あなたが佐々木信明さんと親しくなられたのは三年前ですね。正確に言うと、ここには昭和三十七年三月ごろとありますが……この、親しくなったという意味はどういうことですか？」

「はい、それはわたくしが佐々木と身体の関係をもったという意味でございます」

　栗山ゆり子は顔も赧《あか》らめずに答えた。

「すると、佐々木さんとは、その前から知っておられたわけですね？」

「はい。わたくしの家は、検事さんもご存じのように、高崎市内で、まあ、知られた料亭を経営しておりますので、佐々木は党の関係でよく来ておりました。ほとんどが会合のときでしたが、昭和三十五年の暮ごろから、ときどき一人でくるようになり、初めは芸者を呼んでいましたが、そのうち、わたくしを座敷に呼出すようになりました。わたくしのほうも党のお客さまが多いので、やはり県の出身の代議士さんだと大事にしなければいけないと思って、まあ、つとめていたのでございます。そんなことで、佐々木がわたくしにいろいろ申すものですから、ついその言葉に乗せられて深い関係になりました」

　栗山ゆり子はひとりで述べ立てた。

「佐々木があなたにいろいろ言ったというのは、どういうことですか？」

　と、瀬川は栗山ゆり子の厚化粧の顔を見て訊いた。

「はい。わたくしと結婚しようと言ったのでございます」

「結婚を？」

「はい。佐々木はご承知の通り独身でございます。わたくしも夫が亡くなってからこの商売をつづけておりますが、やはり何《な》ンと申しましても、女ひとりだと弱い気持が出て参ります。こういうときに男がいたら、と思うこともたびたびありましたし、世間も女ひとりだというと、とかくばかにします。……そんなわけで、わたくしは佐々木の言葉を信じて結婚の約束をしたのでございます」

「いつごろ結婚するつもりでしたか？」

「一年後には何ンとか目鼻をつけると、佐々木は申しておりました。その後一年経っても佐々木ははっきりしたことを申しません。また、わたくしの耳にもいろいろ入ってきます。たとえば、佐々木が入籍している信輔先生の奥さんと佐々木とが特殊な関係にあるらしいことも、かなり有名とみえて誰でも知っておりました。佐々木がわたくしとの結婚に踏切らないのも、そういう不道徳な関係が原因になっているかと思い、問詰《といつ》めたのですが、佐々木は絶対にそんなことはないと言い切るのでございます」

栗山ゆり子は、ときどきちらりと舌を出し、唇をなめてはつづけた。

「佐々木が申すには、世間ではいろいろなことを言っているが、それは中傷で、自分と養母の間は何ンでもないのだ。同じ家に居るから臆測が生まれるらしいが、仮りにも母と名乗る女にどうして自分が手を出すものか。そんな不倫な行為をしたら、政治家の生命は一ぺんに駄目になる。それに、なにもあんな婆さんを相手にしなくとも、その気になりさえすれば、自分には若くてきれいな女の子が掃くほど寄ってくると申すのでございます」

栗山ゆり子はひとりで話しつづける。桜内も、ただ聞いているだけだった。横の大坪弁護士は煙草を吸いながら、傍聴の恰好だった。

「それは佐々木の言うこともまんざら駄《だ》ぼらだけではございません。あの男は恰幅《かっぷく》はいいし、口はうまいし、それに四十三、四歳で独身ですから、女のほうでもまんざらではなかったと思います。実際、佐々木はわたくしのところに来ては、東京のバーの女や芸者にもてた話ばかりをするのでございます。選挙に強いのも婦人層の岡惚《おかぼ》れ票が多いからだと、自慢そうに笑っておりました。……検事さんの前ですが、そんなことを言う男にわたくしのような者はよけいに惹《ひ》かれるのでございます」

「それから？」

「それから、佐々木は何ンのかんのと言ってはわたくしの手もとから金を持出すようになりました。佐々木は東京のほうで自分の事業をしておりますが、そちらが伸びなやみで思うように金が回らない、そっちの運転資金も要るし、代議士稼業をしていると眼に見えない金がかかる、つき合いも身分相応なことをしなければならないし、選挙区にもばかにならない接待費がかかると申しておりました。……」

栗山ゆり子は申立てをつづけた。

「……佐々木がそう言うものですから、わたくしも惚れた弱みで同情し、つい、金を融通してやるようにしました。今までのぶんを計算しますと、それが約八百万円くらいになっています」

「佐々木さんは、それを全然返済しなかったんですか?」

と、瀬川は訊いた。

「間に十万円入れただけでございます。それでも、わたくしは三年経ったら結婚できると思い、苦しい中から融通してやったのでございます。佐々木は、いま養母と話合いをしているが、養母は、やれ格式がどうの、死んだ信輔の名声の手前がどうのと言って、おまえのような料理屋のおかみを家に入れることはなかなかむずかしいのだ、と言っていました。わたくしもばかですから、それはもっともだと思い、我慢していたのでございます。先ほどお話しした八百万円の中には、軽井沢《かるいざわ》の土地を処分した金も入っております」

「ちょっと待って」

瀬川は止めた。

「その軽井沢の土地を処分するときは、あなたが自分で相手方と取引をし、一切の手続を登記所で済ませたのですね？」

「はい、そうでございます。そのときは約百十万円ほどの金になりましたので、そのまま佐々木に渡しました」

「実印は？」

「はい、それはわたくしが自分で捺しております」

「よろしい。つづけて下さい」

「まあ、そんなふうにしておりますと、東京でのいやな噂がわたくしの耳に入ってくるのでございます。それは、なかには岡焼《おかやき》半分といいますか、面白がってわざと教えてくれる向きもあります。たとえば、バーのマダムとどうだとか、旅館のおかみさんとどうかしたとかいうことばかりでございます。わたくしも腹が立ちますから、そのつど佐々木を責めますと、あれはデマだ、中傷だと言って、うまいことわたくしをはぐらかしてしまいます。……まあ、わたくしもこんな商売をしておりますから、まんざらわけの分らぬことは言わないつもりです。そんな程度の浮気は、半分は仕方がないと思っておりました」

栗山ゆり子はまた舌で唇をなめた。

「そのうち、赤坂の高級バーのマダムと、その妹の両方を佐々木がひっかけている、という話を教えてくれる者がありました。それがもう一年ぐらいつづいているというのです。佐々木は議会があったり、党の会合があったり、それに自分の仕事が東京ですから、どうしても東京の滞在が長くなります。その間に、わたくしも東京に行って一緒にホテルへ泊ったことがございますが、そうそうは出られません。佐々木がその赤坂のマダム姉妹を自分のものにしているということは、どうにも我慢ができなくて、ある興信所に頼んで佐々木を尾《つ》けさせたことがあります。……動かない証拠をつきつけないと、また佐々木にうまいこと逃げられますから、それで大ぶんとっちめたのです。……すると、今度は前橋の土地家屋が、わたくしの知らない間に他人のものになっているのが分りました」

栗山ゆり子は、自分の財産が佐々木信明によって知らない間に他人所有になっている次第を述べる。

「わたくしはそれを知りませんでしたが、買取った人間が税金のことで打合せのためわたしの家にやって来たので、初めて分ったのです。わたしはびっくりしました。丁度、佐々木が東京に出ていたので、すぐさま彼の連絡場所に電話したのですが、行先も分りませんでした。そこでぴんと来たのは、前に申上げた赤坂のバーの姉妹です。佐々木はあのとき、自分が悪かった、今後は手を切るとわたしの前に両手をついて謝っていたけれど、まだ陰でこそこそしている、と直感が働きました。

そこで、早速、わたしは東京に出て相手の女のところに行ったのです。妹のほうがいましたけれど、シラを切りました。わたしは佐々木がいつも行く待合を知っていましたので、今度はそこに乗着けました。

待合のおかみも佐々木が来ていないことをしきりに弁解するのですが、傍らの下駄箱をあけると、ちゃんと佐々木の靴が入っているじゃありませんか。わたしはかっとなって上りこみ、見当をつけた部屋の襖をあけると、佐々木と女がちゃんと一つ床の中に入っているのです。

わたしはもう呆《あき》れて、あわてふためく女を尻目に、こんな男には用事がない、ただ、わたしの財産をどうして無断で他人に売渡《うりわた》したか、と詰問しました。佐々木は不貞腐《ふてくさ》れて、どうせおまえのほうとは将来夫婦になる約束をしたから、そんなことは慣例上法律でも認められている、訴えても無駄だ、と空うそぶきます。わたしはもうこれまでだと思い、そこにいる女に、あんたもいま話を聞いた通りだ、こういう男が天下の代議士として罷《まか》り通るのだから、よくおぼえておきなさい、あんたも店を取られないようにしなさいよ、と言って、佐々木には、これであんたとの縁も切った、今後は一切うちに寄りつかないでくれ、と申渡《もうしわた》して帰ったのです。

それから高崎に戻りましたが、あんまり腹が立つので、わたしも佐々木を告訴することに決めました。だって泣き寝入りしていると、いかにもわたしがあの男に負けたことになり、これからもあの男のためにどんな被害を蒙《こうむ》るかしれない同性のことを考えて、この際はっきりと明るみに出したかったのでございます」

「佐々木さんがあなたの実印を使ったというが、それはあなたが彼にかねてから貸していたのですか？」

と、瀬川は訊いた。

「とんでもありません。あんな奴に貸したら何をされるか分りません。それこそわたしは裸にされてしまいます。実印はちゃんと金庫の中に仕舞《しま》っておいたんですよ」

「それをどうして佐々木さんは取出したのですか？」

「佐々木はわたしの留守にきて、会計をやっている男にわたしも承知しているからと嘘を言い、強引に出させたのです。会計の者も初めは躊躇していましたが、なにしろわたしとの仲も知ってるし、佐々木がおどしたり、なだめたりするものですから、つい、金庫をあけて判を貸してやったのです」

瀬川は告訴人栗山ゆり子から、佐々木信明を告訴するに至った事情の大略を聴き取った。これによると、まず、佐々木の実印盗用、私文書偽造、公正証書不実記載、詐欺はいずれも成立するようである。

「いずれ告訴状に沿って慎重に検討した結果、捜査をはじめることにします」

と、瀬川は栗山ゆり子と大坪弁護士とに言った。

「よろしくお願いします」

栗山ゆり子はお辞儀をした上で、

「検事さん、あんな悪い奴は、一日も早く縛《しば》って下さい」

と言った。

「それについて少し訊きたいのですが、佐々木さんが館林に現れたときは、どういう事情だったのですか？」

「はい、それはわたくしも佐々木に訊いたことがあります。佐々木の話だと、東京で土地の売買ブローカーのようなことをしていたが、そのうち佐々木信輔さんと近づきになり、用心棒とも秘書ともつかないことをして、選挙のときには手伝うようになったと言っていました。けど、これも佐々木の言うことですから割引して聞かなければなりません。信輔代議士と近づきになったというが、誰の紹介で近づきになったのか、また、その次第はどういうことなのか、よく分りません」

「佐々木さんが東京にくるまで、どこでどういう生活をしていたか、聞いたことがありますか？」

「なんでも、大阪のほうで同じような仕事をしていたというけれど、その辺のところはあまり詳しく言いたがらないのです」

「なるほど、で、佐々木さんは岡山県の出身ですが、今から十七、八年くらい前に四国のほうで或る職業に就いていたということは聞いたことがありますか？」

「いいえ、そんなことは全然言いませんでした」

「大坪先生」

と、瀬川は今まで傍で黙って聞いていた弁護士に言った。

「栗山さんに今お尋ねした通りですが、佐々木さんが館林にきたときの事情や、その前の職業関係について、よそから聞かれたことがありますか？」

「いや、わたしもいま奥さんが話された程度しか知らないのです。まあ、これはわたしの考えですが、佐々木さんはああいう口のうまい人ですから、何かのきっかけで信輔代議士に近づいて、こういうふうになったと思います。悪くいうと、館林に流れこんだという感じがいたします」

「佐々木さんの財産はどのくらいありますか？　つまり、信輔さんが遺したものです」

「財産らしいものはほとんど無いといっていいでしょう。もともと佐々木家は館林の名家ですが、信輔さんの代になって政治運動でほとんど蕩尽《とうじん》してしまいました。彼は大臣になっていますが、その運動にもずいぶん金を使ったと聞いています。ですから、信明さんも財政は苦しいんじゃないですか。今度栗山の奥さんの土地を騙《だま》し取ったのも、その苦しさからです」

山岸正雄は、今から十二年前に信明と名乗って館林市に現れ、佐々木信輔代議士に接近し、そこでうまく信輔に取入って選挙の手伝いをし、だんだん彼に食い入った。信輔の死後、その夫人が身替り候補として出馬したときは選挙参謀を勤め、間もなく佐々木家に養子として入籍した。そして次の選挙には、自らが信輔の地盤をそっくり貰って代議士に当選した。

しかし、佐々木家には金がない。信明が栗山ゆり子の財産を詐欺で奪ったのも、その経済的な逼迫《ひっぱく》を物語っているという。

ここまでが瀬川の聞いた栗山ゆり子と弁護士からの説明だった。

「しかし、信明さんには、その親分筋に当る高村忠一代議士との関係で、暴力団組織と関連があるというお話でしたが……」

「はい、それは確かでございます」

と、栗山ゆり子が弁護士に代って答えた。

「佐々木家には、いま言ったように金はないのですが、信明自身は何かあくどいことをやって金を取込んでいるようです。さすがに本当のところわたしに言いませんでしたが、ときどき、わたしの家に信明は正体の知れない男を連れてきては、飲ませたり食わせたりしていました。その連中は、たいてい関西弁を使っていたようです。あとで信明に訊くと、あれは大阪方面のやくざの親分だと言ったことがあります。そんな者を寄せつけていいのですかと言うと、われわれにはいろいろな道具が必要なのだと、笑っていました」

「その連中の名前は分らないのですね?」

「分りません。そんなことで佐々木の家はあまり楽ではありませんが、彼自身は小遣《こづかい》以上の金をたっぷりと持って、それをこっそりどこかの銀行に預けているようでした。つまり、養家には全然金を入れないのですね。そのくせ養家に遺っている書画骨董などは彼が大ぶん売飛ばしたようです」

「金が入っていながら、どうしてそんなことをするのですか？」

「検事さん、それが信明の性格なんです。わたしの家や土地を売飛ばしたのも、いわば自分の金をできるだけ持っておきたいんですね。いつだったか、あるとき、古新聞の包みを持ってきたことがあり、無造作にその辺の棚の上に置くのです。わたしは小型の書類か何かと思っていたら、翌る朝帰るときに、おい、ちょっと見せてやろうか、と言い、開いた新聞包みの中には百万円の札束が六つほどありました。どうしたのと訊くと、ちょっと口を利いただけでこういう小遣になる、だから代議士という稼業はやめられないのだと、自慢そうにしていました。……それで、わたしの家もずいぶん彼のためにタダ飲みされていますから、少しは入れてくれるだろうと思ったら、そんなことはおくびにも出さないのです。さっさと小脇に抱えて帰りましたよ」

「あなたは、どうして請求しないんですか？」

「それが女の弱さというものでしょうか。そんなケチなことを言うと嫌われそうな気がしたんです。ほんとにわたしはばかでした。検事さん、信明にできるだけ重い懲役をかけて仇を取って下さい」

第六章

栗山ゆり子と、弁護士を帰したあと、瀬川は山本次席検事のところに報告に行った。

「……こういう次第です。告訴状が出された以上、捜査をやらなければなりませんが、被告訴人の佐々木さんは国会議員です。ひとまず、参考人として事情を聴取しなければなりませんが、御指示を頂きたいのですが」

山本次席は、告訴状と瀬川の話とを眼と耳で取っていたが、その間、ときどき眼鏡を鼻の上にずりあげた。

「そうだねえ、これでみると、一応、捜査をやる必要があるね。相手が議員さんでもやむを得ないだろうな」

次席も、詐欺以下の容疑濃厚を認めたようであった。ただ、代議士となると、少々厄介でもあった。

「よろしい。ぼくは、事情聴取というのなら、やってもいいと思うが、ひとつ、長官の意見を聞いてみよう」

山本次席は、その場を起って行った。瀬川は、そこで三十分ほど待たされた。その間に、いろいろなことが頭に浮んだり消えたりした。栗山ゆり子の厚化粧の顔が眼の前から離れなかった。

検事正は、結局、承知するだろう。参考人としての事情聴取の段階なら、それほど問題はないはずであった。

果して、山本次席は明るい顔で戻ってきた。

「君、長官はやってよろしいということだったよ。ちょっと、いっしょに来てくれないか」

瀬川は、山本次席に手招きされて、検事正室に行った。

田山検事正は、さっきの告訴状をめくって読んでいた。瀬川は、検事正がよみ終るまで待っていた。鬢《びん》の白い髪が窓から射す陽に光っている。半袖《はんそで》のシャツからのぞいた腕は細かった。

検事正はくわえた煙草を灰皿に揉消《もみけ》し、書類から顔をあげた。

「これではやむを得ないね」

と、前に坐っている瀬川に言った。

「佐々木代議士から事情を聴くことにしよう。君がそれをやってくれ」

「はあ、かしこまりました」

瀬川は軽く頭を下げたが、眼の前に山岸正雄が戸をあけて現れたような気がした。

「しかし、言うまでもないが、議員さんはうるさいから、その辺は気をつけてくれたまえ」

「はい」

「ところで、事情を聴く場所だが……」

と、これは山本次席のほうを相談するように見た。

「むろん、この庁舎に呼ぶことは不適当だ。新聞記者の眼がうるさいからね」

「長官の公舎ではどうでしょうか?」

次席は言った。

「いや、それも適当ではないね。わたしのところにくると、少し物々しくなる」

つまり、検事正が直々に調べることになるという意味だった。

「そうだ、どこかのクラブを借りることにしよう。それがいい」

五日ののち、瀬川は桜内事務官と自治会館の一室で雑談していた。時計は三時を二十分すぎていた。今日の午後三時にここに出頭するようにと、佐々木信明代議士には通告してある。先方もそれは承知したと、東京から桜内まで電話で回答してきた。

その部屋は特に借受《かりう》けたもので、むろん、外部の人と打合せをするという口実であった。壁に妙義山《みょうぎさん》を描いた五十号ぐらいの油絵が懸《かか》り、クッションには清潔な白布がかかっている。役員室のようでもあり、贅沢《ぜいたく》な談話室みたいでもあった。

雑談を交しながらも、瀬川と桜内の気持は落ちつかなかった。約束の時間の三時がそろそろ三十分もすぎようとしている。

(佐々木代議士は果してくるだろうか?)

瀬川と同様、桜内もそれを懸念しているに違いなかった。

しかし、これは相手に強制的に出頭を命じたことではない。殊に代議士だから、公務の都合を言い立てられると、どうにも仕方がない。議会はないが、委員会は時々開かれている。

瀬川は、この問題が起きてから佐々木信明の写真を見ている。でっぷりと肥えていて、頭も眉も毛がうすかった。口髭《くちひげ》を生やしているが、これもうすい。眼鏡をかけている。眼つきは柔和に写っている。鼻は肥えていて、うすい唇が真横に長いのが特徴だ。

これが山岸正雄か。瀬川はつくづく、その顔写真に見入ったものだった。眼鏡をかけたり、うすい口髭を生やしたりしているところは、人相をわざと違えているようにもとれる。佐々木信明の前身山岸正雄は、もともと口髭や眼鏡をかける必要のなかった男であるまいか。

瀬川は、この写真を三枚ほど複写して、実は、その一枚を福山の山口重太郎宛に送っている。佐々木の名前は明記しないで、この写真の顔が山岸ではないかと書添えてある。返事はまだ到着していなかった。

その顔の実物に、瀬川はもうすぐ対面する。彼は少しいらいらしながら、桜内と世間話をつづけていた。

「遅いですね」

と、桜内が時計を見て言った。三時四十分になっていた。

「くるでしょうか？」

事務官は瀬川の顔を見た。

「さあ」

「電話では、たしかに三時までには必ずそちらへ行くと言ってましたがね」

先方には、栗山ゆり子から出されている貴殿宛の告訴問題についてお話を伺いたいと知らせてある。先方も逃げ隠れするような事件ではなかった。

「もう一度、こちらから電話してみましょうか。東京の佐々木さんの事務所は分ってるんです」

桜内が言った。

「まあ、もう少し待ってみよう。四時までに見えなかったら、そのときのことにしましょう」

瀬川は時計を眺めて答えた。

四時五分前になって階段を登ってくる足音が聞えた。瀬川は佐々木が来たと直感的に思い、桜内事務官と顔を見合せた。

部屋の入口のドアはわざと閉めてある。窓も少ししかあけてなかった。二階だが、それでも内部をのぞかれない用心からである。

そのドアのガラスに人のかたちが翳《かげ》ったかと思うと、ドアが半開きになり、黒い顔の男がのぞいた。

桜内事務官が椅子から起ち上り、ドアに歩いた。

「佐々木先生ですか？」

「佐々木です」

「どうもご苦労さまです」

桜内は、ドアの把手を開いて当人を中に入れ、すぐにあとを閉めた。

――これが山岸正雄か。

瀬川は、眼鏡の陽灼《ひや》けした男をみつめている。写真よりは老けた感じだが、眉のうすいところや口髭のかたちなど、そのままだった。

赤縞のスポーツシャツに、白い上下の洋服だった。胸には大きな金バッジが光っていた。

瀬川は起ち上った。

「どうもご足労をかけました。わたくしが検事の瀬川でございます」

佐々木の眼鏡の奥から一瞬に瀬川をたしかめるように見たが、瞬間だがはっきりと敵意に似た表情が浮んだ。敵意を？　――しかし、それはすぐに消えた。

「やあ、どうも遅くなりました。佐々木です」

名刺を交換した。瀬川の指には「衆議院議員　佐々木信明」の名刺が支えられている。

瀬川がその名刺を胸に収めている間、佐々木は臙脂《えんじ》色《いろ》のハンカチを出して、顔から額のほうをくるくるとなでた。もう、すっかり砕けた態度だった。

「どうぞお掛け下さい」

桜内事務官が上等のクッションをすすめた。瀬川と真向いになるような位置に初めからつくられてある。佐々木はやれやれというように、両手をひろげ、肘かけに置いて腰を落した。首も肩も大きかった。

「いや、三時に伺うというはずでしたが……おう、一時間も遅れている」

と、振返って壁の電気時計を眺めた。

「恐縮です。実は伊香保《いかほ》のゴルフ場に行っていましてね。早目に切上げればよかったのに、一緒に行った奴が、もう半ラウンドなどと誘うものだから、つい、それにつりこまれて遅刻しました。もっと早くここに到着できると思っていたんですが、なにしろ、道が悪くて車が思うように走れないので」

桜内が出て行った。隣の部屋に用意してある冷い飲みものを運ぶためだった。

「お疲れのところを申しわけありません」

瀬川が言うと、

「いやいや……どうも思いがけないことになったもので」

と、佐々木信明はてれ臭そうに笑った。健康そうな白い歯だった。

瀬川は佐々木と、そこでしばらく雑談をした。佐々木がゴルフの帰りがけだというので、話はそちらのほうに向った。

これはいきなり用件に入るよりも、まず、雑談で相手の気持をほぐすためだが、その雑談の中に相手の性格や癖などを読取る目的もひそんでいる。

佐々木信明は代議士の貫禄を持っていた。決して威張《いば》ってはいない。検事の前に国会議員の権力を振回して尊大に構える人種ではなかった。逆に磊落《らいらく》というか、極めて気軽だった。

瀬川は佐々木からゴルフをやっているかと訊かれて、

「いや、まだ、その機会がありませんよ」

と、微笑した。

「それはぜひおやりになるとよろしい。お忙しいかもしれないが、健康には大へんいいですよ。ぼくもこれをやってずいぶんと達者になりましたな」

佐々木はすすめた。

「もう、どのくらいおやりになってらっしゃいますか？　ずいぶん以前からのように見受けますが……」

「いやいや、そうでもありませんよ。これで七、八年くらいでしょうか……やっと、この前シングルを認められたばかりです」

七、八年前。——

(すると、山岸正雄の時代はゴルフをしていなかった。当然であろう。彼はまだ岡山か四国あたりをうろうろしていたのだ。七、八年前といえば、彼が佐々木家の養子となったころで、一つの資格を備えるためゴルフをはじめたに違いない)

瀬川はそう考えながら、いよいよ本題に入った。

「ところで、先生、ご承知のように、栗山ゆり子さんから先生の告訴がなされています。これについて、今日は参考的に先生から事情を伺いたいのですが、いかがなものでしょう?」

すると、佐々木信明はかえって勢いづいた顔になった。

「いや、あの女にはひどい目に遭わされましたよ」

と、佐々木は一夜の浮気をしたあと話のような調子で笑いながら言った。

「まあ、お恥しい話ですが、わたしのほうが彼女に一杯食わされたようなものです。どうも、検事さんの前で面目ないですが」

「いやいや、誰しも人間ですから、そんなことは少しもお気になさることはありませんし」

「告訴状は、実はよく見ていません。どんなことが書かれてあるか分りませんが、どうせ、あの女のことだからヒスを起して、いろんなことを弁護士に頼んで作らせたのでしょう。まあ、それはそれとして、ぼくの話を聞いていただきましょうかな」

佐々木はポケットから煙草を出した。

傍《そば》の桜内がライターを鳴らした。彼は傍で筆記の態勢をとっている。

佐々木は桜内の手もとをいくらか気にするような恰好で次をつづけた。

「あの女と近づきになったのは、党の会合で成田屋にときどき行っていたからです。もう三年ぐらい前になりますかな」

と、佐々木は笑いながら言った。

「そのときから、あの女はぼくに妙な素振りをみせましてね。宴会が済んでも、ひとりで残ってくれとか、手洗いに立つときでも、そこに待構《まちかま》えたようについてきて身体をすり寄せてくるのです。まあ、ぼくも男ですから、つい、それに誘われたのです。その辺のところはお察し下さい」

「それからずっと親しくしておられたんですか？」

瀬川は訊いた。

「そうです。どうも、あんな女に関り合ったのが一期《いちご》の不覚でした。なにしろ、ぼくもまあ人格者とはいえませんが、ああいう女も珍しいです」

「とおっしゃいますと？」

「何んというか、非常にエキセントリックなんですね。酒は飲むし、猜疑心《さいぎしん》が深い。あれには手を焼きましたよ」

「ところで、告訴状によると、先生が栗山さんの実印を勝手に持出し、土地家屋を他人に売払ったとありますが、この辺はどうでしょうか？」

「いや、それはですな、たしかに彼女がぼくに呉《く》れると言ったんです。常識として考えてごらんなさい。あんなケチな女が、そうやすやすとぼくが盗み出せるようなところに実印なんか置いてませんよ。金の点ではすごくケチな女なんです。まあ、ひとりであういう大きな商売をしているので、それも仕方がありませんがね」

「しかし、栗山さんは、先生には選挙資金としてずいぶん金を出したように言っていますが」

「あの女がいくらぐらいと言ったか知りませんが、それもたかだか二百万円程度です。しかも、一ぺんにぽんと出したのではなく、三年間ですからね。その限りではぼくも肯定します。ただ、ぼくから言ったのではなく、彼女のほうで資金がいるだろうからと申出たのを、ぼくが貰ったただけです。初めは断ったんですが、ぜひにと言いましてね。……そんな具合で、あの土地家屋も、彼女のほうから適当に処分して使ってくれと言い出したんですよ。商売のほうは回転資金がいるので、現金を出すのはつらい。だが、土地家屋を処分してくれるなら、その金を勝手に使ってよろしいと言ったんです。実印は、彼女がちゃんとわたしに渡してくれたんですよ」

「その移転登記を栗山さん自身がしなかったのはどういうわけですか？」

「面倒臭かったんです。つまり、土地家屋はぼくの名前にしていい。それを抵当に銀行から金を借りようと、またほかの人間に売ろうと、自由にしていいというのですから、彼女が移転登記などをするはずがありません。一切ぼくに任したんですからね。……それを今ごろになって、実印を盗んだの、詐欺にかかったのと騒ぎ立てるんです。要するに、ぼくが冷くなったので逆上したんですな」

佐々木信明は、瀬川の予想通り、栗山ゆり子の土地家屋は彼女から貰ったものだと言い、実印も彼女が自分に手渡して適当に処分してくれと言ったものだという。

彼女が詐欺などの告訴をしたのは、要するに二人の間が冷くなったので、腹立ちまぎれの言いがかりにすぎない、自分としては迷惑である、と供述した。

「それを第三者で立証といいますか、証言できる人がありますか？」

瀬川は訊いた。

「証言ですって？」

佐々木代議士は反対党議員に突っこまれたような顔をした。

「冗談じゃない。こういう話をいつも傍に人を置いてするわけはありませんよ。いわば彼女と二人だけの話合いですからね。誰も遠慮して、その場所に入ってくる者はないわけです。いうなれば、われわれの睦言《むつごと》といいますか、寝物語のなかで交した約束です」

「では、栗山さんの主張も、あなたの言われることも、客観的に証明できる者はないわけですね？」

「客観性は、ぼく自身ですよ。ぼくはありのままの事実を述べているので、少しも歪《わい》曲《きょく》などしていないのです。……検事さん、法律上では、そういうことは認められないんですか？」

「微妙な問題ですね」

瀬川は、その辺で一応この問題に対する事情聴取を終った。

「先生は栗山ゆり子さんと婚約なさったことがありますか？」

「あの女がそう言いふらしてるだけです。とんでもない。ぼくはまだ独身だが、いくら困っているからといって、あんな女を女房にする気はありませんよ」

「しかし、栗山さんは先生と一緒になれると思って選挙資金の援助もし、いろいろ面倒をみたと言っています」

「それなら婚約不履行で訴えればよろしい。それができないところをみると、嘘ということが分るでしょう。……そうだ」

と、ここで佐々木は思いついたように言った。

「ぼくと結婚するとあの女がひとりで思いこんでいたのなら、さっきの土地家屋の処分問題もよけいにぼくにとって有利なわけです。なぜなら、土地家屋の提供を彼女が自発的に申出《もうしで》たという状況になりますからね」

「なるほど」

瀬川は意見を言わない。しかし、相手の言いぶんには一理があった。この点は栗山ゆり子に不利なのである。

「とにかく、えらい女にひっかかりましたよ」

と、瀬川の顔色を読取った佐々木は、気が楽になったように笑いながら言った。

「ぼくもいろいろ道楽はしたが、ああいう女は初めてです。言い方もオーバーだし、ときどき小さな嘘をつく。これは誰も認めていることですから、検事さん、あの女のそういう性格を十分に考慮に入れて、この問題を処理して下さいよ」

「分りました。そこで、参考までですが」

と、瀬川は佐々木代議士の前身にふれた。

「先生は、たしか岡山県でしたね？」

「そうです。岡山県吉備郡足守町です」

「失礼ですが、学校は？」

「小学校は土地で、中学は岡山です。高等学校は京城《けいじょう》で、大学はG大の中退です」

「ははあ。朝鮮にいらしたことがあるんですか？」

「ええ。親父が貧乏してましてね、叔父が京城で商売をしていたので、一時、そちらに引取られたことがありました」

「叔父さんのご商売というと？」

「漁業です」

「漁業？」

「漁業は江原道《こうげんどう》で、事務所はそちらでしたが、自宅は京城にありました」

漁業と四国の島にある信用金庫――この信用金庫の組合員はほとんどが漁業関係者だ。

「そうすると、終戦になって引揚げられたんですか？」

「いや、どうも戦争の雲行きが怪しくなったので、終戦ちょっと前に帰りました。そのころですから、ほとんど裸同然で内地に引揚げました」

「それは大へんご苦労でした。すると、ずっと東京でお仕事をなすってらっしゃったんですか？」

「いや、東京とは限りません。大阪が長かったですな。友だちといろいろなことをやりました。旧軍隊の残品や占領軍の放出物資を扱って、つまり、体《てい》のいいヤミ屋ですな」

「それから？」

「それから、こういうことではどうにもならないと思い、少し真面目な事業に手を出しました」

「やはり、関西のほうで？」

「関西だけではなく、名古屋でもやりました。しかし、結局、うまくゆかず、東京に出て土地の分譲に手をつけたんです」

「光陽《こうよう》殖産株式会社というのは、そういう営業ですか？」

「そうです。今でこそ、そういう種類のものは雨後のタケノコのように出ていますが、やはり、これは私鉄とか土建業者とかとタイアップしないと成功しませんな」

「その会社の設立は、何年ごろですか？」

「昭和二十七年八月です」

「すると……」

瀬川は、動悸《どうき》を押えながら言った。

「その前は……昭和二十四、五、六年ごろですね。そのころは、どこで、どういうご商売をしていたのですか？」

「そのころですか？」

佐々木は、考えるように額に三本の指を揃《そろ》えて当てた。

「そのころは、いろいろなことをしていたから、はっきり分りませんがね。大阪、名古屋あたりをうろうろしていたと思いますよ。とにかく、二十七年の春に、東京に出てきたことは間違いないですから」

佐々木は、昭和二十四、五、六年のころは、いわゆる雑多のことをしていて、記憶にないと言うのである。

瀬川が明確に知りたいのは、二十四、五年の佐々木の所在とその行動であった。佐々木は、瀬川の知りたいところをぼかしている。

佐々木は煙草をふかしている。瀬川も新しい一本に火をつけた。両方で、何んとなく視線をそらせていた。

瀬川は、ようやく佐々木に眼をむけた。心なしか、佐々木の眼鏡の奥で瞳が据《すわ》っていた。

「いや、今のところ……」

「そういう、ぼくの前歴も、今度の告訴状にも必要なんですか？」

と、佐々木から口を切った。

「検事さん」

「……参考程度でおたずねするのですが、もし、こちらのほうで起訴と決定すれば、そういうことを詳しく伺うことになるでしょう」

「そんなものを起訴するんですか？」

と、今度は彼の眼が嗤うようにみえた。

「それはご自由ですが、しかし、おやりになっても、多分、モノにならないんじゃないですか。要するに問題は、あの女のヒステリーからですからね」

佐々木は自信満々で言った。

「それは、いずれ早急にわたしのほうで決めたいと思います。どうも、お疲れのところをありがとうございました」

瀬川が挨拶すると、佐々木はいくらか不愉快そうにうなずいた。

「ところで、先生。先生は岡山のほうのご出身といま聞きましたが、四国のほうにいらしたことはありませんか？」

「四国？」

佐々木は一瞬に眼をそらした。

「四国は近いですからな、そりゃ旅行にはたびたび行きましたよ」

「いいえ、旅行じゃありません。戦後、四国のほうで何か職業に就かれたことはございませんか？」

「ありませんな」

言下の返事だった。

「どういうことで、それを訊くんですか？」

「いや、それなら結構です。ちょっとおたずねしたまでです」

瀬川はそう言ったが、佐々木の瞳に微かな動揺のあるのを見逃さなかった。それも不意を衝《つ》かれて周章《しゅうしょう》したのではない。当然、この質問を覚悟した上での動揺のようにみえた。

「検事さんというのは、いろいろなことを訊くものですな」

佐々木信明は、腰を浮しかけて言った。

佐々木代議士がドアの外に消えてからしばらくして、外で車の出る音がした。

瀬川が窓に立って見おろすと、黒塗りの大型車が忽ち隣の建物の陰に消えた。

門外の小高いところには松の梢《こずえ》が茂っている。その背景に黒い雲が進んできていた。

階段を足音が上ってきて、佐々木を見送った桜内事務官が戻った。

「予想通りですね」

と、桜内は瀬川の横にきてならんだ。

「ああ」

予想通りというのは、佐々木の陳述が栗山ゆり子の申立てと全く対立していることである。

「むずかしい問題ですね」

「ああ」

たしかにむずかしい。ほかの貸借関係がこじれて詐欺の告訴に発展したのではない。愛情問題が根底だった。男女の愛情は不変ではない。変化の過程で愛し合い、憎しみ合い、和解する。その繰返しである。栗山ゆり子が告訴した時点が愛情の全体ではない。

たとえば、妻の財産を夫が横領したといって妻が告訴しても、法律ではそれを認めていない。財産が夫婦の共有物であるという観念は愛情が基底にあるからだ。

佐々木信明と栗山ゆり子とは同棲《どうせい》こそしていないが、ほとんど夫婦関係を二年間持続してきている。ただ、一方では法的に夫婦関係が認められることで財産告訴は否定され、一方は公的な認定がない理由で、横領の告訴を認めている。

栗山ゆり子は、佐々木に実印を盗まれ、無断で不動産を売飛ばされたという。佐々木は、ゆり子から実印を預って、その不動産を選挙資金としてどうでも勝手に処分してくれと言われたという。第三者の立会いはなかった。夫婦間だけの取決めであり、寝物語である。

しかし、瀬川は、栗山ゆり子の陳述が真実だと思っていた。これは瀬川だけでなく、聴取書を取っていた桜内も同じ考えを持っている。いや、誰が聞いても栗山ゆり子の申立てが本当だと思うだろう。

しかし、それを立証するものは何もない。本当らしいと思うのは第三者の良識であり、想像である。想像は実証ではない。しいて言うなら経験法則による判断だ。が、これも要するに常識である。

瀬川は証人調べを考えている。たとえば、佐々木の養母や、栗山ゆり子の雇人、その不動産を買取った相手方、登記を受理した吏員。——しかし、この証人たちの中立てがどの程度まで真実に迫るだろうか。

瀬川は、佐々木が、巧妙に四国の大島信用金庫に勤めていたのをすり抜けた点を考えている。そこだけは佐々木にとって暗い過去なのである。

だが、現在の場合、彼がその経歴を隠匿《いんとく》したとしても、法的には何んら咎められることではない。この事件には因果関係のないことだ。あるのは瀬川の胸に疑惑を残したことだった。

桜内事務官は、一足先に会館から検察庁に帰った。

瀬川は会館の責任者に会い、ここの部屋を借りた礼を述べて表へ出た。

陽射しが傾いてよけいに気温が上っていた。アスファルトが灼《や》けている。

この通りは官庁街なので歩いている人が少い。それがかえって暑さを感じさせた。

左側の城趾の碑のある土手では、松の下で半袖シャツの男と、白いワンピースの女とが涼んでいる。

瀬川は、佐々木信明の顔がまだ眼から放れなかった。代議士も二回当選すると、それらしい自信が貫禄を作るとみえる。この男と、四国の信用金庫に働いていた職員の風貌《ふうぼう》とが一致しない。十五年近い歳月を中に挿《はさ》んでも、イメージが一つにならないのである。

佐々木はG大の中退だと言っていた。何年で退学したのか聞き洩したが、もとより、卒業名簿にはその名前のないことだ。

彼は郷里岡山県足守町で小学校を済ませた。中学校は岡山市である。高等学校は朝鮮京城であった。

京城の高等学校？

瀬川は、少しおかしいなと思った。これはG大学の中退と絡み合せて胸に浮んだ疑惑である。

終戦後、朝鮮は外国となっている。当時の高校は消失し、卒業者名簿も消えているに違いない。

つまり、佐々木が高校を卒業したという証拠はないわけだ。もしかすると、佐々木は旧制中学校だけの学歴ではなかろうか。そんなことがふと思われる。

だとすれば、佐々木は一種の虚栄を持っている。衆院議員といっても、なにも最高学府を出た人間だけではない。なかには小学校卒業だけで活躍している人も多い。

しかし、佐々木の言行からみて、その程度のハッタリ性は考えられるのである。もっとも、これは佐々木が四国の大島信用金庫に勤めていた履歴を隠していることとは意味が違う。四国のほうは佐々木にとって大きな恥部なのである。

瀬川は、陽射しのなかを歩いて検察庁の中に戻った。急にひんやりとした空気にふれる。

自分の部屋に戻って、まず、次席のところに報告に行った。山本次席は、その程度なら自分から検事正に報告しておく、と言った。

「どうも、むずかしそうだな」

と、次席は首をひねった。

「よほど証人から確実な立証が得られないと、モノにならないかもしれないな」

瀬川の考えていることと同じ意見だった。

「とりあえず証人の選定をしてくれたまえ」

次席の前を退ってから、瀬川は裏の窓辺に進んだ。

利根川が光り、桑畑に落日がそそいでいる。その上に浮いた雲が赤かった。

瀬川が母と暮す生活がはじまって三週間経った。

通いのおばさんは相変らず頼んでいたため、母もいささか手持無沙汰だった。彼女はたいてい瀬川の着物を縫い返したり、夜のおかずを作ったりした。それから、ほとんど三日に一度は東京の長男の家に電話をして、向うの様子を聞いている。別段用事はないのだが、ここに離れてみると、やはり寂しいらしい。孫の様子にかこつけては兄か嫁と話している。

瀬川には黙っているが、その電話では例の縁談のことを打合せしているらしかった。息子が夜机に向ってむずかしい顔をしているので、母はそれを言い出しそびれていた。

瀬川は、また大賀冴子がどうしているだろうと思ったりしている。夏休みが明けて、荻窪高校の夜の教壇に立つ彼女の姿を想像した。定時制に集ってくる生徒は、ほとんど昼間働いている少年や少女だけに、昼間の授業とは違った雰囲気があるに違いない。

夜の学校に出させている雇傭主《こようぬし》は、たいてい使用人が通学するのを好まない。特に近ごろは手不足だ。中小企業ではどうしても勤務時間が長くなる。口では理解があるようなことを言っても、実際問題として授業時間に間に合うよう彼らを解放するのは困難に近いであろう。

夜の生徒は疲れている。居眠りもするだろう。また勉強の時間がないので、それだけ学力が昼間の生徒に比べて落ちている。

しかし、なかには向学心に燃えている生徒もいるに違いない。だが、なんといっても全日制の生徒とは違い、初めて教える冴子は戸惑うことであろう。

冴子にSという人が判ったことを報告したかった。これは報告する義務があるような気がする。

と同時に、そのことは冴子の信用を失うような気もした。彼女はできるだけそれを伏せておきたかったのだ。したがって、瀬川自身の調べでそれが判った場合は仕方がないとしても、自分としては父親の遺志で打明けたくなかったのである。だから、わざわざS氏が判明したと報らせるのは、いわば彼女にとって迷惑であり、よけいなことであった。

しかし、瀬川は、ここまで判った以上、大賀元検事の調べていた山岸正雄の容疑について具体的なことが知りたい。大賀氏は必ずそれを書残していると思う。

それを頼むには、やはり瀬川がS氏を突止めたと報らさなければならない。殊に佐々木は今度の問題で告訴を受けている。普通の意味からいっても、佐々木の生活はあまり善良とは思えない。このようなことから、冴子が佐々木の人格を守る理由が失われたとも考えられるのである。

瀬川は、冴子宛に手紙を書こうかと思った。だが、どのような文句で書くか。

二、三、その文章を考えてみたが、手紙の上でそれをどう書こうと、その文句は瀬川の職業意識が露骨に出ているだけだった。
やはり、直接会って頼むほかはない。

翌日の午後三時ごろだった。

母から役所の瀬川に電話がかかってきた。めったにないことなので何ごとかと思うと、

「宗方さんが今お見えになったんだよ」

と、母はいくらか昂奮して言った。

「宗方さんが？」

「宗方さんだけじゃなく、青地さんもご一緒なんだよ」

青地と聞いて、瀬川はすぐに素直そうな見合の相手を眼に浮べた。同時に、その人がここに来たことが理解できなかった。

母もそれに気がついたとみえ、

「いいえ、お父さまのほうだよ」

とつけ加えた。

「一体、どうしたんですか？」

「いいえ、お二人で赤城山《あかぎさん》のゴルフ場にいらしたとかで、ついでだからちょいとお寄りしたとおっしゃるの。すぐに帰ると言われてるんだけど、やっぱりおまえがお会いしなければねえ。いまお引留めしているんですよ」

時刻は中途はんぱだった。退庁時間にはまだ間があるし、わざわざ早退《はやび》けするほどのこともなかった。しかし、母の言う通り、自分が会わないのもどうかと思われた。

「もし、よかったら、役所のほうにお寄り願えないかと言って下さい」

「そちらで会ってくれるの？」

「そうします。ただし、仕事中ですから、お茶程度で失礼することになると思います」

「困ったね。ほんとうは、今夜あたりごゆっくりしていただけるといいんだけど」

「ゴルフでこられたのなら、夜までこんな土地に残られる余裕はないでしょう。こちらでちょっとお目にかかりましょう」

母は宗方や青地に家でご馳走でもしたいらしかった。

「もし、おまえがお目にかかってお引留めできたら、ご一緒に家へご案内しておくれ」

「ご先方の都合がよければそうしますが、家では大したものもできませんから、どこかにお連れするかもしれません」

　簡単な夕食を市内の料理屋ででも一緒にしようかと思ったが、これは気づまりな会食になりそうである。母はちょっと電話から離れたが、すぐに役所のほうへ回るという二人の返事を伝えた。

　瀬川はちょっと落ちつかなくなった。どういう理由で東京からわざわざ訪ねてきたのだろう。ゴルフということだが、それなら別にここに寄る必要はない。そう思いたくないのだが、瀬川が縁談に煮え切らないので、宗方が青地を連れてきて何だか心理的な催促に出たような気がする。

　電話があってから十分とかからないうちに、受付から面会人のあることを報らしてきた。瀬川は事務官にあとを頼んで階下《した》に降りた。

　玄関脇の待合室に、小さい背の宗方と、体格のいい青地がならんで立っていたが、瀬川の顔を見ると、青地のほうが先に人懐こい笑顔をみせた。両人とも短い袖のシャツにズボンだけだった。

　青地は、やあ、と言って瀬川の前に二、三歩進み、

「急にお邪魔しました」

　と、親しそうに言った。

「その先までゴルフに来ましたので、わたしもお供したんですよ」

と、宗方が眼をしょぼしょぼさせて言った。宗方までゴルフをするとは思わなかった。

「それはようこそ」

瀬川は、お茶を一緒にするため、二人を外に連出した。暑い日盛りの中を歩いて役所の近くの喫茶店に入った。

「この前からいろいろと……」

と、青地は縁談のことを含んだ曖昧な挨拶をした。

「こちらこそ失礼しています」

と、瀬川もそんな挨拶を返すほかはなかった。なんとなく中心を外した、中途はんぱな具合だった。

「お忙しいところをお邪魔して済みませんね」

と、青地は絶えず親しげな微笑をみせて言った。

「いいえ、何のお構いもできなくて申しわけありません」

「いま、お母さまにお目にかかったのですが、なかなかお元気そうでした」

青地は母の年齢を訊き、健康状態をたずね、母子水入らずの生活も愉《たの》しいでしょう、と言った。

瀬川は、なぜ不意に青地がやって来たか、真意がよく分らなかった。縁談は継続中だが、瀬川が承諾したわけでもなく、この段階で相手の父親が瀬川の前に出てくるのは少し唐突だった。横に仲人の宗方がついているので、それとなく瀬川の決心を促しているることは分る。つまり、青地家では、この縁談をぜひまとめたい意向のように思われたが、それにしてもやや異様だった。

冷いソーダ水を飲みながら、宗方は少し遠慮そうに、青地が今夜高崎に泊る予定だと言った。

「実は伊香保に泊るつもりでしたが、急なことだったので、いい旅館が取れなかったのです。いや、今はどこもレジャーブームで、そういう場所は混雑します」

と、青地は宗方のあとに付け加えた。

「ゴルフで来たのですが、半分は社用を兼ねましてね」

と、青地は少し言いわけめいて言った。

「わたしの会社で今度請負っている、大きなダム工事のことで、この県から出ている代議士さんに会いに来たわけです」

瀬川は、誰だろうと思った。が、青地が高崎に泊るということから、もしやその代議士というのは佐々木信明ではないかと思った。

「ご存じでしょうか、佐々木という議員さんです」

青地は相変らず人懐こい表情で言った。

「はあ。……もう、その佐々木さんにはお会いになったんですか？」

瀬川は訊いた。青地が佐々木に会っていれば、自分のことを訊いているかもしれないと思ったからだ。

「いいえ、今からです」

青地は佐々木信明と会っていないという。この人のにこにこ笑っている顔を見ていると、そうだろうと瀬川は思った。告訴事件の担当検事が瀬川だと聞いていたら、こうして青地が虚心に自分に会いにくるはずはなさそうだった。

青地は建設会社の重役である。佐々木に限らず、建設業者は代議士には何かと政治的な工作が必要なのかもしれない。瀬川は、いつぞや、あのT荘の見合のとき、青地がこれからある政治家に会いに行くと話したことを思い出し、それも佐々木信明ではなかったかと思った。

しかし、佐々木のことは瀬川からふれたくなかった。だから、その話は聞流した。

傍の宗方がちょっとためらった末に、

「どうでしょうな、良一さん、青地さんは今夜高崎に泊られるので、あんたと食事を一緒にしたいと言っておられる。お忙しいだろうが、ちょっと宿まで来てもらえませんかな。ここから高崎だとすぐだし、丁度いい機会だと希望しておられるんですよ」

近いことは間違いない。前橋から高崎までは車で三十分とはかからなかった。

「ありがとうございますが……」

瀬川は言ったが、電話で母が、せっかくお二人で見えたことだし、どこかで食事をしては、と言ったことを思い出した。気が進まなかったが、むげには断れない気持だった。あとで母の非難もある。

「それはぼくのほうでお招きしなければならないことです」

「いや、どうか、その辺はご遠慮なさらないで下さい」

と、青地が顔を綻《ほころ》ばせて言った。

「来ていただけるだけでも、どれほどありがたいか分りません」

「はあ」

「いや、瀬川さん、こんなことを申してはなんですが、これは現在の縁談のこととは全然切離して自由に考えていただきたいのです。まあ、縁談というものは縁でしてね、天意のようなものです。たとえ今度のことが期待通りにならなかったとしても、わたしはあなたとお近づきになったのを大へんうれしく思っているのです。どうか、ひとつ、自由な気持で今夜はつき合っていただけませんか」

「はあ」

「常識からいって、こういう微妙な段階であなたとご一緒に食事するのは、わたしとしても心苦しい点もあるのですが、せっかくここまで来て、あなたに会わないで帰る気になれなかったのです。その辺のところは誤解のないようにしていただきたいのですが」

「良一さん」

と、宗方も横から言った。

「青地さんもああ言っておられることだし、今夜は知人同士ということで食事をしていただきたいのです。実は、場所ももう取ってあります」

「どこでしょうか?」

「高崎では成田屋というのが一番いいそうですな」

「…………」

「あそこに一応決めてありますが……」

瀬川は五時に仕事を終ると、母に電話をかけた。

「これから青地さんと宗方さんにお会いします。今夜は少し遅くなるかもしれません。向うでご馳走《ちそう》して下さるそうですから」

「おや、そうかえ。それじゃ話が逆になったけれど、よかったね」

と、母の声は喜んでいた。

瀬川は市役所の前まで歩き、バスに乗った。バスは高崎市内まで頻繁《ひんぱん》に往復している。

陽はまだ高かった。前橋市内を離れると、両側の街はところどころで切れる。その間を桑畑がつないでいた。暑い日中が終りかけ、歩いている人も生気を取戻したようにみえた。窓から入る風もいくらか涼しい。

瀬川は、よほど理由を言ってこの招待を断ろうかと、あのときも考えた。それは縁談があいまいに絡んでいるだけではない。青地氏が建設会社の重役として佐々木信明に接近しようとしていることが、検事の立場としての彼に青地氏と会うのを憚《はばか》らせたのだった。青地氏から話を聞いていない前ならともかく、それを聞いたあとでは、どうも不適当なように思われる。

次に、招宴の場所が高崎の成田屋ということが、気持にひっかかった。成田屋のおかみ栗山ゆり子といい、佐々木信明といい、瀬川としては仕事のこと以外で今は会ってはならない人物だった。できるだけ彼らから離れていたほうがいいのである。

しかし、瀬川は結局、その招待をうけた。これも母の気持を考えただけではない。栗山ゆり子の申立てていることがどこまで真実なのか、その成田屋というのに行って店の雰囲気から知ってみたいという心になったからである。

その店に行ったところで、別に栗山ゆり子と直接に話すわけではなし、殊に場所も彼のほうから択《えら》んだのではないから、あとで非難されることはないと考えた。むろん、その場所で青地氏にご馳走になったからといって検事の職能に影響されることもなかった。

バスを終点で降りると、成田屋は歩いて五、六分のところだった。榛名山《はるなさん》がずっと近いところに見えた。

成田屋は想像した通り、かなり大きな構えの料亭で、砂利を敷いた門内に入ると、左手が車溜りになって、右に大きな玄関口があった。途中、庭燈籠《にわどうろう》が垣根を結った竹林の中で灯をともしている。その灯が明るく見えたのは、ようやくあたりが昏れかけてきたからだった。

玄関に入ると、揃いの白っぽい着物をきた女中が四、五人で坐って迎えた。その中におかみの姿はなかった。

瀬川が名前を言うと、その中の一人が奥のほうに案内した。廊下は赤い絨毯《じゅうたん》がのべられ、中庭の泉水には鯉が泳いでいた。

「お見えになりました」

と、女中が或る部屋の襖の外から言った。

青地氏と宗方とは同時に顔をあげて瀬川を迎えた。

「遅くなりました」

と、青地と宗方に手を突いて挨拶した瀬川が、ふと横を見ると、知った女の顔があった。

ここの主人栗山ゆり子が眼もとを笑わせ、両手をついて、

「いらっしゃいませ」

と挨拶した。

瀬川は、まさかすでに彼女がこの部屋に入っていようとは思わなかった。

「やあ」

瀬川は窮屈に答えた。

「瀬川さん、ここのマダムです」

と、青地がにこにこして紹介した。

「初めまして。ここの主人の栗山でございます」

と、ゆり子は初対面の客を迎えるように、もう一度お辞儀をした。

「こちら、瀬川さん」

青地は、わざと検察庁とも検事とも言わなかった。

「どうぞ、よろしくお願いします」

栗山ゆり子は、いかにも料亭の女主人のように、如才ない身振りだった。瀬川は感心した。

昼間、検察庁で見た栗山ゆり子は、厚化粧の、派手な着物だったが、こうして灯の下で眺めると、化粧が浮立ち、ぱっとあたりが明るくなるような存在だった。今夜の彼女は、黒のうすものに白っぽい帯を締めている。それも年より派手なのだが、少しも不自然ではなかった。

三人は座を定めたが、瀬川は床の間の前に坐らせられた。

ほかの女中がふたり入ってきてビールを注いだ。栗山ゆり子も瀬川のコップにビールを満たした。

「やあ、どうも」

と、青地はコップを眼の高さに捧げて、軽く頭を下げた。

「しかし、この家はいつ来ても、裏が広い桑畑になっていて見晴しがいい」

と、青地が賞《ほ》めた。瀬川はそれを聞いて、おや、と思った。青地は、この成田屋に前に来たことがあるのか。

「いいえ、田舎でございますから」

と、栗山ゆり子は歯ならびのいい口を綻《ほころ》ばせた。

「いや、やはり東京では味わえない情趣がある」

「本当ですね。近ごろは東京のこういう家も、家が建込んだり、横が自動車道路になったりして、だんだん殺風景になってきます」

「瀬川さん、少しはこちらに馴れましたか?」

「はあ、ま、どうにか……」

栗山ゆり子は、この家のおかみとして挨拶に出ているのだが、瀬川は気詰りでならなかった。やはりここへはくるのではなかったと後悔した。

その栗山ゆり子は、青地から盃《さかずき》をうけ、もう一度、それを返した。さすがに、その素振りも垢抜けがしていて、若やいだ色気があった。

しかし、ゆり子は瀬川のほうには全然眼を向けず、言葉もかけなかった。

「では、どうぞ、ごゆっくり」

と、彼女はいかにも心得たように挨拶して座敷を出て行った。

食事がはじまった。

青地はゴルフの話をはじめた。しかし、瀬川がゴルフをやらないと分ると、いつの間にか唇から消えた。話題はほかのことになったが、それは当り障りのない、どちらでもいいようなものだった。どちらでもいいような話題は、普通だったら酒の肴《さかな》になる。それはそれなりに愉しいものだ。

しかし、それには互いの心が打解けていなければならなかった。心が通っていることでつまらない話題は生きてくる。

だが、この場合、中途はんぱな気持だけが瀬川と青地との間にあった。酒を飲んでも、うまい料理を食べても、会話はいつも中心からそれていた。いや、互いがそこに行くのを怖れていたと言ったほうがいい。横にいる宗方も両方に相槌を打ちながら、彼は彼なりに中心点のぐるりに立っていた。

瀬川は次第に責任を感じてきた。これは早く縁談を断ったほうがいいと思った。しかし、この場合、それを言うわけにはいかない。食事が済んだあとでも切出せない。それは、せっかく東京からきた二人に礼を失することだった。

瀬川は、二、三日うちにでも東京に電話をかけ、兄を通じて宗方にこちらの気持を伝えてもらおうと思った。

そう考えたとき、瀬川はいま、この二人と飯を食っている自分が、何んともいえない宙に浮いた存在になった。彼は一刻も早く、この場から逃出したかった。うっかりここにきた自分を後悔した。

青地は会社の仕事を少し洩したが、それは景気のいい話だった。彼は絶えず上機嫌で宗方をかえりみては瀬川に話した。瀬川は聞く側に回っていたから、これは青地がひとりでしゃべったことになる。招待した主人側としては当然の気の使いようかもしれない。

瀬川にとって二時間近い苦痛な食事が済んだ。

瀬川が飲まないので、青地もそれほど酒は飲まなかった。ただ、宗方だけはかなり酔っていた。

その宗方が、ちょっと座をはずした。手洗いにでも行ったのかと思っていると、外から女中が入ってきて瀬川に、廊下に顔を出してくれないかと耳打ちした。

青地は傍の女中と面白そうに話をしている。その彼を残して瀬川が廊下に出ると、隅のほうに宗方が立っていて、

「やあ、済まないな」

と、彼を手招きした。

瀬川が傍に行くと、宗方は彼の耳の傍で、

「実はね、これは青地さんから頼まれたんだが――」

と、小さな声を出した。

「はあ」

「例のことだが」

と、宗方は瀬川に気兼するように言った。

「あんたとの縁組を青地家では非常に希望しておられる。うすうす、あんたも気づいたかもしれないが、青地さんがゴルフのついでにわたしを引っぱってきたのも、実はあんたの考えを聞いてみてくれないかということだったんだがね」

宗方から意向を訊かれて瀬川は困った。

宗方は赤い顔をしているが、気弱そうな表情だった。

瀬川は、この仲人に自分の気持を伝えたかったが、やはり今は不適当だった。すぐ隣の部屋には青地がいることだし、やはり順序をふんで兄貴から答えさしたほうがいいと思った。

「いずれ近いうちにご返事したいと思っているんです。どうも遅くなって済みません」

瀬川が言うと、宗方は彼の顔をのぞくようにみつめた。しかし、宗方は瀬川の気持を訊くではなかった。その意向がどういうことかぐらいは、宗方にも大体察しがついたようだった。

赤い顔の宗方は大きな溜息《ためいき》を吐いた。

「実は、先方のお嬢さんが、良一さんとどうしても結婚したいと親御さんに言ったそうでね」

瀬川は、T荘で一緒に歩いた、伏眼がちなおとなしい娘を眼に浮べた。

「今まで何度も見合はあったそうだ。しかし、今度くらいお嬢さんのほうから積極的に申出たのは初めてだというので、実は青地さん夫妻がびっくりしている。おとなしいお嬢さんなんだがね、やはり今どきの娘だと、青地さんも笑ったことだ」

瀬川は、自分がぐずぐずしていたことに責任を感じた。そして、いま宗方から相手の気持を聞かされる羽目になった。断るのが一層《いっそう》辛くなる。自分の優柔不断《ゆうじゅうふだん》から、一人の若い娘の気持を傷つけることになりそうだった。

これが大賀冴子を見ない前なら簡単に承諾したに違いない。四国にいるとき、その縁談の手紙を読んで、一切を兄夫婦に任せるつもりだった。

瀬川は、意外に大賀冴子の影が自分の心に濃く落ちているのを知った。しかし、この影とは何んだろう。まだ空疎《くうそ》なものでしかない。結局、それは、未来への漠然としたつながりだった。

「こんなことを言っていいか悪いか分らないが」

と、宗方はもじもじしながら言った。

「実は、洋子さんがお父さんについて今夜きているんですよ」

「えっ」

瀬川はおどろいて宗方の顔を見た。

「いや、誤解しないでもらいたい。ついて来ているといっても、ここではなく、青地さんの泊る宿に残っているんだがね」

「…………」

「洋子さんもゴルフをやるんだ。それで、お父さんのお供して来たわけだが、青地さんは君に気を使って、それを言ってないんだ」

瀬川は返事ができなかった。

廊下の横にも大きな窓があって、近くの家の向うに暗い桑畑がひろがっていた。

宗方は、瀬川のそうした視線を追って、

「青地さんの宿は、あの向うなんだ」

と、その桑畑の遠い一角を指した。

暗い桑畑の向うにちらちら灯が洩れていた。そのどれが宗方の言う青地の泊っている旅館か分らなかったが、そこにひとりで父親の帰りを待っている洋子の姿が浮んだ。

これは瀬川自身には関係のないことである。いわば、青地が洋子を連れてきたのは宗方と相談した末のようでもあり、そうだとすると、瀬川は彼らの芝居にはめられた恰好である。普通なら、それで腹が立つところだが、おとなしい洋子を考えると、彼はその策略すら感じなかった。宗方は、もし瀬川がその気になれば、喜んでここに洋子を連れてくるか、あるいは瀬川をその旅館に案内しそうな素振りだった。もちろん、どちらも瀬川には論外である。

「ぼくもぼつぼつ失礼します」

瀬川は何気ないように言った。

「なにしろ、こちらは来て早々ですから仕事も馴れていないし、家でも役所から持帰ったものを片づけなければならないんです」

「忙しいだろうな」

と、宗方も気弱げに応えた。だが、万一を期待したらしい彼の顔には失望の色が出ていた。瀬川は気がつかないような振りをした。

座敷に戻ると、青地はまだ女中と話をしていたが、二人の姿を認めるとすぐに、彼の眼がちらりと宗方に走った。青地も宗方の耳打ちの結果を、宗方の表情から知ろうとしたのである。

瀬川は、これ以上長居はできないと思い、座蒲団の上に坐らず、青地に向って手をついた。

「大へんご馳走さまになりました」

「おや、もうお帰りですか?」

と、青地が少しあわてたように言った。

「はあ。どうも、勝手をさしていただきますが」

「良一さんは仕事があるそうです」

と、宗方が瀬川の立場を言ってくれた。

「おや、そうですか。お仕事ならお引止めもできません。……いや、わざわざお招きしておきながら、大したおもてなしもできませんで失礼しました」

「こちらこそ……母はぼくにお二人をお招きするように言っていましたが、順序が逆になりまして」

「いやいや、こちらこそご迷惑をかけました」

こんな儀礼的な挨拶の間にも、宗方の様子から瀬川の気持を知った青地は失望を滲《にじ》み出させていた。

「どうぞ、お母さまによろしくおっしゃって下さい」

「ありがとうございます。そう申伝えます」

瀬川のあとから青地と宗方とが成田屋の玄関まで出た。

丁度、ほかの客五、六人が帰るところで、玄関は混み合っていた。

おかみの栗山ゆり子が帰る客に愛想をふり撒《ま》いている。彼女は、うしろに立っている瀬川たち三人を見ると、小走りに近づいて、

「折悪しく混み合いまして申しわけございませんが、少しここでお待ち下さいまし」

と、青地に小声で言った。

瀬川は青地や宗方と一緒に、玄関の混雑が静まるのを待っていた。

靴をはき終った客の群れは、玄関から二台の車に乗って出て行った。下足番が、瀬川たちの靴を三足揃えた。

「じゃ、おかみさん、またくるよ」

と、青地が靴をはいた。

「いつもごひいきになって……」

青地と宗方のうしろに栗山ゆり子は膝をついていたが、瀬川のほうにちらりと眼を流した。

「あの、お客さま」

と、彼女は瀬川にささやいた。丁度、彼も靴に片足を入れたときだった。

「あの、お忘れものですけれど」

「え？」

一瞬、分らない顔でいると、栗山ゆり子は間髪を入れず、

「どうぞ、こちらに」

と、誘うように起った。

瀬川は、青地の前でよけいなことを言っては悪いと思い、おかみの声につられたようにまた靴を脱いだ。

青地と宗方とが怪訝そうに玄関に立っていた。

「申しわけございません。ちょっとお待ち下さいまし」

ゆり子は青地たちに笑いながら頭を下げた。客商売の自然な素振りで、彼らに不自

然を感じさせなかった。

瀬川が栗山ゆり子のうしろに従ってゆくと、廊下のすぐ脇の部屋に彼女は入った。

瀬川は躊躇したが、彼女は襖のすぐ横に佇んで彼を待った。

仕方がないので、瀬川もそこまでつき合った。

「検事さん、先日はどうも失礼いたしました」

と、栗山ゆり子は立ったまま改まったようにお辞儀をした。

「いや……」

瀬川は戸惑いを覚えながら軽く会釈をした。

「今夜、ここにいらしていただけるとは思いませんでしたわ」

「青地さんに誘われたんです。青地さんは前にもここに見えたことがあるんですね？」

「ええ、ときたま……」

彼女は口を濁した。

「その青地さんが、検事さんをお客さまにお連れしてみえるとは思いませんでした。でも、お目にかかれて、ほんとうにうれしゅうございましたわ」

彼女はきれいな歯並みをみせていた。検察庁で見たときよりも、ここでは人が違ったように顔が生き生きとしていた。少し上気してみえるのは、よその席で客から酒を飲まされたからであろう。

「どうも」

瀬川は、酒の匂《にお》いをさせて間近に立っている女に迷惑を感じた。

「ねえ、検事さん。検事さんは青地さんのお嬢さんとおめでたい話があるんですって?」

瀬川は、栗山ゆり子に訊かれて不意をつかれた。さっき、宗方と廊下の隅で話していたのを聞いていたのか。

いや、そんな筈《はず》はない。あのときは女中の影もなかったはずだが、と妙に思った。

「いや、そういうことはありませんよ」

「そうですか……」

栗山ゆり子は微笑をつづけている。濃いめの口紅もここでは不自然でなかった。微笑は瀬川の否定を信用してなかった。

「でも、そうなると、ご良縁だと思いますわ」

ゆり子は、それほどよく青地を知っているのかと瀬川は思った。わざわざ、それを言いたくて、ここに連戻したのだろうか。

彼女が青地を知っているとすれば、むろん、佐々木の線からである。つまり、佐々木と栗山ゆり子とが破綻《はたん》をきたす前に、青地は佐々木にここに連れられてきている。ところで、縁談のことは青地が彼女に洩したのではあるまいか。宗方との立話は誰も聞いていなかったから、青地が瀬川のいないところで、栗山ゆり子に言ったのではないか。

そういえば、青地は食事中二度ほど座敷から出て行ったことがある。

「ねえ、検事さん」

と、栗山ゆり子は、同じ微笑のなかで話を変えた。

「佐々木のことはモノになるんでしょうか？」

「さあ、それはこういう場所では言えません。不適当ですからね」

栗山ゆり子が彼をひきとめたのは、こっちのほうが目的のようだった。

「あいつは悪い奴ですから、ぜひ、罰して下さい」

「…………」

「昨日、検事さんに召喚されて、あいつは出頭したそうですね」

「一応の事情聴取をしました」

誰かがそれを彼女に言ったらしい。

「どんなことを言ってましたか？」

「それも、ここでは言えません。それに、まだ、取調べの段階ですから」

「あいつのことです。どうせ、口の先でうまいことを申上げたに違いありません。わたしの悪口を言ったでしょう？」

「……………」

「あいつが言うことは大体分っています。女たらしの癖に、まだ、わたしがあいつに未練を持っているように自惚《うぬぼ》れているんですからね。……他人にもそういってるそうですよ」

栗山ゆり子は酔っているせいか、ひとりで昂奮して言った。

「わたしが告訴をしたのも、自分の心をとり戻そうとする苦肉の策だなんて。……ゆり子は自分に惚れているから、ちょっと頭をなでてやれば、すぐあれを取下げると言ってたそうですよ。ずいぶんひとをバカにしてるじゃありませんか」

瀬川は栗山ゆり子が話すのを聞いて、佐々木なら、そんなことぐらいは人に言いふらしかねないと思った。しかし、ここで意見を言うべきではない。それに、彼女は酔いも手伝ってか昂《たかぶ》っていた。自分の言葉に昂奮してきたところもある。

「人をばかにした話ですが、検事さん、実は今から一時間ぐらい前、佐々木からわたしに電話があったんですよ」

と、栗山ゆり子は新しい事実を報告するように言った。

「えっ、本当ですか？」

「嘘を言うもんですか」

「先方は何んて言ったんです？」

「とてもやさしい声で、いろいろと済まなかった、それについて話をしたいから、ちょっと出てこないかと言うんです」

「…………」

「どこにわたしを呼出そうとしたか、想像がつきますか？」

栗山ゆり子は謎のような笑いを浮べた。

「それが伊香保温泉なんですよ。そこの宿に泊っているから、すぐにこいと言うんです。車でなら三十分くらいだから、わけはないだろうと、そりゃもう自信満々なんです。これもずいぶんこちらをなめた話じゃありませんか」

「…………」

「あの男は、わたしを丸めこむには、身体のほうから言うことを聞かせるつもりなんですね。そんな男なんです。検事さんも昨日お呼びになって当人をご覧になったでしようが、とても精力的な男なんです」

「…………」

瀬川は返事に困った。

「わたしもそりゃ独り者だし、年齢的にいっても、そのほうがしばらく途切れると辛いこともあります。それに佐々木にかかっては、どの女も彼のテクニックに参ってしまうんです。それは佐々木本人が自慢してましたわ。こっちの気を搔立《かきた》てるためもあるのですが、赤坂のバーの姉妹のことなんかは、わたしに分ってしまってからは居直って、微に入り細にわたり、あのときの模様を話して聞かせるんです。おれとくっ付いた女は、なかなか別れることができないなどと空うそぶくんです」

気のせいか、そう言う栗山ゆり子の瞼《まぶた》に赤い色が燃え、眼も潤んでみえた。

「そういう女の弱点につけこんで、あいつはわたしまで今夜手なずけようというんです。もう、誰がその手に乗るもんですか。今まであいつと喧嘩しては、いつも、それで丸めこまれていたんですからね。告訴もしたことだし、そう簡単に行くと思っているあいつの自惚れを、検事さん、この際土台から叩きこわして下さい。わたしは絶対に妥協しませんから」

栗山ゆり子は瀬川に頼みこむように、彼の胸に軽く手を当てた。

「ねえ、検事さん、お願いしますよ」
瀬川は廊下に出た。
瀬川は、成田屋の玄関から表へ出た。車の傍に青地と宗方とが立って彼を待ってい
た。栗山ゆり子も見送るようにして、ほかの女中と出てきた。
青地は、瀬川と栗山ゆり子の顔をちょっと見比べたが、何も言わなかった。
「どうぞ」
青地が瀬川に先に乗るようにすすめた。
「いや、青地さんは宿にお帰りになるんでしょう。ぼくは適当なところで降してもら
えば結構ですから……そこから車を拾います」
「いや、そういうわけにはいきません。なに、前橋まで回ってもすぐですから、どう
ぞ、ご遠慮なく」
瀬川は、それに従った。
次に青地が乗り、宗方が端に乗った。
栗山ゆり子はガラス窓の外に顔を寄せて、
「どうぞ、お近いうちに」
と腰をかがめたが、眼は青地よりも瀬川の顔に走っていた。

車がすべり出してから宗方が、

「良一さん、何を忘れたんです？」

と訊いた。おそらく、宗方は青地の気持を代表しているに違いなかった。忘れものにしては荷物もないし、時間もやや手間取っている。

「いや、ちょっとしたことです」

瀬川は別に口実を作らなかった。宗方もそれきり黙った。青地は聞えぬ顔つきをした。

高崎の街を離れると、両側に暗い桑畑が見えた。瀬川は、成田屋の二階から見た黒い桑畑の向うの灯を思い出した。

青地洋子がひとりで父の帰りを待っている。彼は青地に気の毒になった。

「もう、この辺で大丈夫です」

と、瀬川は青地に申出た。

「いや、お送りしますよ」

「しかし、それじゃあんまり恐縮ですから。それに、ぼく、ちょっと寄るところがあるんです」

「おや、今からですか？」

「検事正公舎に伺う約束になっているので、タクシーのほうが好都合なんです」

瀬川は、初めて嘘を言った。

「夜でもお忙しいんですね」

青地の声は皮肉ではなく、実際、そう思っているらしかった。

瀬川はドアの外へ出て、青地たちの車が引返すのを見送った。涼しい夜風が顔に当ったせいだけでなく、気持がずっと楽になった。

家に帰ると、起きて待っていた母が、瀬川に、

「どうだった？」

と、早速訊いた。母は、青地の招宴の席で縁談が相談されたと思っている。

「なんでもありませんよ。ご馳走になっただけです」

瀬川は素気《そつけ》なく答えた。母は失望したように彼の顔を見たが、息子のやや不機嫌な表情に、そのまま口を閉じた。そして気を変えたように息子に言った。

「そうそう、おまえに葉書が来ているよ」

葉書は大賀冴子からだった。意外だった。瀬川は、立ったまま、すぐにその見おぼえのある文字に眼を走らせた。

「その後お元気ですか。あの節申上げましたように、私も九月の二学期から荻窪高

校に奉職することになりました。今日主事さんに呼ばれて、こまごまとした指示をうけました。もし、私に急ぎの御用でもあれば、左記の電話番号のところにかけて下さい。これは学校です」

横に電話番号が添えられてあった。大賀冴子は、なぜ、こんな葉書を寄こしたのであろう。瀬川は彼女の意図がすぐ分らなかった。

しかし、こちらから手紙を出したい矢先だったので、瀬川はありがたかった。これをきっかけに彼女と連絡が取れる。

大賀冴子は、そういう彼の気持を察して自分のほうから戸を開けてくれたのであろうか。葉書には、急用の節は、と書いてある。前橋と東京とは直通だから、ほとんど市内電話同様である。夜ならいつでも冴子の声が聞ける。

考えているうちに、大賀冴子の気持は、大体、想像できないことはないと思った。彼女は佐々木代議士の名前を出さないで、Sという字だけを彼に教えた。彼女はそれを後味悪く感じているのではあるまいか。それが彼女に、今後瀬川のため何かの用に立てば、という気持を起させたのではなかろうか。

しかし、それとは別に、瀬川は、冴子のほうからこのように顔を向けてくれたことに、陽射しのような感情を受取らずにはいられなかった。よく光る眼が、彼の脳裏に浮んだ。と同時に、いま桑畑の向うの旅館に父親と一緒にいる青地洋子の顔が、そのうしろからのぞいた。

瀬川は机についた。

便箋を出して最初に書いたのが東京の兄宛だった。

「今日突然、青地さんと宗方さんがこちらに見えました。ご馳走になりました。ところで、ぼくは青地さんとの縁談を断ってもらいたいと思います。いろいろ考えたのですが、やはり、そのほうが一番いいような気がします。宗方さんは明日東京に帰るということでしたから、この手紙が着き次第、すぐに連絡を願います。ただし、この前お見合したお嬢さんが嫌いというのではなく、ただ、ぼくの気持がすぐに結婚ということに踏切れないからです」

瀬川は急いで封筒を書き、手紙をその中に入れ、机の引出しの中に仕舞った。母がくる前に、その処置をしておいた。

次に瀬川は葉書を書いた。

「お葉書戴きました。いよいよご活躍の由《よし》、何よりと存じます。どうぞ頑張って下さい。ご近況をお報らせ戴いて大へんうれしく思っています。なお、いつぞやの件、お気持が向けばお話を戴きたく、適当な折にお願いしたいと思っています。こちらも、かなり、はっきりとしましたから。
瀬川良一

大賀冴子様」

翌日、瀬川が役所に出て行くと、手紙が受付から届けられた。広島県鞆《とも》の山口重太郎からである。

彼は胸を躍らして封を切った。

この前、佐々木信明の顔写真を送って、これが山岸正雄と同一人ではないかと山口に問合せたのだが、その返事を待ちかねていた矢先だ。あるいは返事がこないのかもしれないと危惧《きぐ》していたときでもある。

「いつぞやお越しの節は大そう失礼しました。何のお構いもできず、申しわけありませんでした。そちらさまは日夜公務に御精励とのこと、何よりと存じます。その後当方も無事消光しておりますゆえ……」

そういう前置がつづいているのは、いかにも地方の人らしく、また山口重太郎の人柄も想像された。瀬川は、夏の暑い陽射しが当っている糸瓜棚《へちまだな》を思い出した。それを背にして坐った、土産物店の主人山口重太郎の痩せた顔がある。

「さて、御文面と、同封の写真を見ましてびっくりいたしました。写真はひどく立派な風采《ふうさい》になっていますが、まさしく山岸正雄に間違いありません。あの当時からみると、年も取り、肥えてもいますが、眼鏡と口髭を除けば、山岸氏にそっくりの人相です……」

瀬川は予期したことながら、決定的な証拠を得た思いだった。

実は、山口に問合せても、彼がいろいろ気を回して手紙を黙殺するか、あるいは、悪くすると否定の返事をするかもしれないという惧《おそ》れもどこかにあったのである。なお、山口に出した手紙には写真の主が佐々木信明とは書いてなかった。ただ、この人が山岸ではないかというだけの問合せであった。

「……こうしてみると、山岸氏もずいぶん出世をしたように見受けられます。ま、どういう職業に就いているか分りませんが、一見、重役タイプですね。十五年の歳月が挿《はさ》まっているとはいえ、人間の境遇の変化に感慨深いものがあります。私はその後一向に目が出ず、ご承知のように田舎町でくすぶっていますが、これもまた運というものでしょう。

ところで、先日山岸氏に関してお話した一件、つまり、当時の大賀検事が彼に疑いをかけていたということは私なりの印象ですから、どうか、この点は重ね重ねお含みおきを願います。もし、私の言葉で検事さんが何か新しい嫌疑でも彼にかけられるようでしたら、私としては大へん困るのです。もちろん、証人として立つように仰せられても、ひらに御辞退をしたいと思います。

私もだんだん身体が弱まり、元気でいる間もあと数年だと思います。今年、一番末の娘が東京品川の或る製菓工場に勤めるようになりましたので、それを送りかたがた東京見物をしてきたいと思います。検事さんが東京におられるならお目にかかれるかも分りませんが、とても前橋までは及びもつきませんから、遠地より御健康と御発展を祈っております。まずは右要用まで。


山口重太郎」


瀬川は、山口重太郎の手紙を読んで気持が昂ってきた。

佐々木信明は山岸正雄であった。予想したことながら、もっとも、それを証明するには、戸籍の面から追及して分ることではある。しかし、生きた証拠として山口重太郎を得たのは何よりの強さだった。

山口は末娘の東京就職に付添って上京してくるという。またとない機会である。

山口は自分の迷惑を考えて、山岸正雄についての一切の証人的立場に立ちたくないと言っているが、そのようなことでなくとも、今度は彼の口からもっと詳しい話が聞ける。のみならず、山口と大賀冴子とを引合せたら、山口の述べることで大賀弁護士のメモが照応されてくる。つまり、父親のメモを読んでいる冴子は、それをきっかけに初めて父親の手記の内容を瀬川に明らかにするように思われる。そうなれば、これは新しい局面を迎えたことになる。

しかし、山口重太郎の手紙には、上京の時期も、東京での宿も一切書かれていない。文面の通り、山口が上京しても、この前橋まで足を伸ばすことはないから、瀬川としては東京に行き、山口とぜひ会いたい。東京にどのくらい滞在するか分らないが、見物を兼ねているというから、少くとも二、三日間の余裕はあるに違いない。その間に冴子と一緒に会う機会は見つけられる。

瀬川はすぐに葉書を書いて、いつ上京されるか、東京での旅館はどこを予定しているのかなどを訊合せ、それを速達で出した。

だが、それだけではまだ彼は安心できなかった。葉書が先方に到着する前、山口重太郎の上京ということが考えられるからである。この手紙の文面からみて、それはまだ先のようでもあるが、万一のことを考えると、やはり心配になってくる。

瀬川は、山口の末娘が品川の製菓工場に就職するということに目をつけた。近ごろはどこも手不足で、東京の工場も地方から工員を集めている。おそらく、山口の末娘も中卒か何かで、その募集に応じたのであろう。就職の時期としてはややずれた感じではあるが、工員の募集は始終おこなっているので、あり得ないことではない。

品川にある製菓工場とはどこだろう。工場だから、いわゆるお菓子屋さんの店ではない。

瀬川は警視庁に電話を入れて、工場関係の課を呼出した。

電話口に出た係員は、

「品川には専門の製菓工場というのはないようですが」

と答えた。

しかし、手紙にははっきりそう書いてあるので、その旨を言って念を押すと、

「……それなら、Hデパートの製菓部かも分りませんね。あそこだと、ちゃんと専門の工場を持っていますから、きっと、そのことでしょう」

と教えてくれた。

瀬川は、Hデパート製菓部に電話した。

電話口に出たHデパート製菓部の人に、瀬川は人事のことで訊きたいが、と言うと、向うでは人事課に回してくれた。瀬川は身分を言った。

「つかぬことを訊きますが、最近、あなたのほうの製菓工場で、地方から女の子を採用する予定になっていますか？」

「はあ、ちょっとお待ち下さい」

検察庁から電話があったというので、向うでも戸惑ったらしい。しかも、前橋の地検である。

「どういうことでしょうか？」

と、今度は責任者らしい太い声に変った。

「いや、別段、事件に関係があるというわけではないんです。少しほかのことで必要があっておたずねするんですが、広島県の鞆《とも》から、山口という名前の女の子を採用することになっていますか？」

「はあ、最近、各地から、中卒程度の女の子が十名ばかり入ることになっています。あるいは、その中におたずねの人間が入っているかも分りません。ちょっと調べてみます」

と、電話口からひっこんだ。
二、三分ほど待たされて、その男は帳面を片手に持っているような声で答えた。
「広島県沼隈《ぬまくま》郡鞆町××番地山口良子というのがくることになっていますが、これでしょうか？」

「父兄の名前は何んとなっていますか？」

「父親が山口重太郎さんで、母親は死亡しています。本人は、その三女となっていますが」

「その子に間違いありません。どうもありがとう。ところで、その女の子は、いつ東京にくるようになっていますか?」

「広島県からは四名一緒に上京することになっていて、それが明後日の朝八時に品川着となっています」

やはり電話をかけてよかったと思った。手紙で輌に問合せると、完全に行違いになるところだった。

「その子に付いてくる父兄は、あなたのほうで宿を世話するようになっていますか?」

「はあ。付添いの父兄は、わたしのほうで二泊に限って宿賃その他を負担することになっています」

近ごろはどこも手不足である。殊に各工場では中卒者を奪い合っている。募集者は、卒業前年から地方に出て行って人員の確保につとめている。いわゆる青田刈りだが、その勧誘は、獲得が激甚《げきじん》になるにつれてサービス競争となっている。このHデパートでも、子供に付いてくる父兄ひとりを東京見物させる条件だったのだろう。

「では、山口重太郎さんも上京して泊る予定になっていると思いますが」

「はあ、そういうご連絡を受けています」

「宿はどこになっていますか？」

「……山口さんについて何かあるんですか？」

と、先方は不安そうな声を出した。

「いや、決してそういうことはありません。実は、山口さんとは知人関係なので、個人的に久しぶりに話をしたいのです」

瀬川は先方の疑いを取除いた。

山口重太郎が東京に着く日は、丁度土曜日の朝に当る。彼が東京で二泊するとすれば、土曜日の晩と日曜日の晩であった。瀬川に、これほど好都合なことはない。

その晩、彼は帰宅して母親に言った。

「こんなわけで、明後日の午後から東京に帰りますが、お母さんも一緒に戻りますか？」

「そうだね、帰ってもいいけれど」

母も前橋の生活が少し単調になってきたようだった。やはり長いこと生活していただけに、兄夫婦のところがわが住家と思っている。母は一緒に戻ると言った。

土曜日の午後三時ごろ、瀬川は下北沢の家に母と共に着いた。

「手紙を読んだが、あれは断るのかね?」

と、兄は母の居ないところで訊いた。

「やはり気持が進まないから、宗方さんにはっきり、そう断ってもらいたいな」

「そうか。本人がその気持なら仕方がないな。……こないだ、青地さんと宗方さんが前橋に行ったんだって?」

「ゴルフの帰りとかで、ふいにやってこられた。その晩、ご馳走になったが、どうも、そんなことがよけいに負担になったな」

青地洋子が父親についてきて、宿に残っていたとは明かせなかった。

「まあ。惜しい縁談だけれど」

と、嫂が横にきて、残念そうに瀬川をみた。

「じゃ、当分ひとりか」

兄は笑った。

「まあ、もう少しのんびりと、先のことを待つようにしたい」

「良一さん、やっぱり、心当りの人がいるんじゃない?」

嫂が口もとを微笑《わら》わせて訊いた。が、眼は探るような表情だった。

「そんなものはありませんよ」

瀬川は言い切った。

その話が終ると、彼は一つの義務が済んだように気が楽になった。電話帳を開いて、品川の松栄旅館というのを捜したのも、その区切りからだった。

電話には、旅館の女中が出た。

「お宅に、Hデパートの紹介で、広島県の山口さんというお客が泊っていませんか？　たしか今朝東京に着かれたはずですが」

「はあ、いらっしゃいます」

声は即座に答えた。

「山口重太郎さんというんですが、間違いありませんね？」

「はい、そうです」

瀬川は胸が躍った。

「わたしは知合いの者ですが、ちょっと電話口に出てもらうように言ってくれませんか」

「あの、十二時ごろから、娘さんと一緒に東京見物に行くといって旅館を出られましたが……」

「いつお帰りですか?」

「Hデパートの貸切りバスで行かれましたから、こちらに戻られる時間は、ちょっと分りかねます。夕食もデパートのほうでなさるそうですから」

山口重太郎は、その娘と一緒に東京見物にまわっているという。おそらく、Hデパートのサービスに違いない。夕食もデパートのご馳走である。

しかし、これは案外早く山口が戻ってくると、瀬川は推察した。デパート側は単にお義理で夕食を馳走するだけだろうから、簡単に済むに違いない。また、そのあとも、女の子を連れていることだし、夜の街をいつまでも山口がうろつくとは思えない。まず、九時ごろまでには宿に戻ってくると考えた。

「それじゃ、九時ごろにそちらに行きますから、それまでに帰られたら、瀬川という者が伺うと言って下さい」

「瀬川さんですね。承知しました」

と、女中は電話を切った。

瀬川は、次に大賀冴子との連絡を考えた。明日は日曜日である。もし、山口が明後日の朝東京を離れるとすると、冴子との対決ができなくなる。彼女には今日中に連絡したかった。

冴子から貰った手紙にある荻窪高校の電話番号を手帳から拾って、その場でダイヤルを回した。

「大賀先生ですか？」

事務室の女の声は、ちょっと心当りがないというふうに聞えた。これは全日制の先生と違って定時制の先生だし、それに新任だから、まだ、よく事務室に分っていないらしい。瀬川が念のためにそれを付加えると、

「ああ、そうですか。ちょっとお待ち下さい」

と、事務室の女は、ほかの誰かに訊いているらしかった。

しばらく待たされる。その間、定時制の時間割でも見ているのかもしれない、と思った。

「お待遠さま。大賀冴子先生ですね」

今度ははっきり分ったという声である。

「大賀先生は、午後五時には学校にこられます」

「授業は何時に終りますか？」

「今日は土曜日ですから、七時半には済むことになっています」

「電話をしたいのですが、授業が終って職員室に帰られるのは何時ごろでしょう

か？」

授業中でも困るし、また冴子が学校を出たあとになっても困る。事務室の女は、七時四十分なら、丁度職員室に引揚げてこられるだろうと答えた。

座敷に戻ると、兄が笑いながら、

「いろいろと忙しんだな」

と言った。

「うむ、少し面倒な事件が起きてるもんだから」

と、瀬川は半分は仕事にかこつけた。

「それは、検察庁のほうから正式にちゃんとやれないのかい？　いま聞いてると、おまえが個人的に何かやってるような感じだが」

「事件の捜査によっては、その辺が少し曖昧になることもある」

と、瀬川は答えた。もともと、兄は検事などの職業には興味を持っていない。

「そんなものかな」

と言っただけだった。

夜の七時四十分には、まだ間があった。瀬川は、それまでの時間を持て余した。

瀬川は、七時四十分になるのを待ちかねて荻窪高校に電話した。それは家を出かけた途中での公衆電話からだった。

「少々、お待ち下さい」

と、事務の人が言ったとき、瀬川も少々息がはずんだ。

「大賀です」

と、冴子の声が受話器から湧いた。同時に彼女の顔が彼の眼の前に映った。

「瀬川です」

「しばらくでございます」

「ご無沙汰しています」

「あんな葉書など差上げて失礼しました」

大賀冴子の声には、少しも感情的な響きはなかった。むしろ、抑揚のない、いくらかけだるそうな調子だった。

「いいえ、とてもありがたかったのです。この前お話を伺っていたから、いよいよ学校の先生になられたなと思いました」

「やっと昨日から学校に出たばかりで、全然、何も分りません」

「初めのうちは、誰でもそうでしょう。ひとつ頑張って下さい。……ときに、お電話したのはほかでもないんですが、ちょっと、あなたにお目にかかりたいことがあるんです」

「あら」

冴子は、そこではじめて気がついたように、

「この電話、前橋からじゃございませんの」

「いま、東京に出て来ています」

「まあ、そうですか」

「ぜひ、お目にかかりたいのです」

瀬川は、できるなら今夜のうちに会いたかった。しかし、夜なので、それは言い出しかねた。

「明日は日曜日ですね。お時間はありませんか？」

「それはかまいませんけれど……」

用事はやはりあのことか、と問いたそうな声だった。

「できたら、外に出ていただきたいのですが」

瀬川は思い切って言ったが、その理由というのを急いで付加えた。

「直接、お話ししないと、よく納得していただけないと思うんですが、実は、この前の件で、ある人に遇《あ》って頂きたいんです」

「それは、どんな方でしょうか？」

冴子が不審そうに訊いた。

「広島県の鞆の人です。前に四国にいて、例の事件にも関係して、お父さまもよくご存知の、山口重太郎さんという人ですが」

「………」

「もし、もし」

「はい」

「つまり、四国の事件では、お父さまの取調べをうけた一人です。一度は有力な容疑者として、警察から送検されてきたのですが、お父さまの調べで不起訴になったんです。ですから、あの事件の内容は詳しいんです。ぼくは、あなたといっしょにその山口さんに遇って、話を聞きたいんですよ。山口さんは、お父さまのことを、いい検事さんだったと、とてもほめていますから、あなたにも、ぜひ、会ってもらいたいんですよ。お父さまの思出話《おもいでばなし》を聞くつもりでね」

あなたにとっても、なつかしいに違いないのだから、と瀬川は言外にその意味を含ませて言った。とにかく、まず冴子が山口に会うことを説得しなければならなかった。

「そう」

冴子は考えるように黙った。あまり、黙っているので、瀬川は彼女が断るのではないかと不安になった。

「それは、どこでお目にかかりますの?」

冴子が、やっとそう訊いたので、瀬川は胸が躍った。彼女は山口に遇う意志があるのだ。

「山口さんは、品川の松栄旅館というのに来てるんです。そこで、いっしょに遇うことにしましょう」

「品川の松栄旅館?」

「ええ。……しかし、その前にぼくらはどこかで落合いましょう。……そうですね。時間の点は……」

あとで連絡したい、と言いかけたが、明日は日曜で学校は休みだし、冴子の家には電話が無くなっていることに瀬川は気づいた。

冴子を山口重太郎に会わせるには、まず、山口の都合から訊いてかからねばならない。それが何時になるかは、今夜、これから山口を訪ねてみなければ分らないのである。仕方がないので、

「じゃ、十一時ごろはいかがでしょうか。場所は渋谷の……ハチ公の前で待っていて下さい」

と、瀬川は言った。喫茶店の名を言ってもお互いに分らないし、結局、気がさすが、彼はそう言うほかはなかった。

「分りました」

冴子もそれがおかしかったとみえ、声に軽い笑いが混っていた。瀬川ははっとした。彼女から笑い声を聞いたのは初めてだった。

「じゃ、お願いします」

「さようなら」

電話ボックスを出た彼は、心が春のように生暖くなっていた。

下北沢の駅から渋谷に出て、環状線を品川まで行った。

松栄旅館は、電車通りを高輪《たかなわ》のほうに少し入ったところにあった。いかにも駅近くに建てられた旅館といった感じで、玄関もみすぼらしく、雑駁《ざっぱく》としたものだ。これを見ただけでも、Hデパートが義理に女子工員の募集条件の義務を果しただけということが分る。

帳場に、山口さんは戻っていないか、と訊くと、

「はあ、三十分前にお戻りになりました」

と女中がほかの朋輩《ほうばい》に訊合せて答えた。

「ちょっと、お目にかかりたいのですが」

「少々、お待ち下さい」

女中は部屋に直通している電話で、瀬川という人がきたと伝えていた。

「お目にかかるそうです」

と、女中は受話器を置いてから、玄関に立っている瀬川に答えた。

「部屋のほうはなんですから、どうぞこちらに」

と、玄関脇の狭い応接間まがいの部屋に通した。これもほんの体裁だけで、クッションもバネが緩《ゆる》み、カバーの布も端が破れて、寒々としたものだった。

部屋に通さないところをみると、娘が一緒にいるためか、それともほかの上京組と相部屋なのか、どちらかだった。

十分と経たないうちに女中に案内されて、痩せた、背の高い男が少しおずおずした調子で入ってきた。久しぶりに見る山口重太郎だった。山口は疲れた開襟《かいきん》シャツを着込み、古いズボンをはいていた。

「やあ、しばらくです」

と瀬川は椅子から起った。

「その節はどうも……」

山口重太郎も笑顔で瀬川にお辞儀した。女中は入口から忙しそうに姿を消していた。

二人は、貧弱なテーブルを隔てて対《むか》い合った。

「娘さんが東京に就職なさったそうで」

瀬川は、手紙のことから話題をはじめた。

「はあ、あんまり熱心に勧められたので、つい、東京にやるようになりました」

山口はぼそりと答えた。

瀬川は、こんな場所で山口重太郎に頼んでも、彼が承知するかどうか分らないと思った。できるなら彼を外に連出して、静かなところでじっくりと話したい。

「どうですか、山口さん、ここではなんですから、ちょっと街に出て、どこか落ちついたところに行きませんか？」

と誘った。

「はあ、ありがとうあります」

と、山口重太郎は広島弁で答え、

「ですが、娘も東京にきたばっかりで、宿にひとりで残しておくのも気がかりですけんのう……」

と渋った。もっともなことなので、瀬川も強《た》っては言えなかった。

その瀬川の気持を察したように、山口から言い出した。

「お話というのは、例の一件でしょうな？」

「はあ、実はそうなんですが」

「この前にお手紙を差上げたように、送ってつかあさった写真は山岸君に間違いありません。えろう風采《ふうさい》が立派じゃが、いま、何になっとりますか？」

瀬川は、それが佐々木という名前の国会議員だとはいま言い出せなかった。前に送った写真にも、その説明はわざと書いていない。

「ええ、かなり出世されているようですが、いま、それを申上げるのはちょっと憚《はばか》るんです」

「そうですか。写真の胸を見ると、何やらバッジみたいなものをつけとりますのう？」

「…………」

「あれは町会議員のものですか、それとも市会議員ですか？」

山口もまさか山岸が代議士になっているとは想像してないようだった。国会議員としての佐々木信明は当選二回だし、新聞にそう顔が出ることはない。むろん、総選挙のときには当選者の顔写真がならべられるが、そんなものを山口が気をつけて見ているはずもなかった。

「ええ、まあ、その辺です」

瀬川も曖昧に答えるほかなかった。

「そうですか。それでも、えらい出世ですのう。うちらは相変らずうだつが上りませんで」

山口は曾《かつ》ての同僚に多少の羨望《せんぼう》を感じたらしく、少々憮然《ぶぜん》となって言った。

「そんなことはありません。人間、正直に世渡りしてゆくのが一番立派です」

瀬川は思わず言ったのだが、この言葉が案外に山口を喜ばせた。

「全くあなたのおっしゃる通りです。検事さんは悪い人間ばかり見とられますけん、それがよけいに分っておんなさるのじゃろうのう」

「はあ」

「世の中は、悪いことをした者が必ず没落するとは限りませんのう。山岸君にしても、あんまり正直な人とは思えんのじゃが、市会議員か町会議員になっとるとすれば、わたしら、理屈がちょっと合わんような気もします」

山口重太郎はわが身にひき比べてか、あの事件で大賀検事の嫌疑が最も濃かった山岸の現在にいい感じを見せなかった。瀬川は、山口重太郎が顕《あらわ》した山岸への反感らしいものを好機としてつかむことにした。

瀬川は山口重太郎の顔色を見て、さりげない調子で言い出した。

「山口さん、明日は、どこかにお出かけの予定ですか？」

「いいえ。午前中は娘が初めてご厄介になるHデパートに行きます。わたしも見学に呼ばれていますけん、行ってみたいと思うとります」

「それは午前中で終りますね？」

「はあ」

「午後は？」

「午後は今のとこ何んにも予定しとりません。まあ、ほかの人は東京見物をつづける人もあるようですけど、わたしはどうしようかと思うとります」

「なんでしたら、ちょっと、わたしとつき合っていただけませんか」

「はあ、ありがとうあります」

「なに、大したおもてなしは出来ませんが、どこかで軽い食事でもご一緒したいと思いいます」

「いいえ、この間おいでになったときも何んのお構いもしとらんのに、そんなことをしてもろうては……」

「そんなご斟酌《しんしゃく》は、無用にして下さい。ほんの軽い気持でつき合っていただけませんか。最近、東京にも大きなホテルが出来ましたのでね、そこの食堂へでもご案内したいと思います」

「大けなホテルが出来たちゅうことは新聞や週刊誌で読んどりましたが、今日、観光バスで回ったときも車掌さんが説明してくれました。なるほど、立派な建物ですのう。広島にはあがいなものはありません」

「なに、それほどびっくりするようなことでもありませんが、まあ、話のタネぐらいにはなるでしょう。では、わたしが十二時半ごろにここへお誘いに参ります」

「そうですか。済みませんのう」

山口重太郎は頭を下げた。

瀬川は、ここで大賀冴子のことを言うのはまずいと思った。そんな予告をすれば、山口は尻ごみするに決っている。偶然、大賀冴子と出遇ったふうにして、ホテルのダイニングルームあたりへ連れだしたほうがよいと思った。

冴子とは午前十一時に渋谷で出遇う約束になっている。彼女にだけは山口重太郎のことを全部話さなければならない。山口から話を聞き出し、それを照応して冴子から父親のメモの中身を引出すにはその納得が必要だった。

十一時に彼女と出遇い、その説得に三十分くらいかかるとみて、十二時半には品川のこの旅館にくることができる。

「では、お疲れのところを失礼しました」

と、瀬川はくたびれたクッションから腰をあげた。

「どうも、何んのお構いもせんで」

と、山口重太郎も椅子から起った。

「しかし、山口さんも末の娘さんを東京に出されたら、あとが寂しいんじゃないですか」

これは別れる前の短い会話だった。

「何ぶん、遠いところにやるので、当分は心配と思いますが、娘は誰も彼も知っとる田舎は嫌じゃと言いましてのう」

陽がきびしい。国電渋谷駅の前は、白い姿が流れ合っている。駅に入る者、出る者、電車から吐き出される者、舗道《ほどう》を渡って行く者、地下道から出てくる者、男も女も白い支度だ。犬の銅像のあたりは、デパートの影が深々と落ちて、そのぐるりには、白いシャツやブラウスが屯《たむろ》していた。ここだけはあたりの忙しい流れとは無関係に静止している。

しかし、そこに立って煙草を吸う男も、目立たぬように佇んでいる女も、眼は流れている人混みに向っていた。すぐ隣にいても話を交すではない。何十人かたまっていても、お互いが無関心なのだ。関心はただ待っている相手ひとりにあるだけである。

瀬川は、その群れの中に少々照臭い思いで立っていた。話には聞いていたが、このように夥しい人が待合せているとは意外だった。いずれも若い人ばかりで、瀬川は年配者のほうだ。

十一時を五分すぎた。大賀冴子は関町だから、バスで吉祥寺へ出て井ノ頭線でくるか、西武電車で高田馬場《たかだのばば》に出て国電でくるか、はっきり分らなかった。それぞれ降り口が違っている。瀬川は、視角をときどき変えねばならなかった。

十分すぎた。若い女ばかり眼につく。彼女の背恰好を考えて、それらしい女性が眼につくと、視線を送った。

十五分をすぎると、冴子はこないのではないかという不安が起った。電話で約束したものの、気が変ったのかもしれないという心配だ。こういう場所で恋人と逢引きでもするような待合せが、彼女に気に入らなかったかもしれないとも思ったりした。

冴子がこないという不安は、彼女を山口に会わせる好機を逃がす口惜しさに変った。山口重太郎は、明日の朝広島県に帰るのだ。こういうチャンスでもなければ、冴子の口は開かないように思われる。

時間が進むにつれ、山口と会う約束が縮まってきた。もし、冴子が現れても、彼女を説得する余裕があるかどうか。瀬川はいらいらしてきた。

彼と同じように相手のくるのを待ちわびている女や男がいる。立ちくたびれた女が、眼だけは必死に一方に向けながら、身体をもじもじさせていた。男はやたらと煙草を吸っていた。手にした週刊誌を読む余裕すら失っている。売店のほうを往復する者もいる。他人から見て自分も同じだと思うと、瀬川はすぐにもこの場を立去りたかった。

首尾よく相手がきて、生返ったようにここから離れてゆく者もいる。残された者はそれにも無関心で、うつろな眼つきで辛抱していた。なかには、じっとしていられないで、国電の改札口や、地下道の入口やデパートの前のほうへ移って、そこからここを監視している者もいる。

——急に瀬川の眼の前でパラソルが傾いた。その陰から、お辞儀をしている冴子の顔がのぞいた。

「どうも、遅くなりまして」

冴子は、息をはずませていた。

（「草の陰刻　新装版」下巻に続く）

本作品には、今日の観点から見ると差別表現ととられかねない箇所があります。しかし作者の意図は差別を助長するものではないこと、作品が描かれた時代背景、また作者がすでに故人であるという事情に鑑み、底本どおりの表記としました。読者各位のご賢察をお願いします。

〈編集部〉

本書は一九七一年七月に講談社文庫より刊行された『草の陰刻』を改訂し文字を大きくした新装版です。新装版化にあたり二分冊にいたしました。

|著者| 松本清張　1909年福岡県に生まれる。朝日新聞西部本社広告部をへて1952年に発表した『或る「小倉日記」伝』で第28回芥川賞を受賞。1956年頃から推理小説を書き始める。1967年、『昭和史発掘』など幅広い活動により第1回吉川英治文学賞を受賞。1970年に第18回菊池寛賞を受賞。現代社会をえぐる鋭い視点と古代史に始まる深い歴史的洞察で幅広い読者を得、日本を代表する作家であった。1992年8月、逝去。
生前ゆかりの地、小倉城内に建てられた北九州市立松本清張記念館は、書斎や住居の一部を再現、遺族から寄贈された膨大な蔵書に加えて意欲的な展覧会企画もあり、見応えのある個人資料館である。
〒803-0813 北九州市小倉北区城内2番3号
TEL 093-582-2761　FAX 093-562-2303
https://www.seicho-mm.jp

草《くさ》の陰刻《いんこく》 新装版《しんそうばん》（上）
松本清張《まつもとせいちょう》

講談社文庫
定価はカバーに
表示してあります

2025年1月15日第1刷発行

KODANSHA

発行者——篠木和久
発行所——株式会社　講談社
東京都文京区音羽2-12-21　〒112-8001
電話 出版（03）5395-3510
販売（03）5395-5817
業務（03）5395-3615
Printed in Japan

デザイン—菊地信義
本文データ制作—講談社デジタル製作
印刷———株式会社KPSプロダクツ
製本———株式会社国宝社

ISBN978-4-06-538189-2

講談社文庫刊行の辞

二十一世紀の到来を目睫に望みながら、われわれはいま、人類史上かつて例を見ない巨大な転換期をむかえようとしている。

世界も、日本も、激動の予兆に対する期待とおののきを内に蔵して、未知の時代に歩み入ろうとしている。このときにあたり、創業の人野間清治の「ナショナル・エデュケイター」への志を現代に甦らせようと意図して、われわれはここに古今の文芸作品はいうまでもなく、ひろく人文・社会・自然の諸科学から東西の名著を網羅する、新しい綜合文庫の発刊を決意した。

激動の転換期はまた断絶の時代である。われわれは戦後二十五年間の出版文化のありかたへの深い反省をこめて、この断絶の時代にあえて人間的な持続を求めようとする。いたずらに浮薄な商業主義のあだ花を追い求めることなく、長期にわたって良書に生命をあたえようとつとめるところにしか、今後の出版文化の真の繁栄はあり得ないと信じるからである。

同時にわれわれはこの綜合文庫の刊行を通じて、人文・社会・自然の諸科学が、結局人間の学にほかならないことを立証しようと願っている。かつて知識とは、「汝自身を知る」ことにつきていた。現代社会の瑣末な情報の氾濫のなかから、力強い知識の源泉を掘り起し、技術文明のただなかに、生きた人間の姿を復活させること。それこそわれわれの切なる希求である。

われわれは権威に盲従せず、俗流に媚びることなく、渾然一体となって日本の「草の根」をかたちづくる若く新しい世代の人々に、心をこめてこの新しい綜合文庫をおくり届けたい。それは知識の泉であるとともに感受性のふるさとであり、もっとも有機的に組織され、社会に開かれた万人のための大学をめざしている。大方の支援と協力を衷心より切望してやまない。

一九七一年七月

野間省一

講談社文庫　目録

堀江敏幸　熊の敷石
本格ミステリ作家クラブ編　ベスト本格ミステリ TOP5〈短編傑作選002〉
本格ミステリ作家クラブ編　ベスト本格ミステリ TOP5〈短編傑作選003〉
本格ミステリ作家クラブ編　ベスト本格ミステリ TOP5〈短編傑作選004〉
本格ミステリ作家クラブ選・編　本格王2019
本格ミステリ作家クラブ選・編　本格王2020
本格ミステリ作家クラブ選・編　本格王2021
本格ミステリ作家クラブ選・編　本格王2022
本格ミステリ作家クラブ選・編　本格王2023
本格ミステリ作家クラブ選・編　本格王2024
本多孝好　君の隣に
本多孝好　チェーン・ポイズン〈新装版〉
穂村　弘　整形前夜
穂村　弘　ぼくの短歌ノート
穂村　弘　野良猫を尊敬した日
堀川アサコ　幻想郵便局
堀川アサコ　幻想映画館
堀川アサコ　幻想日記店
堀川アサコ　幻想探偵社

堀川アサコ　幻想温泉郷
堀川アサコ　幻想短編集
堀川アサコ　幻想寝台車
堀川アサコ　幻想蒸気船
堀川アサコ　幻想商店街
堀川アサコ　幻想遊園地
堀川アサコ　殿の幽便配達〈幻想郵便局短編集〉
堀川アサコ　魔法使ひ
堀川アサコ　メゲるときも、すこやかなるときも
本城雅人　境界〈横浜中華街・潜伏捜査〉
本城雅人　スカウト・デイズ
本城雅人　スカウト・バトル
本城雅人　嗤うエース
本城雅人　贅沢のススメ
本城雅人　誉れ高き勇敢なブルーよ
本城雅人　シューメーカーの足音
本城雅人　ミッドナイト・ジャーナル
本城雅人　紙の城
本城雅人　監督の問題

本城雅人　去り際のアーチ〈もう一打席!〉
本城雅人　時代
本城雅人　オールドタイムズ
堀川惠子　裁かれた命〈死刑囚から届いた手紙〉
堀川惠子　死刑の基準〈「永山裁判」が遺したもの〉
堀川惠子　永山則夫〈封印された鑑定記録〉
堀川惠子　教誨師
堀川惠子　戦禍に生きた演劇人たち〈演出家・八田元夫と「桜隊」の悲劇〉
堀川惠子　暁の宇品〈陸軍船舶司令官たちのヒロシマ〉
堀川惠子／小笠原信之　チンチン電車と女学生〈1945年8月6日・ヒロシマ〉
誉田哲也　Qros《キュロス》の女
松本清張　草の陰刻
松本清張　黄色い風土
松本清張　殺人行おくのほそ道(上)(下)
松本清張　邪馬台国　清張通史①
松本清張　空白の世紀　清張通史②
松本清張　カミと青銅の迷路　清張通史③
松本清張　天皇と豪族　清張通史④
松本清張　壬申の乱　清張通史⑤

2024年12月13日現在